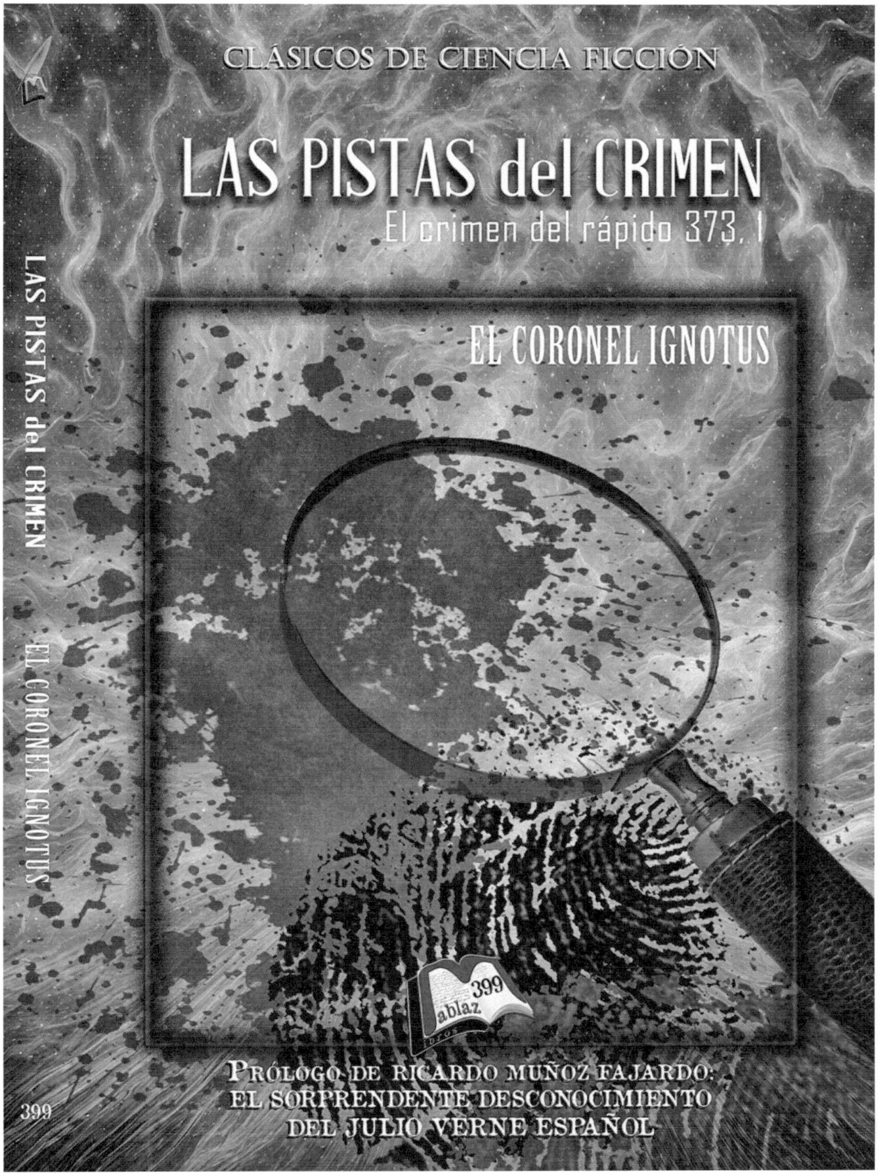

LAS PISTAS del CRIMEN
El crimen del rápido 373, I

EL CORONEL IGNOTUS

399
ablaz

PRÓLOGO DE RICARDO MUÑOZ FAJARDO:
EL SORPRENDENTE DESCONOCIMIENTO
DEL JULIO VERNE ESPAÑOL

399

(Lomo:) LAS PISTAS del CRIMEN — EL CORONEL IGNOTUS

Ciencia Ficción y Fantasía - 145

Las pistas del crimen
Primera Edición, mayo de 2025

© Libros Mablaz, Madrid, 2025
www.librosmablaz.com

© De esta edición, Libros Mablaz

blogs:
Editorial Libros Mablaz
http://editoriallibrosmablazycienciaficcion.blogspot.com.es/
Ciencia ficción y fantasía en Libros Mablaz:
http://mablazlibros.blogspot.com.es/
Introducción a las obras de Libros Mablaz:
http://librosmablazextractos.blogspot.com.es/
Libros Mablaz en Facebook:
https://www.facebook.com/groups/530547690292189/
Tu Librería en Casa:
https://www.facebook.com/TuLibreriaEnCasa
Librería en Todocolección:
**https://www.todocoleccion.net/s/catalogo?identificadorvende
dor=LibrosMablaz**

Diseño de cubiertas: Mari Carmen López

ISBN: 979-13-990418-1-1
Depósito Legal: M-13443-2025

LIBROS MABLAZ - 399

LAS PISTAS DEL CRIMEN

Episodio 1º de El crimen del Rápido 373

CORONEL IGNOTUS

BIBLIOTECA NOVELESCO-CIENTÍFICA

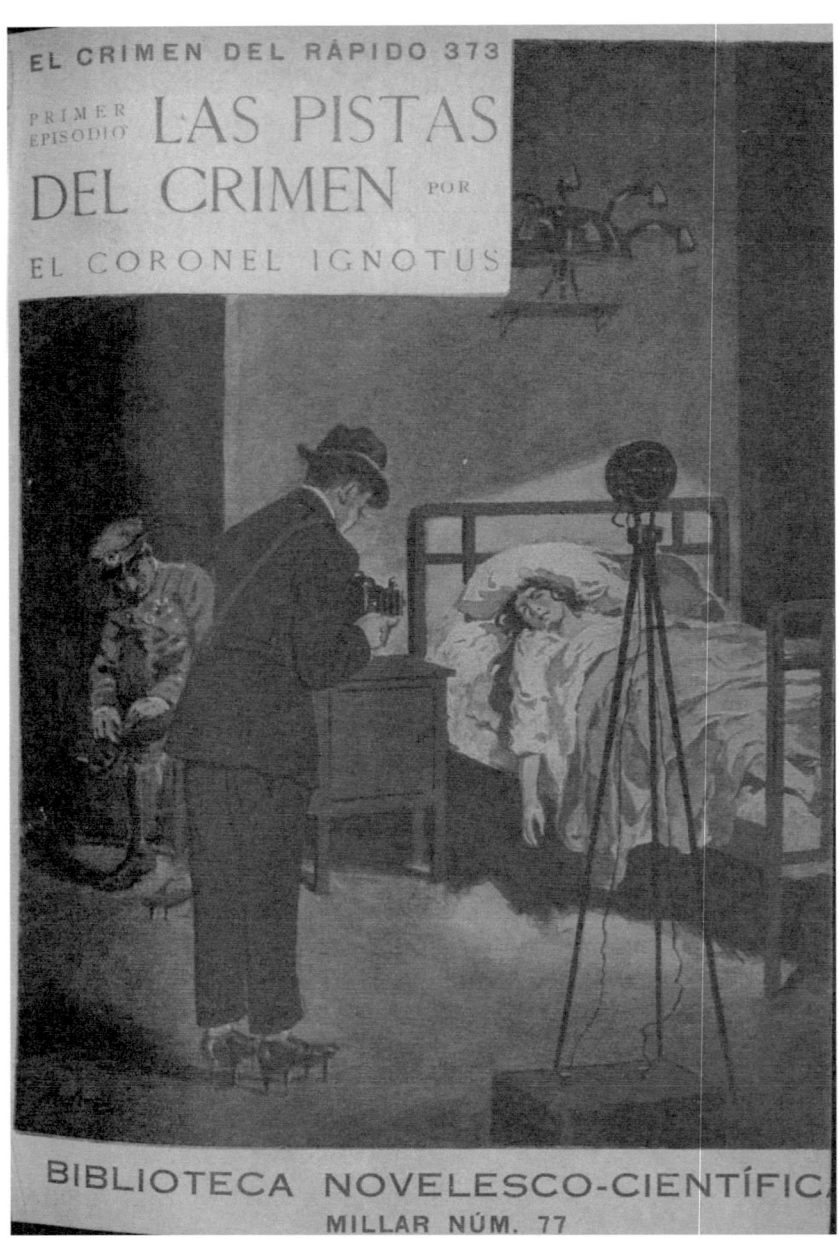

EL CRIMEN DEL RÁPIDO 373

PRIMER
EPISODIO LAS PISTAS
DEL CRIMEN POR

EL CORONEL IGNOTUS

BIBLIOTECA NOVELESCO-CIENTÍFIC

MILLAR NÚM. 77

6

PRÓLOGO: EL SORPRENDENTE DESCONOCIMIENTO DEL JULIO VERNE ESPAÑOL

PREÁMBULO: IGNOTUS A LOS LECTORES

Lectores: no busquéis Novaría en mapa alguno; pues perderíais el tiempo. Ya que en ninguno está tal población, ni las demás donde acaecen los sucesos de esta historia, que a leer vais, ni las particularidades geográficas del país en donde acontecieron.

No por faltarles existencia real, no porque el tal país sea imaginario; sino porque es discreto dejar su identidad velada, rehuyendo resentimientos de sus habitantes, y con ellos rebotes de molestas desazones para el narrador. Quien por no herir susceptibilidades cavilosas que, aun cuando mal fundadas, acaso sean posibles, se limita a decir que la presente narración se desenvuelve en tierras donde se piensa y vive en un futuro que tiñe hechos y conductas con el matiz del modernismo inquieto de la época en que se imprime el presente libro; pero de tonos más chillones. Lógica consecuencia de haber subido el modernismo de hoy a convertirse en ultramodernismo de mañana.

En los archivos de ese tiempo futuro, cuyas llaves tiene este fiel cronista bajo otras siete llaves, temeroso de que alguien se las quite, hállanse registradas las escenas del drama que vais a conocer. En él acontecieron...

¿Acontecieron (pretérito), en tiempo venidero? Sí: aunque se agravie la sintaxis, y se escandalicen dómines rancios y me anatematicen cónclaves académicos, despechados de su impotencia en el empeño de seguir aherrojándonos a todos con añejas trabas, desenfadadamente rotas por la presciencia, a adivinación, la percepción de lo futuro e quien, capaz, cual yo, de registrar el tiempo inmenso, no ha de pararse en despreciables tiquis miquis de concordancias gramaticales tiempecillos.

Ni tampoco tengáis, queridísimos lectores, curiosidad del año en que ocurrió cuanto voy a referiros; porque, de interesaros, esto no habrá de depender del conocimiento de unas fechas, y de aburriros no bastaría el conocerlas a evitar se os cayera el libro de las manos.

Y se acabó el proemio.

I.   LOS VESTIGIOS DE UN CRIMEN

Aún no había amanecido, mas comenzaba a clarear, cuando un mozuelo, frisante en los veinte años, se apartó de la puerta del corralillo trasero de la casucha inmediata al paso a nivel, donde la carretera de Abanal a Valdemimbres cruza el ferrocarril de Novaría a Caulipas, para acercarse al de Puertofoz a Cochamba y entrar a la par de él, y muy arrimadita a sus carriles, en el hermoso viaducto de dos pisos llamado Puente de las Palmas. Por este salvan las dos vías, ordinaria y férrea, el río Jayuya, recorriendo, paralelas e inmediatas, el tablero superior del puente, mientras por el inferior corren los trenes de Novaría a Caulipas. Y media legua más lejos llegan las tres vías a la estación de Valdemimbres.

De tal pueblo era el mozo, que, esquivando iras y hurtándose a la vigilancia del guardabarrera, pelaba a diario la pava con la guardesita. En tanto, el padre, dormía las últimas horas de la madrugada, en que solamente pasaba un tren, aguardado por la chicuela de quince años: "Entadía una *mocóseja pa* pensar en *noviajos*". Tal opinaba el guarda y no la chica, vapuleada varias veces por no tener igual criterio.

Tampoco compartido por el galán de Valdemimbres, a quien el bárbaro tirano tenía jurado tundirle el cuero "en *cuantí* que lo viera a tiro de ojo del paso a nivel".

En el puente cogió el alba al enamorado fugitivo, quien, promediándolo, reparó en un gran trapo, o paño, prendido en el barandal izquierdo, inmediato a la vía férrea, y a ratos sacudido por el viento.

Moviéndolo curiosidad de ver qué fuera aquello, saltó el seto de alambres, guarda contra accidentes que separa la carretera del ferrocarril; y cruzados los rieles y las entrevías, vio que lo que al viento flameaba era una capa de seda negra y fuerte, enganchada por una de sus puntas a un ángulo que la vigueta en T del alto barandal del puente forma con una de las aspas de la cruceta de la celosía en donde apoya la baranda.

—Se *l'ha caío* del tren a algún viajero —dijo el muchacho—. Y *güeña* que es... Voy a llevársela al jefe de estación, por si alguien *víe* a pedirla.

Pero entonces se correrá que yo he *andao* por aquí a estas horas; y en *cuanti* que se entere ese tío bruto —se sobreentiende ser este tío el que el monologante ansiaba llamar suegro— va a brear a palos a la probé Chancha... Eso no, ¡rediez!... Que se quede eso ahí, o se lo lleve el viento, o se caiga al río. Y es lástima de capa... Pero que no la habían *perdío*.

¡Conchi! ¿Qué es eso? La anterior sobresaltada exclamación fue proferida cuando, levantada y zarandeada la capa por una racha de viento, vio el mozo resaltar sobre el forro gris perla de aquella el encendido rojo de un gran manchón de sangre, y de otras manchas más pequeñas del mismo alarmante e inconfundible color.

—¡Rediez! Aquí han hecho otra muerte...

¡Buena la había yo hecho si me llego a tocarla! *Pa* que luego me amontonaran a mi esta...

El otra con que el zagal calificaba el asesinato que estaba barruntando, era consecuencia de que a los progresos por el mundo disfrutados en los tiempos de aquel presunto crimen, uníanse otros progresos: los de un desenfrenado aumento de atentados cometidos, contra las cosas y personas, no disfrutados, claro es, sino padecidos. Pues los procedimientos de robar y matar habían, como todo, progresado una barbaridad.

Cierto es que la Policía procuraba no progresar menos que los criminales, en idear ingeniosísimos métodos de investigación y caza; mas con la diferencia, ha de reconocerse, de que a despecho de estimables tecnicismos científicos tenían estos progresos carácter menos práctico que las mañas y trazas de los bribones. Pues mientras los robados o asesinados se quedaban siempre sin su dinero o muertos, solían los criminales salirse de sus crímenes desconocidos, vivos, horros.

La necesidad de defenderse hizo a la sociedad dar a la Policía crecientes facultades, armas mejor templadas, de día en día, para la lucha que apasionaba a las multitudes, pendientes a toda hora de los crímenes y las pesquisas para descubrirlos. Cuyos relatos, llenando páginas y páginas de la prensa periódica, eran lectura preferente y habitual pasto de casi todos sus lectores, y despertaban en no pocos deseos ambiciosos de ser actores o héroes en tal lucha, para leer sus nombres, y todavía más para ver sus retratos en los papeles: cual criminales, o como espontáneos polizontes, según idiosincrasias de los afanosos de notoriedad.

La medida en que tales ambiciones inquietaban, a las gentes a quienes vamos a conocer, se apreciará siguiendo las peripecias del proceso cuya primera página escribió el novio de la *mocoseja*; echando a correr como un gamo, llegando sin aliento a Valdemimbres, aporreando, a las seis de la mañana, la puerta del Sr. Juez, y gritando, entre golpe y porrazo: "Otro crimen; otro crimen: un crimen nuevo. ^ Como si fuera uno de los periodistas (así se llaman entre sí los callejeros vendedores de periódicos) que vocean el diario con el "asesinato de hoy". Pero en vez de agregar, cual suelen ellos, "cómprelo, señorito, que viene bueno", berreaba el mozo: "Levántese en seguida, Sr. Juez; no sea que apriete el viento y se lo lleve". Con apresuramiento muy del caso dejo la cama y se vistió el representante de la ley. Sin atinar, medio dormido todavía, si el riesgo, anfibológico en el aviso del aporreante, de ser sorbido por el viento amenazaba al juez, al crimen o "a la , víctima- Prescindamos de otros porrazos en diversas puertas, que por orden del juez, y en cuanto este fue impuesto de la causa de los que a él lo habían despertado, fueron aporreadas por el mismo muchacho.

Y, saltando hora y media, pongámonos de nuevo en el Puente de las Palmas, en compañía del juez con su forense séquito de escribano, alguacil y secretario. Allí llevados por la *tartomóvil* del juzgado, seguida no muy lejos, a poder de zancas y aguante de resuello, por el que cegado por la gloria de ser descubridor de un crimen, había olvidado el riesgo de tollina en que ponía a su amada.

Verdad que ella, y, a qué negarlo, también él, darían

por bien pagada la paliza cuando el héroe saliera, cual salió, pintiparado, en el papel.

Tartomóvil es voz harto expresiva, y aunque extraña, no tanto como el vocablo tartanas de explosión, también usado por aquellas tierras para designar las tartanas movidas por motores de la clase indicada por el último nombre.

No se procedió al levantamiento del cadáver porque los registros' minuciosos de las orillas del río, bajo el puente, no descubrieron interfecto ni interfecta. Siendo cuanto de sí dieron el hallazgo de un sombrero de hombre lleno de barro, y un cuchillo de cocina con algunas manchas de sangre seca.

De la inutilidad de estas pesquisas se infirió que la propietaria de la capa —indudablemente asesinada en uno de los trenes por allí pasados durante la noche— debió de ser arrojada por una ventanilla, cuando el vagón donde viajara llegara al centro del puente; que en la caída se había desenvuelto de su cuerpo la capa, que arrastrada por el viento fue a engancharse en la barandilla al extremo del puente, sobre la margen, del río, en lo ya seco de ella, mientras el cuerpo caía en el centro de la corriente. O bien, que primero había sido el cadáver arrojado a las aguas, y después de él la capa acusadora, cuando ya el tren se hallara a punto de salir del puente.

A falta de cadáver que levantar, tampoco se levantó la capa, por temer fuera velo tras el cual pudiera acaso hallarse frágil y deleznable rastro del asesino. Pues recientemente habían sido amonestados vacíos jueces porque sus torpes, precipitadas e indiscretas intervenciones, borraron, en análogos casos, pistas e indicios solamente apreciables con garantía de acierto por los únicos saberes de policías diplomados.

Por ello, mientras llegaba el técnico, a Novaría pedido por el juez, antes de sar de Valdemimbres, limitose este a tomar precauciones para que aquel no hallara su llegada cambiado el aspecto ni la situación de las cosas.

Precauciones que, procurando no tocar a la capa sino por el extremo prendido en la cruceta, consistieron en pasarle

13

un corredizo que afirmara la sujeción a la vigueta, y , alejara la eventualidad de que, arreciando el viento, se llevara el testimonio del delito presunto.

El aviso al agente de Novaría había sido dado por el telégrafo de la vía férrea, cuando, de, paso para el puente, llegó el juzgado a la estación de Valdemimbres.

Pues lo sabido ya por lo oído al denunciante justificaba la petición de un profesional policíaco.

Con ello demostró el juez no ser amigo de dormirse en las pajas. Con ello y con el rápido interrogatorio a que, durante su breve parada en la estación, -sometió al jefe de esta para saber qué trenes habían pasado por allí en la noche anterior, y si de ellos descendieron viajeros. Y no sólo con esto, sino con el edicto que, una vez terminado el sumario interrogatorio, hizo circulara sin demora el telégrafo.

He aquí dicho edicto, cuya importancia lo hace merecedor de ser trascrito literariamente:

"Urgentísimo.—Juez Instrucción Valdemimbres, ordena y manda jefes trenes, ascendentes o descendientes, marcha líneas Puertofoz-Cochamba y Novaria-Caulipas, registren vagones y viajeros, busca indicios crimen sangre cometido esta noche. Comuniquen si descubren algo, y detengan presuntos sospechosos:

Iten más: ordena jefes estaciones terminales líneas dichas, que todo material trenes llegados ellas habiendo pasado Valdemimbres pasada noche, no sea enganchado otros trenes, ni mezclado con otro vagonaje, sino apartado y custodiado, sin tocarlo nadie, hasta llegada personal autorizado examinarlo;

Iten más: personal prestó servicio tales trenes no será empleado otros, ni saldrá estaciones término línea hasta ser interrogado funcionarios Policía Investigatoria;

Iten más: todos jefes estaciones ambas vías redactarán notas billetes despachados; recogerán y clasificarán los recogidos viajeros en ellas apeados de trenes pasaron noche. Para ponerlo todo a disposición citados altos funcionarios".

El adjetivo indica cuán elevado andaba el crédito poli-

14

cíaco. Cuando menos en documentos oficiales, que entre las gentes...

"Iten más: dichos jefes encarecerán a factores, mozos y taquilleros servicio desde *nochecer* ayer procuren recordar cuanto puedan de trajes, portes y señas de los viajeros con quienes conversaran o "en quienes pararan atención.

Guárdese y cúmplase. Valdemimbres 6 y 45 mañana, 13 de junio de ***".

El anterior documento, del cual se dio traslado al Superintendente de Policía en Novarla, fue trasmitido y recibido por los aparatos de telefonía sin hilos que, desde muchos años antes del de las tres estrellas de su fecha, funcionaban en todas las estaciones de ferrocarril, en todo tren en marcha, en todos los automóviles de servicios oficiales, y en casi todos los particulares cuyo precio pasara de mediano.

Circulado el edicto, y dejando para más tarde ahondar en el interrogatorio que lo movió a dictarlo, acudió el juez a lo más urgente: yéndose, para ello, a realizar, en el lugar donde el novio de Chuncha vio la capa, las pesquisas de que se ha dado cuenta.

Entre reconocimientos del puente, en, toda su extensión y en sus dos pisos; bajada a una orilla del río, e idas y venidas a lo largo de ella; subida al puente para bajar luego a la otra, examinarla y tornar a subir, eran las diez corridas cuando avisados por el cuerno del guardabarrera, de la aproximación de un tren, saltaron apresuradamente la barandilla entre los carriles y la carretera los que en el puente estaban; y a poco vieron cruzar, como una flecha la menor cantidad posible de tren: una locomotorcilla con un solo vagón.

Era, pronto lo conocieron por tamaño y aspecto, uno de los expresillos de la Policía de Investigación, que en casos como el que traía a Valdemimbres a uno de sus oficiales —ya no se llamaban agentes policíacos— corrían cual centellas, con vía libre ante ellos, por todos los ferrocarriles.

Como en las poblaciones corre el carro de la bomba de incendios cuando es preciso sofocar un fuego.

Venían en dicho vagón el susodicho oficial, y el ayudante que tenía a su cargo no pocos trebejos, como lentes de aumento, cámaras fotográficas y demás enseres, cuyá enumeración total sería prolija, y prematura ahora, de un laboratorio físicoquímico-biológico de campaña. Propio para iniciales reconocimientos policíacos, cuya finalidad estaba limitada a determinar cuáles de los objetos o substancias recogidos en aquellos y ensayados con los sencillos recursos a mano en tal laboratorio resultaban acusadores desde luego, y cuáles habían de remitirse al Gran Laboratorio Central de Investigación Criminosa„ anexo a la Superintendencia, para ser sometidos a difíciles o lentos análisis, que abrieran caminos a fructíferas pistas y los cerraran a las equivocadas.

—Es el Señor Perquiridor —este era el nombre genérico de los agentes de Policía— que mandan de Novarla —dijo el juez al secretario—. Vaya a la tartana y telefonee al jefe de estación que cuando llegue el expresillo diga a ese caballero que estoy actuando aquí en el asunto consabido, y que, según sus órdenes, iré al pueblo o lo aguardaré aquí, si desea hacer su inspección personal antes de oírme.

Hoy —esto lo dice Ignotus— nos parecería sorprendente que un juez pidiera órdenes a un agente de policía; mas como el tiempo lleva al mundo dando vueltas, y desde hoy hasta entonces las había dado el último muy grandes, el juez de Valdemimbres y el Perquiridor de Novaría vivían en mundo y tiempo en que la técnica investigatoria era reina, y señora en las causas criminales; pues en las épocas en que no lo había sido todo lo estropeaban los jueces. Opinión, ya se supone, de la Policía; pero que al fin prevaleció dejando a aquellos reducidos a no desempeñar otro papel en los, procesos que el de prestar fuerza legal a cuanto los perquiridores ordenaban se hiciese en ellos.

Como Valdemimbres estaba muy cercano, y muy a poco de enviado el telefonema desde la tartomóvil, llegó allá el expresillo; pronto contestó el jefe de estación diciendo: El Señor Perquiridor ordena que lo aguarde usted ahí. A él le entrego un telegrama interesante recibido del rápido ascendente Puertofoz-Cochamba.

Cinco minutos después el expresillo retornaba al puente y de él se apeaban el agente y su auxiliar.

II.   ¿OTRO CRIMEN?

Abanal es un pueblo muy cuco y coquetón, que sería pequeño a no haberlo acrecido la edificación de buen número de casas de campo para veraneantes, atraídos por su linda campiña, suave clima, facilidad y frecuencia de comunicaciones con Novaría —capital del ignoto país por donde andamos— y con la bahía donde asienta Puertofoz. El pueblecillo, unido a ambas ciudades por vías férreas y por hermosas carreteras, dista del puerto noventa kilómetros, y de la capital unos doscientos.

A las doce de la misma mañana del referido hallazgo de la capa ensangrentada, 68 mujeres de Abanal, ya más pasadas que maduras, grandes amigas de chismorreo y parlerías, cotorreaban delante de la verja frontal de una hermosa casa de campo, "Villa-Gaya", rodeada en sus otros tres costados por tapias. De las cuales quedaba la trasera a escasos 200 metros de la estación del ferrocarril.

Por ser, las tres habladoras del diluvio muy capaces de hablar sin escampar un día entero con su noche, largo rato duraba ya su charla, que acompañada de viva gesticulación y muchos manotees, parecía, más que palique, discusión del porqué en tan avanzada hora no había sido Ña Frasia vista aún en el mercado, ni en ninguna parte.

Ña Frasia era la portera de "Villa-Gaya", más conocida en el pueblo por "Pocas Liendres".

¡Qué porquería!, dirá alguno. Pero sobre que mayor fuera siendo muchas, no es realmente ninguna; pues la mentada con el feo mote —que no expresa cuanto expresar debiera— no tenía ninguna liendre. Ni podía tenerla; pues absoluta calvicie *prematum* habíale dejado la cabeza sin pelo, ni aun pelusa, del colodrillo a las pestañas, rasa y lironda de la una a la otra oreja.

Por ello, y para no llevar a la vergüenza su cuero excabelludo, mondo como una bola de billar, iba siempre tocada con un pañuelo de hierbas, herméticamente ceñido a frente, sienes y cogote. E ironías de la suerte, al caérsele, el pelo le salió bigote.

En cuanto al Ña, es contracción que sus paisanos hacen del popular *Señá*, que ya lo es de Señora.

—Mala facha emprencipia a tomar esto, Matías. (Cap. II.)

Con ser rarísimo no se hubiese asomado Pocas Liendres en toda la mañana a los lugares de su habitual frecuentación, todavía había algo que sobresaltaba mucho más a las picoteras manoteantes comadres: el hecho inconcebible de que Ño Viviano no hubiese aún hecho ni una siquiera de las «tres o cuatro visitas que, al mediar el día, * llevaba siempre hechas a la taberna.

Ño Viviano era cónyuge de Pocas Liendres, hombre que se bebía por año una vendimia, y conserje de "Villa-Gaya", sumida a la sazón en absoluto silencio, que unido a las anomalías ya dichas, tenía a las tres mujeres inquietas con barruntos de algo que no podía ser bueno.

Atisbando por diversos lugares de la verja en diferentes direcciones, sin conseguir ver alma viviente, ni viviente bicho, comprobaron que se hallaban cerradas, no sólo la puerta y las ventanas del hotel central, sino las que a la calle daban de la casita de los porteros y el portón del garaje. Entre él cual y la portería corría la verja del frente principal.

—Yo le digo, comadre —exclamó una de las mujeres—, que este no verse ni oírse una mala rata, a estas horas, es *otavía* más *rarismo* hoy que nunca, cuando ayer llegaron esos señores de extranjis y tan majos.

—¿La viste tú los zarcillos?

—Claro que sí.

—¿Y las ajorcas?

—Vaya.

—¿Y las *arracás* de las orejas?

—Tamién las vide. Pero lo que más me dio en el ojo fue el bolsón grande colorao.

—¿El de la *caena* y los golpetones *d'oro*?

—El *mesmo*. Pero no serían *d'oro*, sino *sobredoraos*.

—Como no *jueran*. Esa gente gorda to lo gasta de oro macizo. ¡*Sobredoraos*! ¿*Verdaz* que no?, Marica.

—Claro. Por eso no lo soltaba ella *pa na*; ni quiso dáselo al chófer[1] cuando abrió *pa* que *s'apeara*. Ni *aluego* a la

---

[1] Como Marica es, yo no, quien dice chófer, sea Marica quien aguante la indignación del aludido con tan feo nombre. Me explicaré. Todavía quedan, en Ibermania, gentes que dicen *chofer*, *chaufer* y hasta *chufer*, o chófer, *cháufer*, *chúfer*. Con protesta de los conductores de automóviles, que en cuanto se enteraron de que la palabreja que, sin pagar aduanas, se había metido de fronteras; adentro tiene en francés, significado original y recto de fogonero, sintiéronse

vejados. Y en vista de que el vo cabio no era repudiado en nombre de los fueros del idioma iberés, repudiáronlo ellos, en nombre de su herida vanidad.

¡Fogoneros ellos!... ¡Ellos enhollinados, caritiznados, rostripuercos!... ¡Ellos: los alardeantes de impecable porte, los de las gorras deportivas, los guantes de guiar, los *treeches* y los *leggys*¡ ¡Ellos: elegantones, postinosos, y hasta presumidos! ¡Ellos: los chicos, mientras no se hacen viejos, con que sueñan las chicas de los gremios doncellesco, modistil!...

No es mucho que tan pronto supieron lo que quería decir chaufer protestara la clase, y publicara comunicados en los periódicos, diciendo que ellos no eran fogoneros, sino motoristas. Y tenían razón, pues manejan motores, y se la daban casticismo y eufonía; pues la última palabra suena bien y se acomoda a los usos, modo y porte del idioma iberés.

Alguien puso reparos, proponiendo, por creerlas más puntualizantes, automotorista o explotomotorista; pero sobre que el iberés tiene aversión a los vocablos excesivamente largos, replicaron los motoristas que en voces destinadas al vulgar uso corriente no es menester y sí muy pedantesco el embutir en ellas múltiples tecnicismos: y que no habiendo sido necesario llamar locomaquinistas ni trenmaquinistas a los de los ferrocarriles, para que todo el mundo las conozca, tampoco precisaban los conductores de automóviles ponerle perendengues a su expresivo nombre de motoristas.

Así fueron desde entonces llamados. Bien llamados, por más que tal palabra no está, aun cuando ya hace falta, en el Diccionario de la Lengua Iberesa. Porque el mundo, la vida y el progreso van mucho más deprisa que las Academias, y porque el papel de estas no es inventar, sino admitir o rechazar vocablos; y explicarlos, si pueden. Cosa que suele ser difícil.

Con lo dicho en los últimos renglones va contestado posible infundado supuesto, que al oírme dar la razón a los motoristas sublevados contra los fogoneros, no contra "el fogonero", haya alguien tal vez aventurado. Porque mi amor, téngolo a mucha honra, a los modos de decir de los clásicos de nuestra lengua, no raya en culto al arcaísmo ni en irreflexiva malquerencia a toda forastera novedad, aun cuando sea necesaria, bien traída y adaptada.

De lo contrario testifica toda esta Biblioteca, cuyo padre soy, henchida de voces aún más que nuevas futuristas. No, si el mundo corre y las lenguas se paran, pronto se hacen caducas, incapaces para servir a sus menesteres en la vida de los pueblos.

Tiempo y progreso piden a los idiomas que se enriquezcan con todo necesario neologismo, que se engalen con afeites de vocablos nuevos y de frescos decires. Y ello sin aguardar a que sean acogidos en los diccionarios, sino que en esto debe habla andar a compás del mundo; pero guaren sus progresos adecuación a lo que en idioma es médula de su ser.

No nos paremos, por lo tanto, en los tiempos de los clásicos, pero andemos al modo que anduvieron silos: a usanza castellana. Cosa que aun para quienes lo

21

doncella cuando andaba viendo el jardín.

—*Güeno*, pero *to* eso no *tie na* que ver con que Viviano no *haiga* hoy *pisao* la taberna, ni *s'haiga atizao* su latigazo de aguardiente *ca* vez da el reló. Y eso no *pue* ser sino que *l'ha pasao* algo.

—Dices bien. Y algo *mu* gordo.

—Yo voy a llamar a la ventana de esos.

Cual lo dijo lo hizo. Con brío que al ver que perdía el tiempo fue creciendo hasta romper el vidrio golpeado. Con estrépito tan infructuoso para obtener respuesta como los: redoblados golpes, más y más desaforados con que, sin miedo alguno ya de romper nada, continuó llamando en la contraventana de madera.

—No *pue* ser sino que *tie c'haberlos dao* un insulto.

—¡A los dos!

—¿Y es que *tamién* van a estar *insxiltaos* los señores forasteros, y la *criá*, y el *chofer*?... Seis insultos son muchos.

—*Pa* mí, que como dicen que esa señorona *tie* el *potosil* de plata, y un cofre lleno de prendas *toas* de oro y piedras finas, como las de una *emperaora*, a los seis nos los han *acochinao* esta noche.

—*Pos* dice bien La Chata.

—¡Una muerte!

—¡Ojalá *jua* una! *Pos* por las trazas *paecen* seis.

—¡Qué *espantación*! *Mía* tú *c'hay* gente mala.

—*Ámonos, ámonos*. Esto pinta *mu* mal; y en *cuanti s'averigüe*, y la Poli *s'entere* de *c'amos estao* aquí, *cátanos* implicas en el *fregao* sin haberlo *comío* ni *bebío*.

—La Chata dice bien. Con la Poli no hay *gromas*.

—Por menos de *na* trinca a un hombre *honrao* o a una mujer de bien.

---

deseamos con toda voluntad va siendo muy difícil, pues conspirando cuanto nos rodea a descastallenizarnos, desde chiquititos, suele ocurrirnos que, después de ponernos la capa, y echarnos a la calle a la luz de esta veamos que llevamos la capa llena de casualidades... Pero no nos defendemos cual podamos, todavía iremos a peor.

—Pero, ¡qué pocas veces trinca a los bribones!

—*Ámonos, ámonos.*

—¿Y si a pesar de *too* están insultaos?

—Si el insulto ha *venío* derecho, no tendrá ya remedio *dimpués* de tanto tiempo, y si es pequeño, ellos solos se desinsultarán.

—¿Y si están muertos?

—*Estonces* da lo mismo *avisal* que *callalse.*

—Pero ¿y si están *heríos?* ¿Vamos a *déjalos* que se mueran *solicos* como unos malos perros?

—*Verdá* es... Pero a mí no me gusta meterme en estos líos.

—Ni a mí.

—*Sus* pensaréis *c'a* mí sí... Pero eso de largarnos dejando sabe Dios cómo, ahí, al probé Frasia.

—Y *tamién* a Viviano, que en quitándole lo de borrachón es un buen Juan.

—Pos amos a *contale* lo que pasa a Malas Patas. Pero *cudiao* con *decile c'amos* estao tanto tiempo aquí, ni *c'amos mirao* por la verja ni escacharra los *cristiales.*

—Ca, ni *móntalo.* En estas cosas hay que guardar el pico, que por la boca muere el pez.

—Lo mejor es que hables tú sola. Chata.

—*Güeno,* hablaré yo... Pero *vusotras* amén a *to* lo que yo diga.

—Eso... Pero ¿qué vas a *icir?*

—Pos *na*: qué a Pocas Liendres ni a tu hombre los ha visto *naide* el pelo en *to* el santo día; que al pasar por aquí, por un casual, lo a*mos* visto *to cerrao* a cal y canto, lo cual que es *mu rarismo*... Y que estamos *escamás* y que vamos a *contáselo.*

—*Pus* alzando.

Malas Patas, mal nombre que en el pueblo daban al alcalde por tenerlas torcidas —y con mi explicación precipitada también he puesto yo patas en vez de piernas a la autoridad popular—, simultaneaba su *taberneril* comercio con la municipal magistratura de Abanal; y en tal concepto, no en el de alcalde, sino de tabernero, ya había echado de ver la inconcebible ausencia de su más asiduo parroquiano.

Gracias a que no había allí juez de instrucción, sino tan sólo un pobre carpintero recién nombrado juez municipal, y engreído con su fresca investidura, se atrevieron las dos autoridades, después de nuevas e inútiles llamadas, a forzar la puerta de la verja y a zamparse en la casa, sin cuidarse de si borraban rastros o embrollaban pistas. Solamente los hizo vacilar recelo proveniente de no ir acompañados del sargento de la guardia cívica, natural delegado de los perquiridores en los casos urgentes.

Pero saltáronse el escrúpulo porque, al ir a buscar a dicha autoridad, supieron que él y todos los guardias andaban atareados en diversos servicios fuera del pueblo. Visto lo cual, tuvieron por lo más apremiante, sin que acaso estuvieran en lo firme, prestar auxilio a los heridos, si en la casa los hubiere; pues bien podían las víctimas del presumido crimen no bañarse todas muertas. Porque de que había crimen y | debía de haber muertos, no dudaban el juez ni Malas Patas, ni menos la Chata ni Marica.

Eran las tres de la tarde cuando el cerrajero abrió la verja.

—¡Anda! —dijo en seguida Malas Patas—. Mira, Matías: a Viviano y La Liendres los han *encerrao* por *defuera*.

—Pues es verdad. Digo, si es que están dentro. Vamos a verlo.

Abierta la puerta, que efectivamente había sido cerrada desde afuera, y una vez en la portería, vieron los recién entrados a la mujer, que, despertando al ruido hecho por ellos, se sentaba en la cama, sobre la cual estaba vestida, y no acertaba a dar razón de sí; por hallarse adormilada al punto de parecer idiota. El marido, asimismo vestido, dormía al lado de ella como un leño. Tan hondamente que, para sacarlo de su sueño, muy parecido a sopor morboso, fueron completamente ineficaces los duros zamarreos con que lo sacudió su amigo Malas Patas, que juzgando temerariamente dijo:

—Ya está visto. Como una guinda en aguardiente. Por eso no ha ido hoy a la taberna. No tenía en el cuerpo rincón vacío donde le entrara ni una mala copa, ni piernas que lo llevaran a por ella.

—Pero esta vez la pítima ha sido una cogorza de matrimonio. Porque mira tú cómo despierta ella.

—Buena, buena borrachera. Pero más vale que en esto pare el susto que traíamos.

—Eso, no. Malas Patas. Porque ellos no *puen* haberse *encerrao* desde adentro con la llave que estaba por *defuera*, y...

—¡Leñe! Es verdad.

—... y porque *otavía* está por ver qué ha *sío* de los cuatro forasteros.

—Verdad, verdad. Vamos a verlo.

La primera de las sorpresas que iban a recibir las dos autoridades municipales los aguardaba en el garaje, donde entraron por una puerta, que encontraron abierta, y salieron por otra, también de par en par, de la pared trasera, sorprendidos de no haber hallado ni el auto que creían estaría allí, ni al conductor de él; pero sin haber visto cosa que despertara sus alarmas.

Estas sólo nacieron cuando, a los pocos pasos dados por el jardín, vieron, amarrada a una cadena pendiente de una argolla clavada en la tapia, y tendida en el suelo, estiradas las patas, la boca abierta,, muerta y rígida ya, a la hermosa mastina que por la noche hacía de sereno en "Villa-Gaya".

Que el animal era hembra conocíase en seguida en las ubres y en que gruñían en torno de ella sus cachorros, faltos desde hacía horas de alimento.

—Mala facha *emprencipia* a tomar esto, amigo Matías... Porque me se *fegura* que este animal...

—Tampoco yo me pienso nada *güeno*... Ramón, Ramón, ya estás alzando a buscar al albéitar, *pa* que venga y desamine a este pobre bicho.

Ramón era el cerrajero que acompañaba al alcalde y al juez municipal.

—Ahora a la casa —prosiguió el juez—. Y quiera Dios no topemos en ella algo más peor.

La puerta principal del hotel no estaba sino entornada. Dentro de él veíase con toda claridad, por hallarse abiertas las maderas de las ventanas en todas las habitaciones, que, no advirtiendo en ellas nada sospechoso, recorrieron con rapidez los registrantes, sin haber menester abrir ninguna puerta hasta llegar a una inmediata a la de la fachada posterior de la casa, que, abierta a la sazón, daba paso al jardín.

Sólo con picaporte estaba cerrada la inmediata a esta, que una vez franca dejó ver una estancia alumbrada, no con luz del día, sino con la de una lámpara eléctrica.

Era una alcoba donde, con la cabeza oculta bajo una almohada, yacía en una cama un bulto, mal envuelto en las desordenadas ropas de ella.

Acercáronse alcalde y juez al lecho; levantó el primero la almohada; sacudió el segundo con fuerza el rebujo de las mantas, y dijo:

—Una mujer dormida.

—Y como una piedra...

—A ver si está también esta como los otros.

—Como Viviano y su mujer.

—Sí, borracha.

—No *fua* malo... Aunque *pa* borracheras duran mucho... Más peor será que esté como la perra.

—¡Contra! Que sí pue ser... Baja, baja esa *almohá*; déjala como estaba; y no toques *na* más. Porque si la cosa es como me malicio, cuando entre aquí el sabueso —el retumbante apelativo de perquiridor, oficialmente dado a los agentes de policía, trocábase en labios de la plebe en el anterior o en otros de parecido jaez— *pué* que nos dé un disgusto por haberle *hurgao* la *interfeta*... Y hasta pué que nos empapele.

—Verdad, verdad... Diremos que no hemos hecho más que sacudirla flojico.

—¡Calla! Aquí hay un tarrico; una *lavativilla* pequeñaja, y un papel escrito.

—Un papel. A ver qué dice... No, no lo toque, Sr. Ma-

26

las Patas. Lo leeremos sin tocarlo.

El papel y los objetos indicados por el alcalde se hallaban sobre la mesa de noche.

Leído aquel, resultó decir:

"No se culpe a nadie de la muerte que voluntariamente me doy, envenenándome, para no padecer, con una inyección de cianuro de potasio. Las causas de mi determinación no interesan a nadie sino a mí. —Colinda Rodríguez".

—Bien te lo calaste tú: está lo *mesmito* que la perra.

—Ni más ni menos: *sucidiá*...

—Pero si ella quería *sucidiarse*, ¿qué importaba el probé *animalico*?... ¿*Pa* que la estorbaba?

—¿Pero te crees tú que es ella la que ha *matao* a la perra?

—Claro. Si como me pienso, y ahora más que *enantes*, que la Garbosa —el nombre de la perra, muy conocida y popular en Abanal— está *envenená tamién*, y el veneno está ahí, en ese *frasquejo* con ese *papelico pegao* con esa calavera y esos huesos... Como la perra no *pue* haberla *envenenao* a esta, esta *tie* que haber *sío* la que le ha *dao* el jicarazo a la Garbosa.

—Sí que *pué* ser... Pero aquí ya no hacemos más pue que comprometernos. Vímonos a ver si ha *güelto* alguno de los cívicos, *pa* que guarden la casa mientras llegan los perquirieres de Puertofoz y el juez de Úriz.

—Pero es que otavía nos queda ver si hay más muertos en el *prencipal*. En el pueblo dicen que ayer vino más gente: otra señora, el caballero que *m'alquiló* la casa. —Malas Patas era el administrador de Villa-Gaya.

—Verdad, verdad. Vamos arriba; pero pronto.

En la pesquisa seguidamente hecha en el piso alto, sólo vieron habitaciones vacías.

Entre ellas otra alcoba con una cama en donde parecía haber dormido alguien.

A la salida y cuando ellos transponían la puerta de la casa, entraba por la de la verja Ramón el cerrajero, con el maestro herrador, pues más no era aun cuando él se las diera de albéitar, quien una vez examinada la perra, y después de recoger y abrir un estuche pequeño, que cercano a ella halló en el suelo, dijo:

—¡*Probé* Garbosa! ¡Tan maja como era!... *Pa* mí *l'han ministrao* una sustancia *tóxiga*!"

—¿Y eso qué es?

—*Pos* un veneno... Y se lo han *atizao* pinchándola con esta *podérmica*.

—¡Anda! —dijo Matías al verla—, una *lavativeja* como la de la *sucidiá*.

—Ya ves tú si olí bien que esa fue la que mató al *animalico*.

—Dices bien, Malas Patas: bien oliste.

—*Pos* ahora a trancar la puerta *pa* que *naide* entre aquí; y a por los guardias; y a avisar que vengan de Puertofoz y de Úriz por telégrafo.

La primera población es cabeza de la 3ª Brigada de Policía Investigatoria, y la segunda capitalidad del juzgado a que Abanal pertenece.

—Andando... Pero tú, albéitar, ¿qué *ties* ya que hacer con esa cajuela?

—Llévamela, *pa* ver si *otavía* quedan en la jeringa *chorreás* de la *sostancia* tóxiga.

—¿Y tú qué *ties* que ver, ni quién te mete? —preguntó Matías.

—Como no te lleves... —bufó Malas Patas.

—Ya estás cerrando la cajuela y dejándola como estaba *aonde l'as encontrao*.

Obedeció el buen hombre; saliéronse los cuatro lugareños a la calle; sujetó Ramón los batientes de la descerrajada verja con una cadena en cuyos eslabones extremos enganchó un candado, que cerró; entregó la llave de él a Matías, y fuese calle abajo con el herrador, mientras los otros echaban calle arriba.

III.   LOS PRIMEROS FRUTOS DE UN

RECONOCIMIENTO POLICIACO

A las ocho de la noche llegaron a Abanal un Comandante Mayor Perquiridor, de la Brigada de Puertofoz, un Teniente-Perquiridor y sus respectivos ayudantes.

A su llegada preguntó el primero por el Juez de Uriz; y sorprendido de que aún no hubiese llegado, lo llamó a una conferencia radio-telefónica...

—¿Es usted el Juez?

—Sí, Señor Perquiridor.

—¿No ha recibido usted un aviso de las autoridades de este pueblo relativo al asunto de "Villa-Gaya"?

—Sí, señor; pero no podré ir allá hasta que aquí termine otro servicio urgente.

—¿Y tardará usted mucho en despacharlo?

—No sé a punto fijo; pues se trata de un forastero, todavía no sé si borracho, o dormido con sueño que pudiera no ser natural. Ahora va a reconocerlo un médico, y yo a tomar unas declaraciones, en tanto se despierta.

—Entonces no aguardo a usted para comenzar aquí. No conviene dejar que estas cosas se enfríen. Y como creo tener tarea para toda la noche, véngase por acá cuando acabe lo suyo. Verosímilmente habrá que dictar algunos mandamientos de prisión, y me será usted necesario. Hasta luego.

Una primera inspección ocular del lugar del crimen ha sido, siempre que a conciencia se ha hecho, cosa complicada y delicadísima; pero la que en "Villa-Gaya" efectuaron los llegados de Puertofoz, ayudándose con cuantos progresos y perfeccionamientos habían elevado la Policía a ciencia poco menos exacta que las matemáticas, fue archiprolija y archicomplicada; al punto de que un relato de ella tan escrupuloso cual fueron las pesquisas de los perquiridores, alcanzaría amplitud descompasada, que, abreviando cuanto me sea posible, reduciré, sin suprimir lo indispensable.

Pensando en la larga faena que a la vista tenían se la dividieron entre el jefe y el oficial, asistidos de sus respectivos ayudantes.

El primero se encargó del reconocimiento del hotel, encomendando al segundo los de la parte exterior de la finca alrededor de las tapias, del jardín, la perra y los porteros.

Lo primero que los perquiridores y sus auxiliares hicieron antes de trasponer la verja fue calzarse los chanclos o cuádruples zancos de inspecciones. Eran estas sandalias que, a modo de patines, se sujetaban al calzado con correas, y de cuyos pisos salían cuatro robustas púas de cristal (verticales cuando las sandalias tenían posición horizontal), rematantes por sus extremos libres en esferillas destinadas a apoyarse en el suelo, y cada una en un solo punto.

Para andar con este calzado se levantaban los pies verticalmente, y al sentarlos nuevamente en el suelo se procuraba descendieran tan a plomo cual se podía, no dejando, por tanto, huellas de pisadas ni borrando con arrastres de pies las que en aquel hubiese. Pues cada sandalia no tocaba al piso sino en cuatro puntos facilísimos de reconocer, en, él o en sus fotografías, por la conocida simétrica regularidad de sus posiciones.

Para que las manos de los perquiridores no borraran, en los objetos con ellas tocados en los reconocimientos, las huellas dactilares, que pudieran tener, de malhechores, calzose cada uno de los primeros en los tres dedos pulgar, índice y corazón de cada mano dediles de goma fuerte, cada uno con su púa, fuerte también y corta, de igual sustancia. Pero no terminados en esferas como las de los zancos, sino en puntas finas. Los objetos cogidos con los dedos así enguantados quedaban, pues, sujetos entre las tres puntas de los tres dediles, que por su finura nada borraban en las huellas.

Como se ve, la policía investigatoria había progresado mucho.

Dejando al sotaperquiridor, nos iremos con el jefe, y hasta pasaremos por alto cuanto este hizo en todas las habitacione3 de la casa, salvo en la alcoba de la suicida: única adonde lo acompañaremos desde que cerca ya de media noche llegó a su puerta.

Deteniéndose ante ella, aun cuando abierta, ordenó a su ayudante tomara con el kodak ordinario tres fotografías de conjunto de la estancia: una de frente y dos en direcciones laterales a derecha e izquierda.

Seguidamente entró el auxiliar, y desde el centro de la alcoba, impresionó otras cuatro placas, correspondientes a sus cuatro paredes. Después fotografió el piso por parciales porciones de él, previo cambio de objetivo y abertura en la máquina, para obtener fotografías de mayor tamaño y con más detalles que las anteriores.

Solamente cuando esto estuvo hecho entró el Mayor en la alcoba; mas sin tocar todavía a nada hasta que la carta de la infeliz Celinda, el frasco del veneno, la jeringuilla de inyecciones y cuantos objetos había en la habitación capaces por lo pulimentado de sus superficies de conservar impresiones dactiloscópicas de manos criminales, fueron soplados con un exhalador que sobre tales superficies lanzaba vapores de iodo, al contacto de los cuales no experimentaban mudanza de apariencia unos objetos en tanto otros quedaban, a partes, empañados con manchas en ellos dejadas por la gaseosa pulverización[2].

---

[2]A reserva de explicaciones venideras de lo que es una impresión dactiloscópica, o huella dactilar, el dibujo de cuyo labrado, en los objetos donde quedan, sirve para Identificar, sin duda alguna la personalidad de quien la dejó, solamente diré ahora que cuando las marcas proceden de dedos sucios, suelen los prácticos apreciarlas, principalmente si se hallan en superficies bruñidas, papel, etc., auxiliándose en el examen de ellas con lentes de mano. Pero si los dedos que tocaron los objetos estaban limpios, es raro puedan ser descubiertos de tal modo; porque las circunvoluciones dé los trazos impresos por las crestas de la epidermis de las yemas de los dedos que la suciedad de estos hacía visibles en el primer supuesto, no son perceptibles en el segundo.
Y sin embargo, están allí. Aunque veladas, por no marcarlas sino filetes de incolora grasa o secreciones epidérmicas. Mas si la superficie en donde la impresión digital está disimulada se espolvorea con polvos finísimos de plombagina, o baña en tinta engomada, o es expuesta a vapores de yodo, aparece visible el labrado de la huella dactilar, también llamada dactilograma, por equivaler a un

Estos últimos eran los que ofrecían huellas de haber sido tocados. Huellas que eran primeramente examinadas con lente de mano e inmediatamente fotografiadas.

De algunos de dichos objetos, entre ellos el frasco, fueron tomadas fotografías desde cuatro puntos diferentes, y en direcciones rectangulares. Cual si dijéramos, pero no lo decimos por ser redondo aquel, de frente, espalda y por los dos perfiles. Mas con la diferencia de haber sido tomadas estas últimas no con la máquina empleada para las anteriores, sino con una cámara microfotográfica[3]. Combinación ingeniosa y feliz de la fotografía y el microscopio, de la cual ya hablaremos cuando no nos acucie tan apremiantemente como ahora interés de saber lo ocurrido en "Villa-Gaya" la misma noche del crimen del rápido de Cochamba.

—¿Puedo pasar ya? —preguntó, desde la puerta, el médico requerido para efectuar el reconocimiento del cadáver.

—De ningún modo. Todavía no he acabado yo.

—Es que cuando los venenos son empleados por quienes no los conocen bien, se dan a veces casos en que si no se pierde tiempo, puede evitarse la muerte. Y aunque en

---

mensaje así concebido: «Aquí ha tocado el hombre cuyo dedo es así, y como ninguno otro de hombre alguno. Búscalo. Y si sabes buscarlo lo hallarás".

Ya se comprende por qué usan los perquiridores el citado exhalador yódico, interiormente lleno de vapores de dicho metal sometidos a presión superior a la atmosférica. Para que al darles libertad, cuando se los haya menester, salgan por multitud de agujerillos en forma de pulverización, dirigida sobre los objetos que se desee examinar. Las superficies de los cuales no muestran variación de aspecto, de no existir huellas digitales en ellas, pero en donde, coloreadas por los vapores, aparecen las impresiones de los dedos de quien las hubiese tocado.

Cuando de tal modo ha sido delatada una impresión dactiloscópica es llegada la ocasión de que la cámara fotográfica entre en funciones para retratarla. Evitando así, que si por cualquier causa llega a borrarse se pierdan los testimonios por ella proporcionados.

[3] Ya su nombre indica ser su aplicación fotografiar cosas sumamente diminutas.

este se ha perdido demasiado; pues debieron llamarme hace muchas horas...

—¿Entrar aquí antes que yo?... ¡Qué atrocidad!... Valientes desatines nos dirían después los reconocimientos técnicos y las fotografías.

Sería volverse loco; sería la impunidad de los criminales.

—Pero en compensación sería más rápido el auxilio a las víctimas.

—¡Las víctimas, las víctimas!... Si ya lo son; ¿a qué ocupamos de ellas?... Lo importante son los criminales.

—Pero si a esa mujer pudiéramos todavía salvarla.

—Habiendo querido suicidarse, sería para ella una contrariedad.

—Eso no es cuenta mía...

—Ni mía lo otro. Ea, no me haga perder más tiempo. Entrará usted cuando no embarace mis investigaciones.

Al decir esto se acercó el perquiridor al lecho, alzó la almohada que cubría la cabeza de la suicida, retiró las ropas, y al hacerlo exclamó:

—¡Qué atrocidad! ¡Qué peste! Bien perfumada ha querido irse al otro mundo. Ahora, Salcedo, usted a lo suyo. Ande con ella.

Dicho esto cogió el jefe la almohada, se la llevó y la puso sobre una mesa situada debajo de la lámpara, a cuya luz la examinó, con cuidado exquisito, valiéndose de una lente de aumento. Con unas pinzas, recogió luego de ella tres pelos, uno rubio y dos negros, y como media docena de motitas diminutas, que de momento no podía precisar qué fueran. Pero por si llegaren a tener importancia, lo cual dirían más detenidos examen y análisis, las guardó, con los pelos, en una cajita de aluminio, sacada de la abierta maleta policíaca; y anotó en su cuaderno de bolsillo de inventarios: «Caja número 1: tres cabellos de mujer y finas motitas que habrá de averiguarse de qué son".

Mientras el jefe hacía esto, el ayudante iba a lo suyo, y con ella andaba: es decir, retrataba a la suicida de frente, de perfil y de espalda, iluminándola con el proyector de arco eléctrico ya utilizado en sus anteriores tareas fotográficas.

Procediose después a examinar el contenido de un maletín, que había de ser de la interfecta; pues trascendía al mismo penetrante perfume de sus ropas, cama y cuerpo. Seguidamente cuantos objetos había en la alcoba y debía llevarse el perquiridor fueron envueltos en papel fino impermeable y esterilizado, rotulados e inventariados.

Por último, una manga de las usadas para barrer por succión, en las casas donde no se emplean escobas ni plumeros, aspiró todo el polvo del suelo. Y el depósito metálico adonde fue a parar se reunió a todos los demás objetos apartados. Para ser, como estos, sometido a sosegada inspección.

—-Doctor, ya ha llegado el momento de reconocer a la suicida.

—Yo hubiera comenzado por ahí.

—Y cuando hubiéramos ido a examinar la habitación, las idas y venidas de usted, las porquerías que traerá en el calzado y en las manos...

—¡En las manos! ¡Porquería!

—No se ofenda, en este caso es porquería cuanto no procede de los criminales.

Pues bien, todo eso habría borrado, revuelto, inutilizado cuantas huellas y datos tengo ya recogidos en toda su pureza. Bien se ve que no entiende usted de esto.

—Verdad es. Y, sin embargo —contestó el médico, ya desde el lado de la cama—, en medio minuto que llevo aquí he visto algo mucho más importante que usted en dos horas de pesquisas.

—¡Ja, ja, ja!... Más importante... ¿El qué?

—Que esta mujer no está muerta.

—¿Que no está?... No es posible... ¿Cómo ha de estar viva, habiéndose suicidado? Y nada menos que con una inyección de cianuro potásico... ¿En qué puede usted conocerlo?

—En casi nada: en que está flexible y caliente, en que tiene pulso, en que respira, en que...

—Entonces su carta es una broma de mal género, una

burleta de la autoridad.

—Será lo que sea; pero esta mujer no está sino dormida o tal vez sincopizada. Más todavía, basta mirar el lugar donde en la piel fue aplicada la inyección para afirmar que esta no pudo ser de ese espantoso veneno.

—¿Por qué, por qué?

—Porque en vez de un puntito, que es el solo rastro de ella, habría aquí un agujerillo, en donde a menos de circunstancias especiales, es probable que la piel tendría mortificados los tejidos en torno del lugar donde se dio el pinchazo[4].

—¿Está usted cierto?

—Y tanto.

—Entonces, el boticario que ha equivocado la receta es quien me ha dado el chasco y héchome perder todo el tiempo de mis pesquisas.

—A eso no digo que no. Pero lo que si niego es que el frasco que acaba usted de guardar, si de él ha salido la inyección, contenga cianuro de potasio. Fácil es verlo con sólo traer de la farmacia del pueblo un poco de nitrato argéntico.

—Corra, corra, Salcedo.

—No hace falta —contestó el ayudante a quien fue dada la anterior orden—. Lo tengo en el laboratorio del expresillo. Voy y vuelvo en un salto. La estación está al lado...

IV.   ELOCUENTES HALLAZGOS

---

[4] El cianuro de potasio, usado como ingrediente de laboratorio en algunos gabinetes fotográficos, es un veneno tan espantoso que una gota puesta en una heridita mata fulminantemente, de estar la solución suficientemente concentrada. De hallarse en tal grado de concentración no dejaría la huella de que el médico hablaba, por suponer que lo verosímil era que la solución no estuviera tan bárbaramente concentrada, que tardara unos cuantos minutos en matar.

—Señor perquiridor, aunque la culpa no sea mía — dijo con sorna el médico, cuando salió el ayudante en busca del reactivo—, siento mucho su contrariedad por el trabajo que ha perdido. Que a consentirme entrar más pronto no habría malgastado. Se queda usted sin víctima y sin criminal, pues que ambos eran una misma persona.

—Sin, sin... —balbuceó el perquiridor, contrariadísimo en efecto y además perplejo. Pero, de pronto, como quien topa con importante hallazgo, exclamó:

—¡Qué idea!... No, no señor. Probablemente ya habrá fenecido a estas horas el infeliz que, sin querer, se haya suicidado con el veneno que le dio el boticario, por su descuido de pegar en este frasco de sustancia inocua la etiqueta con la calavera que debió haber puesto en el que con este ha trastrocado. Vea usted cómo hay víctima y criminal. Despierte, despierte usted pronto a esa señora. Necesito saber en qué farmacia le han despachado esto, qué médico le dio la receta... Despiértela, despiértela.

—De eso trato con estas fricciones que estoy dándole... Aunque no haya ingerido veneno en proporciones mortalmente tóxicas, este sueño que, por lo sabido, dura ya veinte horas, cuando menos, no es explicable sino por la acción de un estupefaciente inyectado en fuerte dosis.

—¡Calla! ¿Qué tiene esta mujer en esta mano.

—No sé. Yo bastante hago atendiéndola a ella. Si todavía le interesan tales menudencias, véalo usted por sí.

—Vaya si lo seré... Un pedazo de tela. Es seda... Sí: seda ligera. A ver, a ver.

Efectivamente, por entre los dedos del puño derecho de la durmiente, asomaban jirones de un trozo de crespón violeta con rayas doradas, sugiriendo al perquiridor la idea de haber sido por aquella mano desgarrado de una tela que por contextura, colores y dibujo de la estampación parecía deber pertenecer a una chalina de hombre.

Este descubrimiento sumió al descubridor de aquel

valioso indicio en hondo y laborioso cavilar, con el que, de inferencia en inducción, iba, su perspicacia columbrando impensados horizontes...

Mientras el médico insistía en friccionar las pantorrillas de Celinda —ya se recordará que este es el nombre de la víctima del suicidio en vías de *frustramiento*—, el perquiridor procuraba abrirle el puño, y sacar de él el pedazo de seda.

Cada uno en lo suyo, ambos suspendieron sus empeños al retornar el ayudante trayendo el frasco con la solución del reactivo pedido por el médico y un tubito de cristal de los usados en ensayos químicos.

Enguantándose previamente las manos, vertió el ayudante en el tubo de ensayo una tercera parte del contenido del frasquito de la calavera y los huesos cruzados.

Tomando precauciones que, aunque parecieran extremadas no lo eran, para evitar salpicaduras del cianuro, mortales de necesidad, a caer en una erosión de la piel.

Echó luego en el tubo proporcionada cantidad del reactivo.

Pasó un breve rato en el cual el médico y Salcedo miraron atentamente el tubo, para ver si en el seno de la mezcla de líquidos contenida en él se formaban grumos de sustancia' sólida coloreada cual debiera, dé ser cianuro el del frasco de la calavera, y cuando vieron que no se producía la reacción indicada dijeron casi simultáneamente:

—Ya lo sabía yo.

—No es cianuro.

—¿Pues qué es entonces? —preguntó el perquiridor.

—No lo sé —repuso Salcedo.

—Probablemente morfina, pantopón... —contestó el doctor.

—O algo por el estilo —agregó el químico—. Eso ya lo dirá el análisis de lo que en el frasco queda.

—Pues entonces yo me vuelvo a mi enferma.

—Yo a mi corbata.

—¡Su corbata!

—Sí, Salcedo. Mientras usted ha ido al expresillo, he hecho un descubrimiento importantísimo. Tengo el principio de una soberbia pista. Venga, venga; vea, y ayúdeme.

—Señor perquiridor, si eso no le urge mucho, creo ahora preferible que ustedes dos me ayuden a hacer volver en sí a esta pobre mujer.

Es que yo necesito examinar ese pedazo de corbata. Puede decirme cosas interesantísimas.

—Pero no más, en mi entender, que las que esta mujer pueda decirle cuando se despierte.

—¡Hombre!... Pudiera usted tener razón. Vamos, Salcedo: vamos a ayudar al doctor. Qué hemos de hacer.

—Friccionarle cada uno una pierna. Pero sin miedo, aun cuando la desuellen. En tanto yo voy en una carrera a la farmacia, a despertar al boticario para que me dé alcohol y mostaza. Si no voy yo mismo a pedírselo es probable que no le dé la gana de levantarse.

A muy poco de salir el médico por la puerta de la fachada principal, apresuradísimos entraban, por la del frente opuesto, el sota perquiridor y su auxiliar, gritando: Don Nicasio, don Nicasio: un descubrimiento importantísimo.

—¿Dónde está usted, don Nicasio? Este era el nombre del comandante perquiridor —don Nicasio Retuerto—, que al oír las voces interrumpió su faena de restriegue y, asomándose a la puerta, dijo:

—Aquí, aquí. ¿Qué hay?

—Un automóvil con la chapa de la matrícula arrancada, abandonado a la puerta trasera del jardín.

—Un cubrepolvo olvidado en él.

—Con cosas muy sospechosas en los bolsillos.

—¡Hombre, hombre!

—Un perro envenenado.

—¡Otro suicidio!, digo, ¡otro envenenamiento!... Eso ya lo veremos luego. No hay que fiarse de los envenenados.

—Es que hemos encontrado junto a él un estuche con una jeringuilla de inyecciones.

—¡Como, aquí!

—Y pocos pasos más allá, entre unas matas, un frasco.

—No sigan, ya lo sé. Como aquí, como aquí: un frasco con una calavera y unas tibias en cruz en la etiqueta.

—No, no señor: sin calavera. Con un rótulo que dice: "Morfina".

—Véalo usted...: la morfina con que han matado al perro.

—¿Morfina? —preguntó Salcedo, soltando la pierna, que tenía ya a medio desollar y acercándose a su colega, a quien quitó el frasco de la mano, por haberle asaltada una súbita idea—. ¿Estás seguro de que el perro está bien muerto?

—Como que ya apesta.

—¿Y de que esto es morfina?

—¿De eso?... Yo no he hecho sino leer, allá afuera y, a mala luz, la etiqueta... Pero ahora, aquí, veo que esto no es incoloro como la morfina.

—Claro que no. Es verdad. Esto es probablemente una solución de cianuro, no de potasio, porque es verde, sino de níquel o de manganeso.

—¿Pero han parado ustedes en las friegas? —gritó el doctor al entrar de regreso y ver abandonada a la dormida.

—Es que... Oiga, Señor doctor; oiga.

Mientras don Nicasio explicaba al médico la causa de la interrupción del tratamiento, enterándolo de los hallazgos del jardín. Salcedo volvía a sacar el tubo de ensayo y el reactivo anteriormente empleados, trataba con este una porción del líquido del frasco hallado junto a la perra y una vez observada la reacción exclamaba:

—Esto sí que es cianuro. Vea usted, doctor, cómo los productos sólidos de la reacción van cayendo al fondo del tubo.

—Sí, sí: un cianuro es.

—De níquel o manganeso. Eso ya se, verá luego, pero por ahora poco importa, pues ambos son igualmente venenosos.

—Ya lo decía yo. Qué pronto conocí que había habido

un trueque de etiquetas. ¿Lo ve, doctor, lo ve?

—Nunca he dudado de la aguda perspicuidad de usted. Lo que me llama la atención, señor Salcedo, es cuán pequeña ha sido la cantidad de cianuro argéntico formada.

—Sí. Eso prueba que la solución del frasco es muy débil, que tiene muy pequeña cantidad de veneno. Es decir, muy pequeña químicamente hablando, pero sobrada para matar.

—Sí, pero no tan fulminantemente al ponerse en contacto de la sangre como una más cargada.

»En vez de unos cuantos segundos, esta solución no matará sino tal vez en dos o tres minutos, tiempo sobrado para dejar señal visible de su acción en la piel, seguro estoy de que la perra tiene las huellas en el lugar del pinchazo. Precísame las que faltan a esa mujer. Lo se me hace raro, Sr. Perquiridor, es que estos dos frascos, y estas dos jeringuillas que, lógicamente pensando, debieron separarse en la farmacia al llevárselas dos ferentes compradores, hayan venido a juntarse en esta casa.

—¿Y por qué habían de ser dos los compradores?... ¿No pudieron ser ambos traídos aquí por esa mujer que quería suicidarse?

—¡Con los dos!... Si tenía cianuro, ¿a qué morfina?

—Tal vez para matar a la perra —insinuó tímidamente el teniente perquiridor.

Como se ve, el teniente desbarraba como había desbarrado Malas Patas.

—Matarla; no —objetó don Nicasio—: quien la ha matado no pensó sino en dormirla; pues' creía usar morfina.

—¿Y a qué necesitaba esta mujer, dormir a ese animal, en el jardín, para matarse ella en su alcoba?

—Esto es incomprensible.

—Absurdo.

—Por más que sutilizo el intelecto, no doy con explicación...

—Si el perro fuera un hombre, cabría la explicación

de que él se hubiera puesto la inyección, pero...

—Pero como no lo es... Basta, basta. No siga que va usted resbalando de dislate en desvarío.

Debatiéndose en aquella maraña de suposiciones incongruentes, prendida la atención entre sus enredadas hebras, estaban los cinco hombres, sin que ninguno, ni aun el médico, tocado ya del fascinante interés de los dramas policíacos, se acordara de la infeliz Celinda, cuando un suspiro de ella, reaccionante ya, mas no despierta aún, les recordó cuál la tenían olvidada, y les hizo pensar que humanos deberes, e incentivos de curiosidad, exigían de consuno cesar en tal olvido.

Ha pasado media hora. La narcotizada, pues más no era, ha vuelto en sí; más por haber, sin duda, habido demasía en la dosis de morfina —dado que morfina fuere al cabo, lo que la tuvo postrada veintiséis horas —recuperaba la conciencia de su existir revelado por la sensibilidad física, mas no el conocimiento racional de lo que la rodeaba, pues se hallaba en estado de postración que permitiéndole, no más, darse cuenta y quejarse, cosa muy explicable, de quemaduras en las piernas, no consentía que fuera sometida a interrogatorio. Peligroso para ella, en opinión del médico, hasta que pasaran unas horas. Y ante la terminante prohibición facultativa, hubo de ceder el fervor policíaco del sr. perquiridor, que decidió salirse de la alcoba donde solamente el médico iba a quedarse con la recientemente vuelta en sí. En tanto no llegara la Chata, a quien este había enviado a buscar para que a la mira de aquella estuviera el resto de la noche y hasta que él volviera a visitarla.

Antes de retirarse dispuso don Nicasio que sus oficiales recogieran todo el material de reconocimiento. Encargando a Salcedo tuviese especial cuidado con el *pituitógrafo* para que sus aspiradores quedaran absoluta y herméticamente cerrados.

El citado aparato era una novedad recién adoptada para la policía, y utilísima en las primeras inspecciones subsiguientes a la comisión de crímenes, por ser su objeto recoger,

41

conservar y delatar, por último, los más tenues olores. No faltándole para competir con el podenco de más fina nariz sino posibilidad de echar a correr en seguimiento del rastro descubierto.

Pero, aun sin eso, era utilísimo el nuevo aparato. Cual se verá a la hora de utilizar lo que en la alcoba hubiese averiguado.

V.   LO QUE EN VALVANERA

FUE VISTO EN EL RÁPIDO

Una vez fuera de la alcoba, se acordó don Nicasio de otros puntos que además de los concernientes a la no suicidada doncella, era preciso esclarecer en el oscuro asunto cuya investigación comenzaba.

A saber: qué había sido de la elegantísima dama llegada allí la tarde de la víspera, qué del caballero y qué del auto. Unos y otro vistos por no pocos vecinos de Abanal, y desaparecidos misteriosamente sin saber cuándo, cómo, ni por dónde...

¿Víctimas, él y ella, de un secuestro?... ¿Asesinados?... ¿Los dos?... ¿Uno?... A nada de esto podía contestarse por lo pronto. Pero lo cierto era que ni el registro de la casa, hecho por Don Nicasio, ni los del jardín, garaje, etc., efectuados por sus subordinados, habían hallado, sobre lo que sabemos ya, sino restos de una cena de fiambres en el comedor, una cama deshecha en el piso principal, de donde salía perfume diferente y mucho menos agresivo que el despedido por la de abajo, multitud de huellas de muchos y diferentes pies de opuestos sexos y diversas posiciones sociales —palabras del atestado del teniente—, en contrarias y entrecruzadas direcciones; restos de barro seco y polvo recogido en pasillos, comedor, alcobas y garaje. Cosas, en suma, posiblemente muy fructíferas en cuanto el microscopio y los análisis químicos las reconocieran en el laboratorio; mas por lo pronto, inexpresivas; pues de ellas no podía deducirse ni la suerte de las personas desaparecidas, ni siquiera sus rastros.

Había además otro problema, del que eran incógnitas el pertinaz sueño de Ña Pocas Liendres, desde las nueve de la noche (a que, según dijo ella al sr. teniente perquiridor, habíase acostado) hasta que a las tres de la siguiente tarde la vieron despertarse Malas Patas y Matías, y el más prolongado de Ño Viviano durante veinticuatro horas. Estando por averiguar si tuvieron sus orígenes en vinolenta intemperancia de los embriagados, insólita en la hembra, a quien nadie había jamás visto, no ya borracha, pero ni siquiera calamocana, o procedían de causa diferente a otros imputables. ¿A otros?... Pero ¿a quiénes? Por si estos problemas no bastaran a marear el más sólido seso, trotábale además, o mejor rodábale, al avispado policía en la cabeza el auto abandonado, cuyo motorista había que buscar. Pues indudablemente sirvió el coche de instrumento en alguna fechoría, cuando, quienes lo emplearon, le habían arrancado la chapa de matrícula.

En todo esto pensaba don Nicasio Retuerto cuando, ya instalado en el comedor, lo enteraban minuciosamente sus subordinados de las pesquisas del jardín y de las declaraciones prestadas por Viviano y Frasia. En tanto él tomaba un piscolabis. Pues en su inquisitivo ardor no se había, hasta entonces, acordado de que cuando iba a ponerse a comer, en su casa de Puertofoz, tuvo precisión de salir de estampía en el expresillo, en vez de sentarse a la mesa.

Impuesto ya en la totalidad de los resultados obtenidos de los reconocimientos, y en aptitud de coordinar lo visto por él con lo visto y oído por sus auxiliares, ocurriósele inmediatamente realizar múltiples indagaciones y diligencias que su alto espíritu profesional, e infatigable celo *criminófobo*, impulsábanle a emprender sin demora. Pero los hombres no son de acero; y el infeliz, con cuerpo y mente igualmente rendidos por la ruda labor que una y otro llevaban realizada, sentíase abrumado, somnoliento, torpe: incapaz, en suma, de hacer nada de provecho mientras no diera a sus nervios y cerebro el descanso que pedían.

Por ello se resolvió a dormir unas horas, aun cuando sólo fuere en un sofá. Con la esperanza de que al despertar ya estaría la muchacha aquella en estado de ser interrogada.

No se durmió en seguida, por desazonarlo la mortificante idea de que el gran trabajo derrochado en aquella laboriosa noche, por hombre de su crédito y experiencia, no produjera resultado hasta entonces apreciable, siquier no fuese todavía el definitivo y glorioso para él, y por él, vislumbrado como desenlace del asunto en que estaba metido. Dando vueltas al cual, y a través de sus sombras y nieblas, percibió la realidad de un clarísimo hecho: el irregular y sospechoso allanamiento de morada que, forzando la puerta y penetrando en la casa del crimen, habían cometido el alcalde y el juez de paz, sin formalidad judicial, ni asistencia de escriba no, ni constancia escrita de lo visto y hecho.

Quién sabe si para borrar pistas que a ellos los comprometieran, como cómplices, o tal vez como reos del asesinato de Garbosa[5], del secuestro, etc., etc. Y como esto podía ser muy grave, y Retuerto sabía bien que en asuntos de aquella índole no conviene perder tiempo, se levantó del sofá, salió al jardín, dio orden al sargento de la guardia cívica, que desde su regreso al pueblo estaba a la puerta de la verja, por si fuere preciso cumplir alguna orden, de que inmediatamente sacara de sus camas a Malas Patas y a Matías, y los metiera en la cárcel.

Ya tranquilo de no haber perdido por completo la noche se tumbó, Retuerto, en un diván, en busca del descanso,

---

[5] Asáltame la duda de si hablando de animales puede decirse asesinados. Y como soy escrupuloso en estas cosas acudo al diccionario y leo: "ASESINAR: Matar —no dice si a personas o bichos— con alevosía, por precio o promesa remuneratoria, etc." De lo cual deduzco que, no puntualizada en la definición la jerarquía que en la escala zoológica ha de tener la víctima par a que exista asesinato, cabe decir de perro o gato, chinche o pulga que fenecen asesinados cuando en la muerte media alevosía y vil remuneración.
Así, los perros que mata la crueldad municipal mueren asesinados, pues con alevosía y por dinero —sus jornales— los matan los perreros; asesinadas mueren las chinches que en un sábado matan las domésticas en las casas de sus amos, pues lo hacen a traición, por la cual cobran sus salarios. Mientras que no comete asesinato, sino sólo chinchicidio quien por sí mata por rencor, venganza a las que le molestan en la cama.
A la inversa, el hombre que mata a otro sin que por ello sea pagado, no asesina. Al menos eso dice el diccionario... y no entremos en el código.
Así, en cuanto a la perra, no podemos todavía decir si murió asesinada. Y no por ser irracional, sino porque ignoramos si quien le dio muerte fue un alquilón de enemistad ajena crítico a sus propios malquereros.

bien ganado.

¿Y qué hacemos nosotros mientras duerme Retuerto? Porque es posible que el sueño del lector no coincida con el del fatigado perquiridor, y en Cuanto a mí me tiene desvelado, lo mismo que un mochuelo, curiosidad de saber algo, que a ser sabido por aquel, tampoco le habría dejado dar ni una cabezada.

Refiérome a otro crimen: el que dejó indicios de su comisión en el Puente de las Palmas, la misma noche que en la casa de campo de Abanal acaeció cuanto sabemos y lo que aun ignoramos.

Para ello trasladémonos, no allá, sino a Valvanera, estación de la vía férrea situada 280 kilómetros más lejos, donde, a las 6 y 45 de la mañana se detuvo el rápido ascendente Puertofoz-Cochamba para dejar sus acumuladores eléctricos, exhausta cuesta arriba que lo llevaba al puerto de la gran cordillera. Cuya ladera subía penosamente, a fuerza de tornos y revueltas sobre el haz del monte y de *buceamientos* en las entrañas de su carne de peñas.

En lugar de aquellos iba a recibir otros que, en la parte de la cuesta que aún le quedaba por trepar, habían sido recientemente cargados por los trenes descendentes con la rotación de sus ruedas. Que movidas, en la bajada, al solo impuso del peso de sus vagones y locomotoras, hacían voltear las dínamos engendradoras de la electricidad que según iba produciéndose se almacenaba en los acumuladores.

Ingenioso y económico sistema que movía los trenes en la cuesta arriba con la velocidad que por su peso, sin gastar combustible ni fluido eléctrico, desarrollaban otros en la cuesta abajo[6].

---

[6] La recuperación de fuerza, desarrollada en la bajada de un vehículo cualquiera y aprovechada en la subida de otros, no es fantasía forjada por la imaginación de Ignotus, ni me menos descubrimiento suyo en el aspecto de práctica aplicación mecánica, sino arbitrio seriamente estudiado por muchos ingenieros, cuya útil realización pende, por lo que a los ferrocarriles y otros vehículos de tracción respecta, del mejoramiento industrial de la relación entre fuerzas motoras,

rozamientos perdidos en calor, costos, capacidad y duración de los acumuladores; en suma de la disminución de pérdidas en la trasformación de unos en otros agentes de energía, que en nada se refiere a posibilidad esencial, sino únicamente en cuanto se resuelvan unos cuantos problemas industriales y económicos.

Tan es así, que en ciertas líneas de trasporte por cable aéreo, donde colgadas viajan las vagonetas de mineral extraído de algunas minas, hasta dejarlo en el puerto o la estación de embarco, en el montón de existencias, el peso de dichas vagonetas cargadas es la fuerza que a la mina sube otra vez las descargadas. Es este, por lo tanto, un transporte cuyo se limita al del establecimiento de la vía y al del material circulante.

Como yo no tengo que hacer, aquí, proyectos de explotaciones industriales, con demostrar la posibilidad en principio del sistema de tracción por recuperación de fuerzas dejaré cumplido cuan to pueda pedírseme.

Esa demostración es muy sencilla y breve. El procedimiento de producir industrialmente electricidad dinámica, sea cualquiera la fuerza en ello empleada, es hacer que esta fuerza de impulso al giro del árbol de la dínamo o del alternador, que girando engendra la corriente: continua, y en un sentido único, cuando sale de una dínamo, y alternativa en opuestos sentidos, cuando nace en un alternador.

Dicho esto, se comprende que si en cualquier vehículo que se mueva por rodamiento y mediante uno de los sistemas usados en mecánica, se articulan los ejes de sus ruedas a los de dínamos trasportadas en el cocheo vagón, cuando ruede el vehículo, girará la dínamo y engendrará corriente que podrá cargar acumuladores para emplearlos más adelante en impulsar aquel mismo u otro coche.

Desde luego el sistema no tendrá utilidad mientras sea preciso gastar fuerza externa para mover el coche, mas cuando puesto en una cuesta tenga esta suficiente declive para que por su solo peso se ponga aquel en movimiento, no solamente andará de balde, sino que además producirá electricidad. Se dirá que las ruedas rodarán más despacio pues parte del impulso debido al peso se empleará en vencer la resistencia material que la dinamo opone al giro de su eje.

Es cierto; pero esto será una ventaja y no un inconveniente en las cuestas violentas; pues economizará frenos y alejará los riesgos de accidentes.

Por último, interesa advertir que es ley mecánica matemáticamente demostrada —ley de la conservación de la energía— que un vagón de veinte toneladas de peso, por ejemplo, que por efecto del suyo baja desde una meseta de mil metros de altitud a la orilla del mar desarrolla en la bajada fuerza capaz de subir igual número de toneladas del mar a la misma altitud.

El problema está en recoger dicha fuerza para ulterior empleo. No íntegramente, eso será siempre imposible, porque a ello se oponen frotamientos y recalentamientos; pero en proporción más satisfactoria de la alcanzada hasta hoy. Pues la ingeniería, anda en esto a la altura que en la producción de luz eléctrica, en la cual solamente se trasforma en luz uno o dos kilogramos de carbón de cada cien empleados en mover las dínamos o los alternadores, quedando perdidos los demás, y en las buenas máquinas de vapor, sus más felices éxitos no pasan de aprovechar diez o doce y perder noventa u ochenta y ocho.

¡Y haciéndolo tan mal todavía se envanece el hombre de su ciencia! ¿Qué sería si lo hiciera mejor?

Poniéndonos en una no inverosímil posibilidad del mañana, en el que hayamos aprendido lo necesario para i r resolviendo los problemas accesorios de tracción de que antes he hablado, viajaremos en ferrocarriles como los de Ibermania, que no gastan en las cuestas abajo electricidad ninguna de la Red Nacional Electro-Ferroviaria; pues el frenado se obtiene por reacción contra los ejes de los vagones, debida a los contramotores, ligados eléctricamente a las dínamos movidas por las ruedas, o a los acumuladores que ellas cargan y mecánicamente a las zapatas de presión sobre las llantas, quedando siempre un considerable remanente en los acumuladores igual a un 25 por 100 de la total fuerza desarrollada en los descensos, con lo cual sólo pesa sobre la mencionada red el gasto de un 75 por 100 de la fuerza exigida para las subidas.

Advierto que en toda esta nota se ha empleado la palabra fuerza, no con su valor técnico en mecánica,' sino cual la usa el vulgo, sin meternos en honduras, de fuerza, trabajo, potencia, etcétera, y otras zarandajas innecesarias en el caso presente.

No es de extrañar que la economía realizada al implantar el sistema subiera a un 36 por 100 de los antiguos gastos totales de tracción en subidas y bajadas.

Y sin embargo, como el hombre nunca se satisface y en murmurar de todo ocupan los ibermanos distinguidísimo lugar en el planeta, la reforma fue causa de muchísimas reclamaciones planteadas por los remitentes de carga que vivían en la altura, y la enviaban a la costa o a sus cercanías. Pues no contentos con la general rebaja de tarifas consiguiente al planteo de la recuperotracción —es muy fea la palabra, pero no la he inventado, y así dicen allí— reclamaban que sus cosechas y sus productos industriales fueran transportados por las compañías, no ya de balde, sino pagándoles un canon por kilómetro de bajada y carga; puesto que con el peso de lo que cargaban ellos se movían los ferrocarriles, y debía, por tanto, considerarse aquella carga como una nueva especie de carbón.

Este era un gravísimo problema cuyo estudio en el año *** traía a maltraer al ministro de Transportes de Ibermania. Y no mollar; pues mirando el asunto desapasionadamente, tenían un fondo de razón los cargadores de la altura en sus peticiones; y de otra decían las compañías, cerrándose a la banda, que quien quisiera bajar de balde sus cosechas a la costa las echara a rodar montaña abajo.

Esto era una barbaridad, pero como...

Mientras se hacía el cambio, obligante a parada de cinco minutos, advirtió el jefe de estación que la gran cartela donde, bajo las ventanillas de un vagón, leíase, en letras negras sobre fondo blanco "Reservados de lujo", tenía una mancha grande y no pocas salpicaduras rojas, que de cerca examinadas resultaron ser de sangre. Inquietante novedad de que avisó al jefe del tren, quien practicando inmediato registro, halló ocupado uno de los departamentos del vagón por un anciano y su hija, que nada sabían ni nada habían oído durante la noche. Pero en el medianero con el de padre e hija fueron encontrados una toca de viaje de señora, y un saco de mano, de cuero rojo, con cierre y cadena de suspensión de oro: abierto, vacío y con su forro interior de seda blanca, lleno de manchas rojizas, cual producidas por dedos ensangrentados.

Levantadas las ropas de la única cama deshecha de las dos del reservado, viéronse almohadas y sábanas copiosamente empapadas en sangre. Al igual que algunos mechones de largos y hermosísimos cabellos rubios, en cama y suelo sugerentes de la terrible presentida visión de un cadáver de mujer por ellos arrastrada hasta la ventanilla. Pegados a la pasamanería del marco de esta había también, no mechones, mas sí cabellos sueltos del mismo rutilante color de oro.

Por último, en el tocador-retrete del departamento, apelotonadas en dos rebujos tirados en el suelo estaban las toallas del lavabo: no tintas en sangre, mas sí emporcadas de agua sanguinolenta. Como si en ellas se hubiesen enjugado manos apresuradamente lavadas. Por ser dos las toallas y haber sido arrojadas a rincones opuestos, hacían pensar, no en uno, sino en dos asesinos.

Otros indicios, además de los citados, evidenciaban haberse desarrollado allí, poco ha, una horrenda escena; pero

---

Bueno, no creo necesario estudiarle hasta las heces el problema al sr. ministro. Que lo estudie él, pues para eso le pagan. Y se me antoja que no lo va a estudiar.

como quienes los vieron, en este primera inspección del teatro del crimen, no supieron por lo pronto apreciarlos, aplazo el hablar de ellos hasta que sean vistos por ojos más expertos.

En el registro andaban el jefe del tren y los revisores y camareros de los coches-camas cuando llegó al rápido el *radiofonema* del juez de Valdemimbres. Contestado, tan pronto hubieron declarado todos los viajeros, con otro despacho que decía:

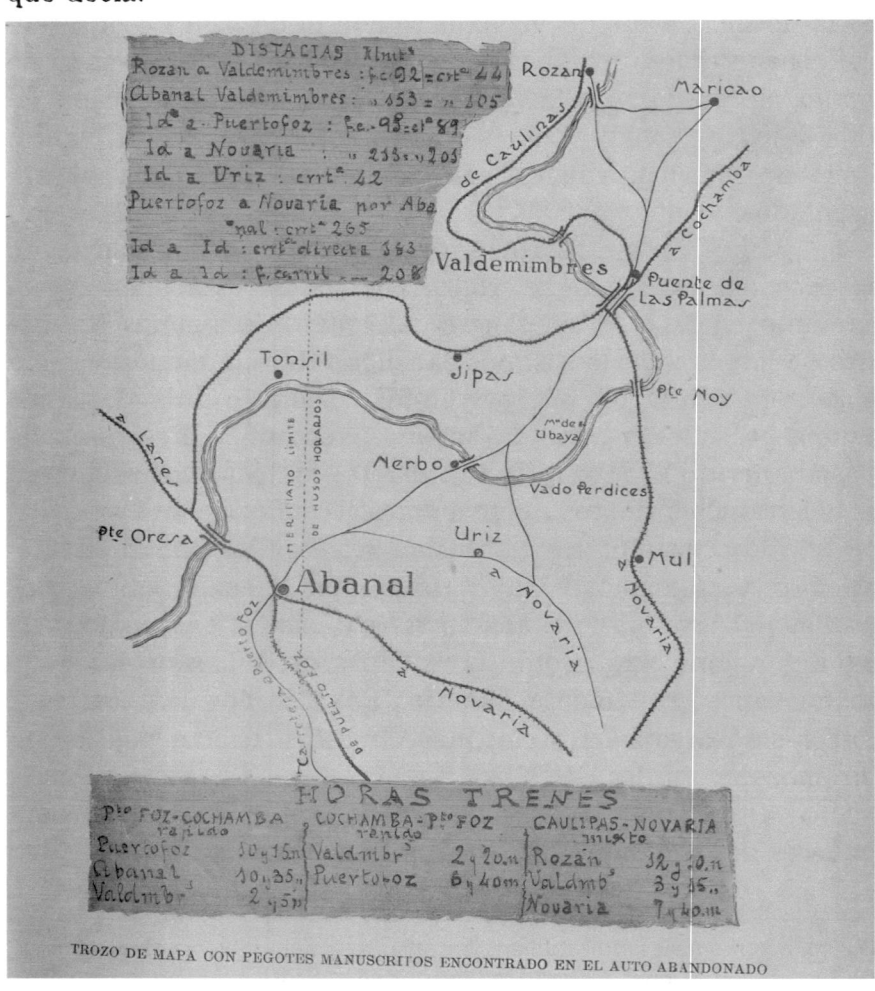

TROZO DE MAPA CON PEGOTES MANUSCRITOS ENCONTRADO EN EL AUTO ABANDONADO

"Jefe Rápido Ascendente Puertofoz-Cochamba al Sr. Juez de Valdemimbres.—Expresivas señales comisión en este tren y noche crimen supuesto *radiofonema* V.S. desaparecidos viajera y viajero elegantes que en Abanal subieron reservado donde hay vestigios muerte mujer arrojada vía. Además, en este tren viajaba, según dicen revisor y el camarero de reservados, doncella de la señora. Pero no con billete hasta Cochamba, como ella y el caballero, sino con un segundo a Valdemimbres. Allí es de creer bajara; pues en el tren no está. Aunque camareros turno vigilancia nocturna no recuerdan bajaran desde Abanal hasta aquí sino dos hombres en Valdemimbres. Desengancho vagón en espera órdenes".

Este fue el despacho que el jefe de la estación recién citada entregó al perquiridor llegado a ella en el expresillo. Quien antes de salir para el puente en donde ya le vimos, lo contestó con el siguiente:

"Capitán Perquiridor Primera Brigada Investigatoria en Valdemimbres, a Jefe Rápido Ascendente en marcha a Cochamba.—Recibido su despacho Juez. Cierre reservado prohibiendo nadie vuelva entrar en él. Que jefe Valvanera enganche vagón reservado primer tren descendente que aquí lo traiga, con revisor y camareros aludidos su *radiofonema*. Padre e hija citados pueden seguir Cochamba vaciando de coche, pero vigílense mucho sus bultos a mano para estar ciertos no tiran nada. Obsérvelos durante viaje; y "en llegando a Cochamba queden detenidos estación hasta llegada juez de allí, a quien se avisará y mostrará telegramas cruzados. Este mío le servirá de orden para actuar. Declare usted ante él cuanto ha visto en registro vagón.—-El Capitán Perquiridor, Luis Rojas".

VI. CÓMO Y POR QUÉ PERDIÓ LAS UÑAS LA DONCELLA

El lector, más dichoso que los dos agentes que ha visto intervenir en los asuntos —en tecnicismo policíaco así se llaman los crímenes— de Villa-Gaya y del vagón registrado en Valvanera, sabe que en Abanal tomaron el rápido una señora y un caballero, misteriosamente desaparecidos del tren. Dato ignorado por el Perquiridor Mayor que en aquel pueblo actúa, sin tener, tampoco, remota sospecha de la reciente comisión de ningún crimen en tren ninguno. Mientras el Capitán Perquiridor, enterado de la tragedia del rápido núm. 373, no sabe que en Abanal haya ocurrido nada relacionado con ella.

Sabiendo lo que ellos ignoran y bastando un chispazo, bien aprovechado, para encender luz, Abanal es la chispa, cuyos resplandores antójansele al lector perspicuo traslucidas vislumbres en las oscuridades de los crímenes de Abanal y Puente Palmas. Que bien pudieran ser un solo crimen. Y si además de perspicuo es curioso, y además de curioso impaciente, de cierto está ya dando resoplidos en su chispa para, evitar se extinga antes de haberle alumbrado camino a nuevas deducciones.

Si estamos frente a un crimen, o si son dos los crímenes, pronto lo hemos de ver. Pero aun dado que, al cabo, prevaleciere singularidad real sobre plurales apariencias, pierde el tiempo el lector —caritativamente le prevengo de ello, para ahorrarle vanos quebraderos de cabeza—, piérdelo, por agudo que sea, con sus cavilaciones y soplidos. Porque la chispa ha dado ya de sí cuanto hasta ahora dar puede, y no luce ni dura cuanto sería menester para, disipar las brumas del caso más enrevesado y tenebroso de cuantos registran los jurídicos anales Ibermania. Nombre que vela el que no quiero decir, del país donde acaecieron los hechos de esta historia. Lo pierde sí, hablo del tiempo, porque tales tinieblas, negras cual las del caos antes del nacimiento de la luz, y aquellos enredijos de madeja salida de las uñas de un gato, aún no ciegan los ojos, ni entorpecen el juicio de los perseguidores a los criminales, como en lo venidero han de embarazar su difícil labor.

Por lo pronto la primera sorpresa de Don Nicasio, cuando a la mañana, acompañado del juez y del escribano de Úriz fue a interrogar a quien llamaba, no con gran propiedad, pero así decía él, la exsuicidada, fue oír de labios de ella que jamás había pensado en suicidarse.

—¿Pues para qué escribió la carta en que usted misma lo declara?

—¿Qué carta?

—Esta. Mírela.

—Yo no he escrito eso. Y es más, quien la haya escrito ni siquiera ha pensado en imitar mi letra.

—Entonces ¿de quién es esta letra?

—Yo que sé. Sólo sé que no es mía; y eso lo verá usted en cuanto me levante y tenga fuerza para escribir... Porque ahora estoy desfallecida, se me va la cabeza, tengo hambre, y necesito que me den de comer.

—Entonces, no fue usted quien equivocó los frascos.

—¡Los frascos!

—Y a conciencia de que era morfina se puso la inyección. Por lo visto es usted *morfimana.*

—Ni yo soy *morfimana,* ni me he puesto inyección ninguna.

—¿Cómo qué no? Mírese la pantorrilla izquierda donde por ser la aguja gorda, tiene usted aún la señalita del pinchazo —arguyó con plena convicción Retuerto, volviendo discreta y correctamente la cabeza, para no ver la parte reconocida por la muchacha. Sin volverse a mirarla sino después de preguntar ¿se puede ya?, y contestarle ella.

—Sí, señor... Y es verdad; tengo el pinchazo donde usted dice... Pero yo no me lo he dado... ¡Ah!... ¿Será?... Ahora parece que quiero recordar... Este mareo con que he despertado y todavía me dura no me deja ver en la confusión de mis débiles recuerdos... Pero ahora creo que anoche me pincharon ellos.

—¡Ellos! ¿Quiénes?

—Los que entraron a poco de acostarme yo..., los que... No sé, no sé... Sí, sí: los que me sujetaron... Pero, se me vuelve a ir la cabeza... Estoy muy mala... Se me parten las sienes...

—¡Pues la hemos hecho buena! Cuando íbamos a preguntarle lo de la corbata, y a cortarle las uñas, se le ocurre desmayarse. No podía hacerlo más inoportunamente.

Lo de la cortadura de las uñas, que a los no versados en los progresos, no de mañana, sino ya de hoy, de la ciencia policíaca, parecerá, no solamente notoria inoportunidad, por el momento para ella elegido, sino además extravagancia insólita del sr. perquiridor la de tomar a su cargo aquella parte del tocado de Colinda, era sin embargo precaución oportunísima. Pues las uñas de los criminales, y las de sus víctimas, suelen contener, y conste que no es broma, depósitos de restos —polvo, briznas, etc.— de las cosas con las que en cercanas fechas han andado, y aun evidencia de las personas con quienes han comunicado.

Restos que científicamente analizados por ingeniosos procedimientos, descubren su naturaleza, y son a veces utilísimos indicios para conocer actos de las personas en cuyas manos se han hallado, llegar a la identificación de ellas, a reconstituir los crímenes más oscuros, y a capturar a sus autores[7].

_____

[7] Quien primero vio la utilidad policíaca del examen científico de los depósitos unguienlares fue el dr. Schneider, de cuyos primeros estudios microscópicos resultó que las materias encontradas en las uñas de diversas personas dieron indicaciones positivas de la clase de faenas físicas realizadas desde tres hasta ocho días antes de haber sido recogidas las raeduras de las uñas de las personas acerca de quienes se quería deducir consecuencias; de las ropas vestidas desde tres antes; de efectos y cosas con las que habían andado, reveladas por pelusas de billetes de banco, billetes de ferrocarril, papel de barbas, etc., briznas, polvo, partículas de las materias del comercio industria por cada uno ejercido; y daban igualmente indicaciones sobre algunos hábitos, vicios y enfermedades de dichas personas, y hasta en algunos casos de otras a quienes habían tocado.
Es de notar que el lavado ordinario de las uñas con agua, jabón y cepillo, limpia estos depósitos, pero no los arranca en su totalidad, ni siquiera en su mayor

—Ayúdeme, Sr. Juez, ayúdeme —prosiguió Don Nicasio, dirigiéndose al citado que, con su escribano, había asistido al anterior diálogo; sacando del bolsillo, al decirlo, un papel fino, muy satinado y blanquísimo, que colocó debajo de la mano de la desmayada, y unas tijeras especiales, por lo finas a la par que fuertes, para efectuar la amputación *unguicular*, bien al rape de la carne a fin de aprovechar íntegramente cuanto en las uñas tuviere la desmayada—. Vaya usted sosteniendo el papel debajo de los dedos mientras yo le corto las uñas.

Segadas a cercén las de una mano, y raspada la piel de los dedos en las inmediaciones de los cortes para que cayera al papel cuanto a la epidermis estuviese adherido, envolvió don Nicasio cuidadosamente su cosecha, y rotuló el papel: "Mano derecha" 14 de junio de ***. Repetidas las mismas escrupulosas operaciones con la otra mano y guardados los dos papeles, dijo:

—Ahora, si le parece a usted aprovecharemos el desmayo de esta chica, para tomar declaración a los porteros.

Si pretendiéramos puntualizar los centenares de declaraciones obrantes en el proceso que comenzamos a referir, poniendo en el relato la minuciosidad propia de tales diligencias, llenaríamos tantas y tantas páginas que no habría quien

---

parte, para lo cual se requiere un raspado del interior de las uñas, hasta lo hondo, y de las yemas de los dedos.

Es curioso el experimento personal, en sí propio hecho por el dr. Fisher, quien, despúes de limpiarse y rasparse esmeradamente las uñas, se vistió; y cuando hubo acabado de hacerlo se las volvió a raspar, hallando en ellas, según dijeron microscopio y análisis de lo obtenido del segundo raspado, fibrillas de algodón, lana y seda; unos insignificantes pellejillos humanos, y un pelito de ardilla. Todo procedente de que el doctor se había puesto, y por tanto tocado, pero sin raer ni arañar nada, ni apretarlo, ni manosearlo más de lo ordinario y preciso, camiseta y calzoncillos de algodón, ropa exterior de lana y corbata de seda de los colores de las fibras encontradas; y se había calzado guantes forrados de piel del animal citado. Los pellejillos eran del pescuezo del experimentante, por donde sus uñas hablan andado peleándose con el cuello postizo, que se resistía a que el botón de sujeción a la tirilla de la camisa entrase en sus ojales.

tuviera la paciencia de leerlas. Preciso es por lo tanto resumir lo dicho por diversos declarantes, agrupando y condensando todo lo relativo a unos mismos hechos: ahora y en lo sucesivo. Salvo frases y casos dignos de trascripción literal.

Seis días antes había sido alquilada Villa- Gaya por dos meses, anticipadamente pagados, a toca teja y sin regateos, a Malas Patas, administrador de la finca, por un caballero como de treinta a treinta y cinco años, elegantísimo, en opinión del susodicho Patas, y que hablaba con marcado acento extranjero. El alquiler fue hecho a nombre de Miss Alice Brand, hermana del que lo contrató.

A cosa de las cinco de la tarde anterior a la noche que en pos de sí dejó los sospechosos indicios ya conocidos, se presentó en la casa, el citado caballero. Que llegando a pie dio, con ello, lugar a. la suposición de haber hecho en tren el viaje hasta Abanal. Dio orden a los conserjes de que abrieran las ventanas del hotel, pues en breve llegaría la señora. Efectivamente, llegada a poco en compañía de su doncella— la Colinda de la inyección, el sueño y los desmayos—en un automóvil abierto que se quedó aguardando a la puerta de la verja.

Si elegante era el caballero, "la señora, guapísima y rubia como las candelas, parecía mismamente una reina", según dicho de Ña Pocas Liendres. Corroborado por Marica, La Chata y no pocos lugareños, que a la llegada del automóvil se agolparon en la próxima bocacalle a ver bajar de él a la dama forastera. "Y anda con la doncella, que más que una *criá paece* una *señoringa* de lo más *copetúo*". En la media hora transcurrida entre las llegadas del caballero y la dama hermana suya, él recorrió el hotel, jardín, casa de los conserjes y hasta el gallinero. Ponderando a Viviano, que lo acompañaba, cuán nerviosa y cobarde era la señora. Por ello, y por tener el caballero que retornar aquella noche a Novaria, de donde no volvería hasta ya cerca del amanecer, encargó al portero que, en cuanto él partiera, cerrara la verja y la puertecilla del jardín, y entregara las llaves a la doncella, quien se las subiría en seguida a la señora; pues si no, no dormiría esta tranquila: "Lo cual que *m'atufó pos* yo me creo que ya soy de *ñar*". Está hablando Viviano.

Seguidamente recogió y se guardó, el recién venido, la llave del garaje; por que habiendo de regresar a hora intempestiva, no quería, según dijo, molestar al portero, cuando el motorista del auto podía, al retorno, abrir con ella. "Y con esta finura del Señor se *m'abajaron* los malos humos de antes". Cita del mismo autor.

Doña Alicia dio una vueltecilla para ver el jardín. "Sin poder parlar jota en *iberés*[8], pues no sabía hablar más que en *extranjís*". En seguida subiose al cuarto principal del hotel, acompañada del caballero, que a los pocos minutos bajó con la doncella, y ordenó a esta que de un cesto, en el auto traído, sacara dos botellas y parte de una buena provisión de fiambres, en aquel contenida, que por no ser ya hora de preparar comida en Villa-Gaya trajeron de Novaria. Lo apartado fue metido en las bolsas del auto para que el caballero tomara, en el camino, un tente en pie, antes de llegar a dicha población.

Repetida al portero, en presencia de doña Celinda — así llamaba aquel a la doncella— la orden de cerrar y entregar a esta las llaves en cuanto el Señor se fuera, encrespose de nuevo la vidriosidad de Ño Viviano, que el caballero aplacó pretextando no ser aquello desconfianza, sino "cosas de la Señora". Y para más acallar la quisquillosa dignidad conserjeril dijo a la doncella que, siendo abundantísima la merienda que traían, convidara con ella al matrimonio a comer "y a echar unos traguitos del vino aquel: cosa tan *güeña*, que como él en jamás lo he *bebio*". Sin duda el extranjero estaba ya enterado de la debilidad del puntilloso. Y subiéndose al auto partió por la carretera de Novaria. Como una hora después de

---

[8]Iberés es el idioma hablado en Ibermania, que es la nación por donde andamos, y en o muchos países de su misma raza prolífica, extendidos por gran parte del mundo. Extrajis es lengua de una nación llamada Extranjía.

haber llegado, y a la media del arribo de Miss Alice y la doncella.

Después' de cerradas las puertas cotorreó Celinda un rato de las rarezas de su ama, "que estaba algo *tocá*", con Pocas Liendres y su hombre: "Como si fuera nuestra igual. Porque es lo más campechanota y parcialisma. Y aluego trincó ella las botellas, y al comedor con ellas, y el cesto, del gaudeamus, que lo llevamos, entre yo y esta con un porción de cosas nunca vistas y *maníficas* de *comel* y *bebel*. *To guisao* con nieve, y como *pa* que seis chavales de *güen* saque con canina y lambruciones *s'empapuzaran* basta el gañote". Cogió ella "un poquitín de *ca* cosa", se lo subió a su ama, y marido y mujer se quedaron en el comedor aguardando hasta que después de cenar su señora bajó "Doña Celinda y escomenzamos a cenar los tres".

"Que Pateta me lleve si yo sé qué fue lo que comí y bebí", decía la declaración de Ña Pocas Liendres, "pero eran cosas de las más *finismas*. *Pos* que te lleve", rezaba la del borrachón del marido, "si yo he *catao* vino como aquel: que de eso tie que ser io que beben en la gloria". Es de creer que el parroquiano de Malas Patas, sin la menor noticia de la mitología ni de Baco, suponía sin embargo que debía de haber un paraíso especialmente reservado a los borrachos.

Consecuencia de la merienda-cena fue ponerse la mujer un poquito alumbrada.

Un poco nada más cuando el mareo no le impidió, aunque dando algún traspié, llevar a su marido, borracho como una cuba, desde el comedor a la portería, y ayudarlo a tirarse en la cama, sin quitarse ni siquiera los zapatos. Verdad que por no estar ella tampoco del todo en sus cabales, y por haberle dado el hartazgo mucho sueño, no habría podido dar cima a la hazaña de llevar a Viviano a no haberla ayudado la Señorita Celinda que lo sostenía por un brazo, mientras ella, agarrada al otro hacía eses con él.

Pero en cuanto se fue la doncella, dejándolos a los dos en la portería, tan de prisa le fueron aumentando mareos y soñarrera, que no le dieron tiempo sino de tenderse en la cama, junto a su hombre, sin quitarse tampoco prenda alguna de ropa.

Esto y no más sabían de lo ocurrido aquella noche en Villa-Gaya los porteros de ella. Quienes durmieron de un tirón, no de sendos tirones, hasta las tres de la siguiente tarde ella, y hasta las ocho él: cinco horas más el hombre que la hembra. Y no fue mucho, habiendo trasegado él cinco o seis veces más bebida que ella.

VII. DON NICASIO COMIENZA A ADIVINAR

El resumen inserto en el último capítulo era cuanto podía saberse, en tanto no pudiese Celinda prestar declaración, verosímilmente interesantísima. Aguardada por Don Nicasio con vivísima impaciencia, que entretenía, departiendo con el Juez de Uriz, mientras el médico visitaba a la muchacha y diere permiso para interrogarla.

—Son sospechosos, sospechosísimos, los sueños y las embriagueces de estas gentes y de la doncella —decía el perquiridor.

—Más que sospechosos —contestó el juez—. Y además extraña, y tal vez elocuente, la coincidencia de que todavía haya dormido más el motorista borracho que en la posada de Uriz dejó anteayer un caballero que, anocheciendo, pasó en un auto por allí: Por temer, según dijo, que a un salto del coche saliera despedido el embriagado.

—¿Cómo?... ¿Qué dice usted? Eso puede ser una pista valiosísima... ¿Cómo no me lo ha dicho usted antes?

—Porque, ignorando lo ocurrido aquí, mal podía relacionar lo uno con lo otro.

—¿Y conocen los posaderos al que se fue con el auto?

—No.

—¿Ni han dado señas de él? ¿No se las pidió usted?

—No.

—¡Qué torpeza! Está visto, los jueces no tienen ustedes olfato, ni sirven para...

—¿Para perros perdigueros? Puede que tenga usted razón. Pero como en este caso he podido prescindir de olfatear nada, por tener el fin del rastro donde pudiera llevarme la nariz más certera.

—¡El fin del rastro!

—Claro. ¿A qué preguntar a los posaderos señas, que podían ser confusas, del dueño del auto, pues no se trata de un taxímetro de punto, sino de un coche de! lujo, cuando su motorista podía darme el nombre?

—Pues es verdad... ¿Y lo sabe usted?

—El Príncipe de Amfiloquia, representante de la Flying Girl[9].

—¡Calla! ¿La célebre bailarina que tiene trastornada la capital y media nación?

—Sí, señor. Ella es quien tiene contratado a la orden el automóvil que pasó por Uriz y tiene el número 13.031 de la matrícula de Novarla.

—¿Y ese hombre? Quiero decir el motorista.

—Se habrá ido en el tren de Novarla esta misma mañana. Pues allá dice que iba el príncipe y allí está el garaje en donde encierra el coche.

—¿Cómo? ¿No lo ha detenido usted?

—¿Por haberse embriagado?... No habiendo cometido ningún desmán no era suficiente motivo. No lo era ayer, y hoy menos; pues sospecho que el responsable de su borrachera no es él sino su amo, al compartir con él la merienda que en el auto llevaba. Pero dándole a él una botella de vino y bebiendo él de otra.

—¡Canario! Vea usted qué pronto adiviné yo lo fructífera que esa pista va a ser... Porque ya columbro que esa merienda de la de que usted habla, y la traída por estos en el automóvil de aquí salido para Novarla, debían tener sabores parecidos, y el caballero de Villa-Gaya y el príncipe de Uriz, cuya alta alcurnia es aquí ignorada, tienen facha de ser un solo y mismo tuno, propenso a convidar a demasiada gente.

—La deducción parece lógica.

—¡Que si lo es! Olfato, olfato, amigo mío, es lo que en estas cosas hace falta... Por algo es uno perro viejo...

»Ya lo veo todo claro. Ese príncipe echa en el vino un narcótico, duerme aquí a todos, duerme en el camino al motorista, vuelve de noche con el auto, y entra en la casa con la llave del garaje que se había llevado; mata por equivocación

[9] En el idioma de Saxonia, país del cual era natural la bailarina así nombrada, Flying Girl, significa muchacha voladora o más bien volante.

al perro, no queriendo sino dormirlo; y queriendo matar a la doncella, a mansalva por haberla previamente narcotizado con el vino, no consigue sino prolongar su sueño, al ponerle equivocadamente la inyección de morfina destinada al perro, que equivocadamente administra a esa chica.

—Lo extraño es esta equivocación; pues con no haber traído sino cianuro, habría matado al perro y a la doncella. No me explico esos escrúpulos con el animal en quien es capaz de asesinar a una persona.

—Porque el perro no le estorbaba sino durante un rato y de la otra quería desembarazarse para siempre; porque el perro no podía hablar y ella hablaría si despertara.

—O porque tal vez perteneciera el asesino a la Protectora de Animales —agregó el juez con disimulada sorna; y prosiguió—. La historia de la biología está llena de aberraciones de la sensibilidad comprobadas en feroces criminales, incapaces de dar un puntapié a un gato. Casos de estos pululan en los estudios de criminología.

—Sí, es verdad, sí —asintió el perquiridor, no queriendo confesar su ignorancia de aquellos precedentes de patología sensorial.

Tan amplios son los vastísimos ámbitos del saber humano, que los hombres más sabios ignoran muchas cosas: este, águila en matemáticas, lo ignora todo en terapéutica; aquel, lumbrera de la filosofía, no llega en electricidad a bombilla de cinco míseras bujías. ¡Qué bombilla!: ni siquiera candileja.

Dícese esto a cuento de que la ignorancia de don Nicasio en biológicas ciencias, no fue óbice al triunfo policíaco que saboreó al ver confirmada la hipotética explicación, dada por él al juez, de las idas... venidas y trastadas del presunto narcotizador de porteros, motorista y doncella y frustrado matador de la última.

Efectivamente, don Nicasio era y estuvo sumamente perspicaz; pues en los restos de vino contenidos en las botellas halladas en el comedor, y de otra encontrada en el auto abandonado a la puerta del jardín, se comprobó la existencia de un mismo narcótico; y el coche fue reconocido por los porteros como el mismo llegado a Villa-Gaya la antevíspera. Y no sólo por ellos, sino por los mirones que lo estuvieron contemplando durante la media hora, que, parado, permaneció delante de la verja, hasta marcharse en él quien ya sabemos era un príncipe.

Por si lo dicho no fuese de por sí bastante, el cubrepolvo del motorista hallado en el auto vino a dar al Mayor de la Tercera Brigada Investigadora bien fundado» motivo para tributar nuevo autoelogio a su sagacidad. Porque en uno de sus bolsillos, y además del hallazgo de un plano de los: territorios de las jurisdicciones de la citada brigada y la primera con acotaciones manuscritas, la importancia de las cuales no estaba aún clara, se hizo otro interesantísimo: el de la libreta del automóvil con el número 13031 de la matrícula de Novarla y el retrato de su conductor. En quien el juez de Uriz reconoció al embriagado y pertinaz dormilón de la posada de aquel pueblo.

El misterio de aquel coche, mudo hasta entonces, por la falta del arrancado número de matrícula, se aclaraba, confirmando las lógicas inducciones del clarividente perquiridor de Puertofoz.

—¿Lo ve usted, lo está usted viendo? —preguntaba Retuerto al juez, que, a despecho de sus cuchufletas de marras, ya no podía sino rendirse a la evidencia—. De pe a pa se lo dije a usted todo: el mismo vino que durmió a los de aquí le sirvió al príncipe, que no es sino el elegantón arrendatario de esta casa, para dormir motorista y abusar del auto volviendo a hacer aquí las bribonadas que hemos visto. Y otras que irán saliendo.

—Supongo que se referirá usted a la desaparición de la extranjera.

—Claro... Y una de dos, o doña Alicia es cómplice en el frustrado asesinato de su doncella.

—¿Cómplice?

—O acaso autora... Tal vez celos; porque esa Colinda es muy guapa, y ¿quién sabe si el otro?...

—Pero si dicen que el otro es hermano de doña Alicia.

—Dicen, dicen... Lo dijo él, y lo repiten estos papanatas...

—Verdad.

—Pero cuidado: en tanto no podamos continuar el interrogatorio de la pobre chica, nada afirmo; sino que sólo avanzo mera hipótesis de culpabilidad o complicidad de la extranjera. Que también puede ser víctima de un rapto, o de más grave atentado... Ya usted se hará cargo de que no puedo adivinarlo todo de una vez. Es preciso ir con calma, discernir lo atinente a cada indicio, huir de involucraciones indiscretas y no dejarse ir por la Pendiente peligrosa del prejuicio.,

—¡Canario! —no dijo, pero pensó el juez—. ¡Qué elegantísimamente habla, y cual se escucha, este perquiridor!

—Ahora voy al telégrafo—continuó Retuerto— a pedir al Sr. Brigadier de Puertofoz que me mande personal para buscar a la señora viva o muerta y atrapar al bribón ese. Y como ya han dado las dos y tengo un hambre muy crecida, en seguida me iré a comer al expresillo.

—¿No viene usted a la fonda?

—No. Nosotros los perquiridores llevamos en los expresillos cocinas caldeadas por radiación de las locomotoras, en las que nuestros cocineros nos condimentan las refacciones. Así estamos más libres y perdemos menos tiempo. Y como la estación está aquí al lado. Véngase, venga. Lo convido a comer... Digo, lo invita el Estado, que no le tratará mal.

—Está bien ideado.

—Sabe Dios las porquerías que a no ser por eso habríamos de comer por esos mundos.

Por no ir a la fonda no vio don Nicasio los periódicos de la noche anterior ni de aquella mañana de Novaría y Puertofoz, sino después de prestar Colinda, por la tarde, la declaración que cuando aquel hubo terminado de comer, le tomó; y por ello admiró más el juez la inflexible y luminosa lógica con que el perquiridor indujo de tal declaración consecuencias, que fueron casi adivinaciones, confirmadas por hechos en dichos diarios publicados y de él desconocidos. Por eso cuando a la noche los leyó el susodicho juez no pudo menos de pensar que si aquel le había parecido demasiado vanidoso, redicho y altísono, sobrábanle bien fundados motivos en que asentar su vanidad.

Pero no anticipemos comentarios sobre hechos que todavía no conocemos.

VIII. DONDE CELINDA DICE A QUIEN PERTENECE LA CORBATA

El desmayo de la pobre muchacha, por milagro escapada a muerte rapidísima, gracias a la equivocación que mató a Garbosa, había sido leve y breve, Nueva toma de cafeína que le propinó el doctor comenzó a reanimarla, y dos horas después completó la obra el alimento que a las once le permitió tomar y repetir a las tres.

Así, cuando a las cuatro se personaron en la alcoba perquiridor, juez y escribano, estaba ya tan aliviada que los recibió incorporada en el lecho y recostada en las almohadas; pues solamente la aquejaba el escozor, persistente en las piernas, de los restregones de la pasada noche y nueva molestia, no muy violenta, pero sí estrizante, en las puntas de los dedos y bordes de las uñas. Pues no queriendo perder nada de cuanto contuvieran, habíaselas cortado don Nicasio demasiado al rape.

Pero si no era grande la molestia física ocasionada por el rapamiento, era acerbísimo el dolor con que la presumida doncella, cuidadosa en extremo de la belleza de sus manos, miraba los lugares en donde habían estado las desaparecidas uñas acilindradas, perfiladas, rosáceas y bruñidas ayer, roídas hoy hasta las yemas de los dedos, cual si ella tuviera la fea manía de comérselas. Y a la medida del dolor era su indignación.

No hay que decir la antipatía con que miró a Don Nicasio, en cuanto, preguntado quién se había permitido despojarla de aquello, que era indiscutiblemente de ella, supo ser él el autor de la gracia. Y si no lo arañó fue porque no tenía con qué.

Pero dejemos estas menudencias, y pasando por alto el rifirrafe a que dieron lugar, atendamos a la declaración.

—¿De quién es este pedazo de corbata —preguntó el comandante.

—¡Calla! Parece de la que ayer. No, anteayer. Como he dormido tanto me confundo.

De la que anteayer llevaba el Señorito.

—¿Qué señorito?... ¿El caballero que alquiló esta casa?
—Sí.

—¿El hermano de doña Alicia?

—¡Doña Alicia!

—Sí: de *Miss* Alice Brand.

—No conozco a esa señora.

—¿Que no conoce usted a su ama?

—Mi Señora no se llama así, sino *Miss* Amabel Cork. Pero por ese nombre casi nadie le dará, razón de ella; pues todo el mundo la llama la Flying Girl.

—¿La bailarina? —dijo el juez.

—¿Pero es con esa con quien vino usted aquí?— preguntó don Nicasio.

—Sí, señor.

—¿Y no es tampoco hermana del caballero que vino antes?

—¿Pero qué líos son esos? Qué ha de ser: Ese caballero es el príncipe.

—¿Príncipe de qué?

—Príncipe de Anfiloquia...

—¡El de Uriz!

—No, de Uriz no, de Anfiloquia.

—Bueno, es lo mismo. Pero ¿qué principado es ese?, ¿de dónde es?

—Él dice que de muy lejos. De Albania.

—¿Y está usted segura de que es un príncipe auténtico?

—Eso lo sabrá él... Él dice que es archinieto de unos reyes muy viejos. Creo que de los dioses del Olimpo.

—¡Ave María Purísima! —se le escapó al juez—. ¿Y qué tiene que-ver con su señora de usted?

—Es su apoderado.

—¡Un príncipe apoderado de una bailarina!... ¡Qué cosa tan extraña! ¿Y no tienen otras relaciones?

—Son novios.

—¿Novios?... ¿novios?...

—Sí, señor; novios nada más... Novios como Dios manda. Pues no faltaría más.

—Y, sin embargo, viajan juntos, viven juntos.

—¿Y eso qué?... Si lo sabré yo. Aunque mi señora es bailarina, y aunque las gentes dicen que antes era... lo que son otras, ahora no hay cuidado de que por nada del mundo deje que un hombre le toque ni el borde del vestido.

—Vea usted dónde ha ido a refugiarse el recato. Pero vamos a lo que interesa. Según eso, usted afirma que a Abanal no ha venido ninguna Alicia.

—¿Cómo voy yo a saber quién ha venido a este pueblo? Yo no sé sino que vine con mi ama, y que no conozco a ninguna Alicia.

—Con eso basta. Pero, a todo esto, todavía no sabemos por qué tenía usted en la mano este pedazo de corbata, cuando la encontramos dormida en esta misma cama.

—¿Dice usted que yo tenía en la mano ese pedazo de la corbata del príncipe?

—Sí; en el puño cerrado; y véalo, parece que desgarrado por sus uñas.

—Aguarde, aguarde... Déjeme recordar... Esta cabeza, esta pesadez, aquel sueño —balbuceó Colinda, pasándose la mano por la frente y permaneciendo callada unos instantes hasta que presa de grandísima excitación, preguntó a gritos—: ¿Y mi ama, y mi ama? ¿Dónde está?

—Eso quisiera yo saber.

—Pero ¿cómo no ha venido a verme?

—Porque no está aquí; porque ha desaparecido... Porque además del frustrado crimen contra usted...

—¡Contra mí!... ¡Un crimen... ¡Ah, ahora creo recordar!...

—... Se han cometido en esta casa otro u otros crímenes. , .

—¡Crímenes!... No acierto a reconstituir lo que me ha

pasado: son tan borrosos mis recuerdos, tan absurdos, que no sé si son sueños... Esa corbata del señorito, aquella voz que oí, mi sofocación... ¡Ay, ay! Que vayan corriendo por el doctor. No sea que esta mujer se me desmaye otra vez, ahora, a lo mejor.

—No, no tenga usted cuidado, ya no me desmayo. Pero ¿por qué dice usted que contra mí se ha cometido un crimen?...

—Porque han querido suicidarla, digo asesinarla.

—Asesinarme a mí... ¡Ah! Sí, sí... Pero no...

Al ver aquellas vacilaciones, y aquella lucha de la pobre muchacha con su memoria entumecida, ocurriósele a don Nicasio la oportuna idea de ayudar sus esfuerzos, y para ello le dijo:

—Tranquilícese, hija mía. Voy a referirle, en la parte de mí conocida, lo acaecido, en esta casa en la tarde y la noche de anteayer. Tal vez lo que usted me oiga se encadene a sus reminiscencias imprecisas, y rememore en su imaginación olvidados sucesos.

Incontinenti refirió el agente de policía cuanto él y nosotros sabemos. Según avanzaba la narración iba excitándose más y más la doncella; pero aun pareciendo asustadísima, su mirada no estaba ya empañada por las pasadas opacidades del pensamiento, sino luciente con claridades de recuerdos completamente renacidos: tanto, que cuando don Nicasio hablaba del auto hallado junto a la puerta trasera, le cortó ella la palabra, gritando:

—No necesito saber más. Ya me acuerdo de todo... ¡Infame, infame! Déjeme hablar. Aquí no vinimos sino a pasar una noche. Pero nadie lo sabía, porque mi ama quería escaparse de tapadillo, sin que se enterase el empresario del teatro donde estaba contratada.

—Ya. Entonces...

—No me interrumpa. Me ha costado tanto trabajo recuperar la memoria, que tengo miedo de volver a perderla. Íbamos a embarcar al siguiente día muy de mañana en Puertofoz.

—¿Para dónde?

—Para Australia. El príncipe vendría de madrugada a recogernos en su auto, porque tenía antes que volverse a Novaría a arreglar no sé qué asuntos. Y llegaría por la puerta trasera del jardín para que saliéramos sin ser oídas por los porteros.

—Mal podrían oír nada si habían sido narcotizados

—Eso no sabía yo... Ni lo que el pérfido tenía preparado. No me explico por qué, pues nunca le hice nada malo. Al contrario.

Don Nicasio echó al juez una significativa ojeada y dijo a la declarante:

—No divague, hija mía. Lo interesante ahora es lo que usted hiciera después de cenar con los porteros y acompañarlos a su casa. Remusgo que en cuanto llegó aquí también usted, caería en la cama como un tronco, y que validos de ese sueño le pusieron la inyección.

—No, señor: no fue así... Ese debía de ser el plan del muy perverso; pero se equivocó por no saber que yo no bebo nunca vino.

—¡Ah! Él no sabía ese detalle... Entonces es que no ha comido nunca con usted.

—¡Un príncipe comer conmigo!

Esta respuesta echó por tierra todo un castillo de inducciones que sobre el «pérfido» y sobre el «no faltaba más», dicho por la doncella al protestar de que su ama y el otro pudieran ser más que novios había ya levantado don Nicasio.

La declarante continuó:

—En cuanto dejé en su casa a los que yo no creí sino borrachos, subí al cuarto de mi señora y la ayudé a acostarse; pues habiendo de madrugar mucho, quería recogerse temprano. Luego me vine aquí, arreglé un despertador de bolsillo de la señora, que ella me dio para que lo pusiera en las cuatro de la madrugada, hora en que al despertarme había de subir a llamarla a ella, y me acosté. No sé cuánto tiempo dormí, hasta que desperté, al sentir que me tocaban. Intenté sentarme en la cama, y sujetándome por detrás me envolvieron la cabeza con no sé qué. Pataleando y dando a ciegas puñetazos traté de defenderme; pero no viendo nada y sujeta como me tenían nada pude. Pero ahora recuerdo que cuando todavía forcejeaba tropezó una de mis manos con un cuerpo y en él se agarró a algo. No sé cómo, ni a qué.

—La corbata, la corbata —dijo nervioso don Nicasio sin poder contenerse—. ¿Y después?

—Me tendieron por completo en la cama; uno de ellos dejó caer sobre el mío su cuerpo; me echaron sobre la cabeza no sé qué, algo que me sofocaba.

—La almohada, la almohada.

—Otro me agarró una pierna, en donde a poco sentí un pinchazo... Todavía siguieron sujetándome... Yo apenas podía respirar.

—Claro, con las ropas arrolladas a la cabeza y la almohada encima.

—Medio muerta de terror, creyendo que iba a ahogarme y haciendo inútiles esfuerzos para desasirme, pasé no sé cuánto tiempo, porque me iba desvaneciendo.

—Claro, aguardaban a que el veneno que creían haberle inyectado se difundiera en la sangre, lo cual contaban sería cuestión de poquísimos minutos.

—Y lo que se difundió era sólo el narcótico.

—Y en seguida creí que me moría, y ya no sentí nada.

—Entonces la creyeron a usted muerta.

—Ni sé ya más sino que me desperté al sentir las quemaduras en las piernas, que todavía me escuecen.

—¿Y dice usted que eran dos personas?

—Sí, señor.

—¿Y no las vio usted?

—No; pero los oí.

—¿Voces de hombre y de mujer?

—En realidad yo no oí sino la de uno; pero la recuerdo como si ahora mismo la estuviera oyendo; era la del señorito, que decía: "Sujétala bien, mientras yo le pongo la inyección, pues tendría poca gracia que fuera yo a pincharme".

—Sin duda el otro tenía miedo de que un movimiento brusco de usted fuera causa de que él se pinchase con la jeringuilla. Y como sabía que si eso le ocurriera no lo contaría...

—Pero entonces, ¿cómo lo cuento yo?

—Porque equivocaron los frascos. El de usted, a pesar del rótulo y la calavera, no contenía sino morfina.

Al oír esto dejó de llorar Colinda y, con expresión de alegría que reemplazaba la anterior tristeza de su cara, dijo vivamente.

—Entonces ha sido el príncipe quien quitó el veneno. Él no quería asesinarme. No, caballero, no... Sin duda engañaba al otro. Estoy segura de ello, segura, segura.

—¿Tiene usted algún motivo para asegurarlo?

—No, ninguno; pero estoy convencida porque... porque... porque él, siempre ha sido bueno conmigo.

—Ya... ¿Y no puede usted calcular a qué hora ocurrió todo eso?

—Según lo pronto que me desperté debía ser a poco de acostarme. Pero de cierto no sé la hora.

—Pues yo sí.

—¡Usted! —exclamó el juez en el colmo del asombro.

—Sí, yo. Los envenenadores entraron aquí a las 10 y 52 minutos.

—¿Pero cómo puede usted saberlo?

—Muy sencillo. El despertador de su señora de usted es de oro, con las iniciales A. C. en la tapa. ¿No es así?

—Sí, señor.

—Y en vez de timbre tiene por despertador un silbato neumático.

—Yo no sé si es neumático; pero un silbato tiene.

—Pues bien, ese reloj es uno de los objetos recogidos en el reconocimiento de esta habitación. Sin duda en la lucha se cayó de la mesa de noche y rodó hasta debajo de la cama, descomponiéndolo el golpazo. Y ese reloj, véanlo, miren, está varado en la hora que he dicho.

72

Al decir esto mostraba don Nicasio al juez y a la declarante el reloj a que aludía, que acababa de sacarse de un bolsillo.

Y cuando los otros lo hubieron visto dijo él:

—Vámonos, señor juez, y dejemos descansar, que bien lo ha menester, a esta señorita.

—Vámonos. Ahora sí que va a ir esto de prisa, amigo mío.

CAPITULO SUPERNUMERARIO para que sea saltado por quien se satisfaga con los visibles hechos de este drama, sin cuidarse de trascendentales concomitantes causas de orden social

Los periódicos de Puertofoz y los de Novaria, capital de aquella monarquía o república —da lo mismo, porque, no sólo en Ibermania, sino en otros países se habían borrado las diferencias entre ambas formas de gobierno, hoy ya muy esfumadas, no dejando en el mundo republicanos ni monárquicos—, correspondientes a la noche de trece de junio y mañana del catorce, llegados a Abanal en este último día, estaban medio en blanco a consecuencia del derroche hecho en ellos de descomunales mayúsculas en llamativos títulos sintéticos; de otras mayúsculas, no tan desaforadas, pero bien crecidas, empleadas en epígrafes de los más salientes episodios o etapas de los ya referidos descubrimientos de criminosos vestigios; y de gruesos renglones en minúsculas: que siéndolo por el carácter de su tipo, no lo parecían por tamaño; pues eran grandes, gordas y negras cuando no chillaban con rabioso rojo' los periódicos tirados a dos tintas. Las últimas eran las empleadas en los subepígrafes y sumarios de escalonadas escenas en los asuntos relatados.

La Verdad, grande y acreditado rotativo de Novarla, el más sensacional por más extranjerizado, con pretensiones de patrón y tipo del periódico moderno que por influencias atávicas de añeja, pero un tanto averiada sinceridad de raza, todavía retoñante a veces no habrían sabido por sí solos hacer los periodistas ibermanos, llenaba un tercio de su primera plana con el siguiente rótulo, propio de cabecera de cartel mural:

EL CRIMEN MISTERIOSO
Al amanecer de hoy (13 de junio) en el puente de las Palmas.
Quién dio el primer alerta.
Seguía a esto biografía y retrato del descubridor de la

huella del crimen, con indiscreciones sobre sus amores y sigi-losas pavas con la chica del guardabarrera. Que en cardenales le salieron a ella, no a la cara, sino en todo el cuerpo.

UN TERRIBLE HALLAZGO
Cómo fue hecho.—La capa sangrienta.
El Juez de Valdemimbres.

Debajo catorce o quince líneas dedicadas a los enun-ciados temas, y nuevo epígrafe en mayúsculas, después des-menuzado en subepígrafes compuestos de negritas—su nom-bre tipográfico— que parecían negrazas. Todo ello realzado con fotografía añeja, y aderezada cual nueva, para el caso, pintándole un pingajo en la baranda.
Nuevo rótulo:

DE QUIÉN ERA LA CAPA
Suposiciones.—Datos.—Conjeturas verosímiles.—
Hipótesis descartada.

Consiguientes desarrollos, nuevo blanco, y letrero:

LAS PESQUISAS DEL JUEZ
No hay cadáver:—Las primeras actuaciones

Desenvolvimiento de los temas, y otro título:

LLEGA DE NOVARIA UN CAPITÁN PERQUIRIDOR
Uno de nuestros más finos sabuesos.
Sus anteriores éxitos.

Treinta renglones contando todo esto e ilustrándolo con el retrato de Rojas. Que apenas salió este de Novarla llevó su esposa a la redacción.
Así hasta la última línea de la primera plana, alter-nando epígrafes, sumarios, grabados y explicaciones.
Los relatos de letra menuda eran breves, pero sensa-

cionalmente retumbantes, casi, casi explosivos: atendiendo antes que a exactitud informativa a dar a las noticias extremada amplitud y a despertar pasional interés en los lectores.

La segunda página comenzaba:

OTRO CRIMEN NO MENOS MISTERIOSO Y DESPELUZNANTE

Debajo, con la misma expresiva claridad, debida a la combinación de muy visibles y variados tipos de letra, con arquitectura tipográfica pareja a la de la plana anterior, daba esta segunda las noticias del crimen de Villa-Gaya. Supliendo lo ignorado, que era casi todo, pues el Mayor de la 3ª Brigada era poco amigo de interrogatorios periodísticos, con lo aderezado por la reporteril fantasía de los redactores policíacos de La Verdad, que en Novarla habían inflado hasta convertirlos en dos tercios de plana, los dos míseros telegramas del corresponsal de Abanal que no tenían más de 40 líneas. Ya es hazaña.

Pero hazaña diariamente realizada, en asuntos criminales y no criminales, por todos los redactores de batalla del ultramoderno rotativo modelo, al estilo de Extranjía.

Sin que a tanto supieran llegar nunca otros periódicos que todavía vivían en la edad de piedra del periodismo: la de la sinceridad iberesa, las noticias comprobadas, el patriotismo, la buena literatura. Cosas todas completamente inútiles para atraer anunciantes, que es lo que pide la Administración señora del periódico.

Aquellos pobres redactores, verdaderos siervos de la rotativa, veíanse negros, negros a diario, con la tinta que sudaban para efectuar los inflamientos. A veces, y veces muy frecuentes, en sólo media hora trascurrida entre la llegada de los telegramas y la entrada del periódico en máquina.

Por lo cual, eran fruta de todo tiempo, allí, escenas por el estilo de esta: un chicuelo con blusa de tipógrafo llega de las cajas y entrega al redactor jefe una nota en papel gorrinísimo. Es del ajustador y avisa faltarle a este tantas y cuantas líneas en las planas tales y cuáles.

REDACTOR JEFE (echando cuentas y consultando

76

planas). —Fulano, aumente 40 líneas a su crimen; Zutano, 15 al estreno de anoche; Mengano, 56 a las declaraciones del ministro; Perencejo, 19 a los toros. Y usted, ese nuevo que no sé cómo se llama, ponga unos cuantos puñetazos que llenen 25 en el *match* de boxeo de esta tarde. ¡Vivo, señores, vivo!

Los más curtidos en tales lides callan, escriben e inflan a veinte lo que inflaron a quince. Los novatos, más respetuosos con la verdad periodística, todavía no curados de espanto, o algún cuitado que ve imposible forzar el inflamiento arguyen:

UNO.— Pero si de las veinte líneas del telegrama de ese crimen he sacado ya las 300 de dos columnas y media.

R. J.— Pues saque 340.

EL UNO de antes.— Pero si los telegramas no dicen nada más.

R. J.— ¡Ah! ¿Pero dicen cuanto usted ha escrito en las 300?

EL MISMO.—Como no digan.

R. J.— Pues entonces... Eche mano de los dícese, supónese.

—¿Y qué supongo yo?

—Eso es cuenta de usted. Porque no pretenderá que yo me escriba el periódico entero.

OTRO.— ¿Y qué digo yo en la revista después que ya he arrastrado el último toro?

R. J.— Que ha quedado usted rendido.

La contestación es remedio cual de mano de santo, porque sin rechistar coge su pluma el preguntón y se pone a escribir.

MENGANO, apuradísimo.— Don X, estoy en un apuro.

R. J.— No tengo suelto.

Coro de carcajadas.

MENGANO.— Quise decir en una dificultad.

R. J.— Cuéntemela mañana.

MENGANO.— Pero si es de ahora.

R. J.— A la hora de cerrar el periódico no admito dificultades.

PERENCEJO (por lo bajo al compañero de al lado cuando este, distraído, quiere mojar la pluma, no en el tintero, sino en sus propias sienes). —Tú, estas declaraciones las ha hecho Paco, que se ha escabullido de ocultis porque tenía que hacer. Infla tú al ministro, que yo tengo que hacer 67 líneas.

—¿Y qué le inflo yo a su excelencia?

—Ínflale el patriotismo. De eso no ha de quejarse.

—Pero se quejará Bearfest[10], que ni en pintura puede verlo.

—Pues ínflale la mala fama... Eso es bien fácil.

—Y las paga mi hermano, que está en ese ministerio.

—Pues pon la malevolencia en boca de los oyentes del discurso, y rebátela diciendo que persona bien conocedora, por servir a las órdenes del prócer, de la incorruptibilidad de este, nos responde de la insidiosa temeridad de tales juicios". Bearfest se queda tan contento con el alfilerazo, por aquello de calumnia que algo queda; tu hermano le cuenta al secretario del ministro que él fue quien desenmascaró a los calumniadores, y mañana, ascendido.

Hondo silencio no turbado sino por crujir de plumas y susurros de suspiros de los redactores más premiosos.

Entran y salen chicos, recogiendo cuartillas, que bajan a las celerotipias[11]. Vuelven de vacío, a los pocos minutos, y

---

[10] Así llamaban en Novaría al gerente de La Verdad, que era de Extranjía y cuyo apellido era realmente Barefaced. Y así lo llamaban porque así sonaba. Y así lo llamaremos para no malgastar letras que no suenan.

[11] La celerotipia, el más preciado invento de la tipografía de los tiempos de La Verdad, no puede mencionarse sin decir qué es. Pero aquí, en nota. Pues no existiendo concomitancia alguna entre ella y el crimen del rápido, sería abusivo ingerir su explicación en el texto de la crónica de este. Y todavía más siendo, como es preciso, antes de llegar a ella, dar unas vueltas, pasando por la linotipia, las máquinas de imprimir y la estereotipia.

Nace tal precisión de que sin conocer cómo es la linotipia —un cómo muy elemental y sintético—, nadie podrá saber cómo son las celerotipias en donde se componen los rotativos de Ibermania. Pues al caerme desde el texto a la nota, no he salido por ello de tal país ni vuéltome atrás del consabido año ***, en que Celinda fue narcotizada.

Quienes conozcan ya la linotipia vuélvanse arriba, y síganme, tan sólo, quienes nada sepan de tal máquina. Una de las más maravillosas ideadas por el humano ingenio.

Antes de aparecer la linotipia, las letras de imprenta —tipos— eran fundidas y moldeadas en bricas. Comprábalas el Impresor, metiéndolas, muy bien clasificadas en cajas con profusión de compartimientos chiquitines llenos de aes uno, otro de bes..., zedas, puntos, comas, admiraciones, etc. Y cuando las tenía así arregladas, llamaba al cajista, lo ponía delante de la caja, le daba las cuartillas del original que había de componer y le decía: "Andando".

La mano del cajista iba cogiendo, una a una de los cajoncitos, las letras y los espacios blancos, que en lo impreso separan las palabras contiguas, y por el orden en que se sucedían en el original, las iba sucesivamente colocando, unas en pos de otras, en el componedor. Este es una regla metálica ancha, con un reborde para que no se caiga el tipo.

Como todavía en ocasiones se compone a mano, dejaré de hablar en pasado, para hacerlo en presente. Cuando las letras forman línea de la anchura de las del libro o la columna de periódico donde se han de imprimir, saca el cajista la línea del componedor, cuidando no se caigan ni embarullen las letras, y la coloca sobre una plancha que a su lado tiene. Y a componer la segunda, la tercera líneas, hasta la última; y a colocarlas unas en pos de otras por su orden. A atarlas para que no se separen, y a llevarlas a la platina (gran mesa metálica), donde con ellas se constituyen páginas y estas se agrupan en las formas que han de Ir a la máquina impresora.

Lo anterior es tipografía antigua, pues la linotipia no solamente ha suprimido las cajas y los compartimientos y la maniobra de pescar a mano las letras, una a una, y acoplarlas en el componedor, sino que realiza la que antaño habríase creído paradoja de componer las líneas con letras que aún no han sido fundidas, empleadas antes de que existan y suprimido por contera —a lo menos para uso de las linotipias—las fábricas donde se fundía el tipo.

¡Suprime las fábricas, suprime las cajas, suprime el cajista, suprime las letras. ¿Y qué queda? ¡Dios mío! . . .

Queda la linotipia que voy a presentar a ustedes, que también tiene caja —el almacén— con sus compartimentos, pero cerrada, sin que vea estos el cajista, que ya no tal, sino linotipista. En vez de contener aes, bes, etc., en grandísimo número, cual de las cajas de marras, guardan estos compartimentos o celdillas unas cuantas chapitas, cada una de las cuales tiene vaciado, en hueco, en uno de sus cantos el molde de una letra o signo tipográfico. Igual en todas las chapas de una misma celda y diferentes de una a otra celda.

Cada una de estas tiene su puertecilla, invisible también y que se abre, franqueando a las chapas, paso a un subterráneo, cuando en el teclado de la máquina, semejante al de una de escribir, se pulsa la tecla correspondiente a la letra cuyos moldes están guardados en aquel compartimiento, del que entonces escapa una chapita que se llama matriz. Pero una sola, que, oculta y misteriosamente, como todo lo referente a esta máquina, baja por el tubo cerrado, que metafóricamente llamé antes subterráneo, hasta caer en el componedor, haciéndose visible al salir a este.

Sea una E; púlsense después sucesivamente las teclas correspondientes a las letras y blancos del título de este libro; y cuando se haya pisado la última, en el componedor estarán ya alineados por su orden y en contacto estrecho —se prescinde de detalles demasiado técnicos— los moldes de las letras indicadas que todavía no tienen existencia.

Para que la linotipia madre las dé a luz, se oprime una palanca que hace correr el componedor, hasta colocarlo delante de la boca de un horno de fundición, este es el padre, que por su tamaño reducido llámase crisol, y está lleno de plomo fundido. Al llegar el componedor delante de él, ábrese su puerta: el plomo líquido pónese en contacto con las matrices de las letras, entra en los vaciados de sus moldes, enfríase, se solidifica, y cuaja en una chapa gorda, en forma de regla ligeramente más gruesa que la altura de las letras. El componedor retrocede, cerrando la boca del crisol; y la regleta recién fundida cae a una cajuela. Ya nació la línea.

—No, no la coja usted ahora, que todavía quema...

Ya, ya se puede. Pero no la mire por sus caras anchas, sino por el canto.

—¡Calla! Aquí hay letras en relieve. Pero no entiendo lo que dicen, porque están del revés.

—Apriete usted ese borde de la regla sobre esta almohadilla empapada en tinta de sellar.

—Ya está.

—Oprima ahora la chapa contra este mazo de cuartillas.

—Ya está. . . ¡Ah!: "El crimen del rápido 373".

—Eso que acaba usted de hacer con el tampón del sello, lo harán después los rodillos distribuidores de la máquina impresora, entintando, a la par que esa línea, cuantas, puestas unas debajo de otras, constituyan las página de la forma de cada pliego. Y contra dicha forma se oprimirá luego el papel donde ella haya de quedar impresa.

Mientras hemos charlado ha seguido el linotipista tecleando, a inverosímil, y ya tiene compuestas y fundidas no sé cuántas líneas. De las cuales no pueden caerse letras sueltas, como es posible se desprendan de las de tipo suelto que hacen los cajistas.

En cuanto una línea ha sido fundida, baja de lo alto una mano o doble uña metálica que juntas engarra, y juntas saca del componedor las matrices de las letras que acaban de emplearse. Dejándolo vacío para que en el puedan entrar las de la siguiente l í n e a que inmediatamente comienza a componerse.

—Es prodigioso.

—¡Le parece a usted así? . . . Pues lo más prodigioso empieza ahora: mientras repiquetea el teclado, haciendo caer matrices al componedor, la mano —de la máquina, eh, no la del linotipista, que no puede dejar de golpear teclas— se lleva a lo alto las ya usadas, y las cuelga todas de una barra-tornillo.

Mírelas, mírelas viajar todas a lo largo de la barra.

Ahora cae una, luego otra, y otra... Caen y desaparecen. Ya no quedan sino cinco, cuatro, tres, que van llegando cercanas ya al otro cabo de la barra. Ya cayó otra..., y la última cae también poco antes de llegar a dicho extremo.

Ya están todas en sus respectivas cajas o capresas. Porque al llegar cada una encima de la puerta de la suya encuentra un llamador, es decir, unos topes salientes que desenganchándola a ella de la barra, no puede desenganchar ninguna otra matriz. Porque esta máquina, lo más parecido a un cerebro humano que el humano cerebro sea capaz de idear, ve las letras, distingue unas de otras, las elige. Y no digo las conoce, porque el conocimiento supone inteligencia.

Lógrase esto porque la matriz de la t, por ejemplo, tiene unas muescas, cual si dijéramos las guardas de una llave —diferentes de las talladas en el contorno de las matrices de las otras letras—, que encajan en los resaltos machos de otras muescas labradas en un tope situado sobre la celdilla de las tes, y no en las topes colocados encima de las otras cajas; y al tropezar con el que viene a ser la cerradura de la llave de marras se desengancha de la barra la matriz de t, abre la puerta de su domicilio y, por su propio peso, cae y se zampa en él. A aguardar a que el teclado la llame nuevamente.

Como la q, la r, la a y todas las demás letras tienen cada una su respectiva llave que no hace a las cerraduras de las otras, así se logra el pasmoso resultado que se ha visto.

—Entonces, ahora llegamos a la celerotipia.

—Todavía queda una miajita de preámbulo.

Las máquinas ordinarias imprimen oprimiendo contra las formas planas de la composición del papel, arrollado a un cilindro que gira cuando las formas planas pasan bajo él, y, al girar, aprietan sobre ellas la hoja. A cada movimiento de vaivén de la forma sale impreso un pliego, que uno a uno hay que ir prendiendo al cilindro impresor. Y hágase a mano esto, o hágalo la máquina es pérdida de tiempo, como lo son también las oscilaciones de ida y retorno de la platina donde van las formas.

Por eso, para obtener gran celeridad de tiradas se acude a las rotativas, donde el papel continuo se desenrolla de bobinas y va adaptándose a la composición no plana ya, sino arrollada en un cilindro, que girando,, a la par que avanza el papel, y con velocidad igual a la de este, imprime, en su continuo giro, un ejemplar a cada vuelta. Ejemplar que una cuchilla de la misma corta y separa de los de delante y de detrás.

Más todavía, las rotativas modernas pliegan los ejemplares además de cortarlos; y los cosen, cuentas y apartan en paquetes de 25, 50... Llegando así a tiradas de veinte, treinta y más millares a la hora, acudiendo a medios cuya explicación no caben en este libro.

Pero la rotativa exige una operación intermedia entre la composición y la estampación; pues las formas de composición son planas y no pueden montarse sobre la superficie del cilindro de la máquina.

Resuelve esta dificultad la estereotipia, en cuyos pormenores no he de entrar; pero cuya finalidad —alcanzada por diversos sistemas— es sacer un facsímil de las planas compuestas en las cajas, o en las linotipias, y pasar estos facsímiles a placas metálicas encorvadas, con curvatura igual a la del cilindro de la rotativa y adaptables, por lo tanto, a este. En donde se montan y sujetan.

El aspecto práctico de estas operaciones equivale al que se lograría si el metal de las formas metálicas y rígidas de la composición se volviera cartulina susceptible de ser encorvada a gusto del impresor.

La rotativa no imprime, pues, con tipo, ni con líneas de linotipia, sino con un retrato de las planas de uno u otro modo compuestas.

Hasta aquí los antecedentes indispensables para hacerse cargo de la importancia de la mejora representada por el invento de las celerotipias, expuestos por mi cuenta, cual cosa que conozco. Desde aquí en adelante la descripción de tales máquinas. Somera, pues su patente de invención es un secreto, y debida a la amabilidad del jefe de talleres de La Verdad. En quien declino la responsabilidad de cuanto sigue. Porque yo no he visto la máquina.

Los diarios antiguos —dice el apunte del tal jefe—estaban Imposibilitados de recoger las novedades frescas de última hora, por haber de cerrarlos —lo cual quiere decir enviar a la imprenta las últimas cuartillas de original— con dos horas u hora y media de anticipación a la de entregarlo impreso a los vendedores.

La culpa era de la necesidad de hacer formas inútiles, pues no habían de ir a la máquina sino a la estereotipia, para que en esta fuesen hechas las planchas empleadas en la estampación. Esto representaba una pérdida de tiempo, ya no malgastado porque hoy la celerotipia permite echar a andar la rotativa a los diez minutos de redactadas las últimas cuartillas del original. Gracias a que el nuevo invento ha hecho innecesaria la estereotipia.

Así, al caer el telón al fin del tercer acto de una obra dramática, pueden los espectadores leer en su periódico la revista de los dos primeros.

82

Lo más notable en la celerotipia es el no ser esencialmente sino la misma linotipia, que, en vez de fundir líneas igualmente gruesas en toda su anchura, les da en los bordes donde van las letras mayor grosor que en los opuestos.

Con ello, al montar las líneas unas al lado de otras no quedan con las superficies en donde est á n situadas las letras en un mismo plano —el de impresión en la forma plana—, como en la figura de la izquierda de las dos siguientes, sino en la disposición de la de la derecha, formando una superficie cilíndrica.

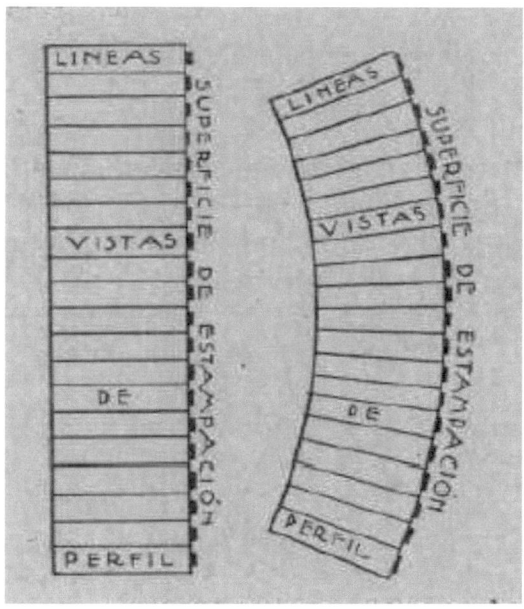

La variación de grueso entre cabezas y pies de líneas se ajusta a lo exigido por las dimensiones del cilindro de la rotativa en la cual haya de imprimirse.

Para evitar su caída de dicho cilindro y asegurarlas con firmeza a él, se ideó primeramente un sistema de garras muy complicado que, satisfactorio en teoría, no dio resultado práctico. E inútil habría sido la sencilla idea madre de la celerotipia, análoga al célebre huevo de Colón, a no habérsele ocurrido al Inventor agregar hierro al plomo de la fundición hierro en proporción suficiente a comunicarle propiedades magnéticas —o emplear la recién inventada fundición de hierro extrablando—, con lo cual y formando la superficie del cilindro de la rotativa con polos de imanes radiantes de su eje e imanados por la misma corriente eléctrica del motor de aquella, quedan las líneas presas a él sin miedo de desprendimientos.

 Eso y no más es la celerotipia.

tornan a bajar, llevando nuevos resoplidos, que desde arriba inflan las planas de allí abajo.

Cuando los azacanes de la pluma, victimas sempiternas del suceso, creen haber acabado, grita, la terrible bocina del odioso teléfono de abajo: "Se me han acabado los *entrefilets* de repuesto y los bombos de relleno; y todavía me faltan quince líneas en la segunda plana, dieciocho en la tercera...".

—Pero esto es el Tonel de las Danaides —dice uno.

—¡Cursi! Ya no se lleva la Mitología —replica otro.

—¿Pero es que también han inflado el tamaño del periódico?...

REDACTOR JEFE.— Ea, Fulano, vaya abajo y en los diez minutos hasta el cierre llene esos huecos.

—Pero si yo nunca he hecho eso.

—Alguna vez ha de empezar. Es un progreso, un ascenso en la carrera periodística de usted.

—Pero yo no puedo escribir a semejante paso, ni de tantas cosas: ¡El ministro, el boxeo, la conferencia, todos los crímenes!

—Zutano —dijo el jefe dirigiéndose a un veterano—. Vete allá. Y usted, amigo mío, hágase novelista, filósofo o profesor calígrafo, y así podrá escribir con toda calma. Porque para esto no se le da a usted el naipe.

—Pues cualquiera diría —habla una voz que ignoro de quién es— que la nota de la máquina nueva no ha sido escrita sino para hablar de la vieja...

—Señor mío: eso—contesto yo—es querer penetrar en lo recóndito de mis intenciones, que estoy en mi derecho de ocultar. Usted no necesita saber más sino que prometí decir cómo es la celerotipia, que dicho queda, y que he cumplido mi palabra. Ofreciendo, de paso, a los amigos de inventar: a mecánicos, ingenieros, etc., camino por donde puedan llegar, antes del año ***, a fabricar tal máquina. Yo doy la idea, ellos que pongan lo demás. Y el dinero y la gloria, que no serían granos de anís, que el inventor ganara para él. No he de pedirle nada; porque yo soy muy desinteresado.

¡Ah! Todavía queda por decir que la celerotipia ha suprimido, no solamente cuanto ya se dijo, sino además al linotipista. Pues la máquina echa a andar sola y por sí golpea las teclas, sin más que ponerle delante las cuartillas del original. Pero el cómo ha de quedarse para otra nota porque esta es ya larga con exceso.

Entre la segunda y tercera plana de La Verdad se ha colado de matute el anterior episódico apunte de la confección del periódico que por bastante tiempo tuvo mayor circulación en Novaria.

Dicha tercera plana ostentaba de margen a margen, abarcando la anchura de las seis columnas, este rótulo:

¿SE HABRA COMETIDO UN TERCER CRIMEN?

A continuación, no toda la plana, mas sí dos tercios de ella estaban llenos de subtítulos y retazos de texto con la estructura conocida ya, y el último tercio estaba encabezado así:

NOTICIAS DE URIZ
Que queremos suponer relacionadas con los anteriores sucesos por espantarnos dar por hecho que se hayan cometido en pocas horas.

¡¡¡CUATRO GRANDES CRIMENES!!!

En pos del kilométrico, sensacional y hasta avieso título —el tiempo justificará la dureza de este adjetivo—, se daba noticia del descubrimiento, en Valvanera, de las huellas del crimen del rápido. Pero sin relacionarlo con el hallazgo de la capa. Y esto a deliberado intento, por instrucción expresa del Sr. Bearfest, gerente de La Verdad, mangoneante en otras varias empresas industriales acaparadas por poderosos trusts y gran periodista, a quien se debía la modernización de la prensa ibermana, dándole carácter que ya iba imponiéndose, y cuyos rasgos típicos eran vibrantes títulos, párrafos cortos, mucho mono; el crimen cultivado a todo trapo, pues cuando no había crimen se quejaba el público de que los periódicos se caían de las manos; mucho deporte, mucha cultura física, y a la otra que la partiera un rayo; mucho cinematógrafo:

¡Mucho cinematógrafo en un periódico! Sí; pero esto ha menester explicación. Y tanto más, cuanto que era un progreso de la Prensa Ultramoderna. Pues viendo, el genial Bearfest, que las gentes abandonaban la dramática hablada por la dramática peliculada, ideó y llevó a cabo la reforma de dar a folletines, cuentos, a toda la labor literaria, en suma, la forma, en fin de cuentas clásica, de aleluyas: donde los colaboradores desenvolvían los partos de su ingenio mediante fundamental auxilio, *sine qua non*, de los dibujantes. Sin serles a los literatos permitido escribir sino una, o cuando más dos líneas, al pie de las viñetas, equivalentes a capítulos de sus obras.

Todo esto era sumamente atractivo. Mas por cima de todo, pedían los lectores crímenes, cuando menos uno por día: apasionantes crímenes, que eran las secciones más esmeradamente atendidas en los periódicos; por estar en ellas la clave de los grandes éxitos de las colosales tiradas, que consigo traen la gran concurrencia dé anunciantes. Asunto principal, eso lo sabe todo el mundo, para todo rotativo del tipo de La Verdad.

De aquí que en su afán de cuidar mucho los crímenes, ya que no era posible fomentarlos, ocurriósele a Bearfest cuando advirtió que se iniciaban, aunque levemente, descensos en las tiradas de La Verdad, introducir en el relato de aquellos la narración cinematográfica. Gran equivocación; traspié que dio, no obstante su avispada experiencia, aquel lince del periodismo mundial por no haber reflexionado ser tal innovación poco adecuada al gusto del público indocto e ineducado que un gran rotativo debe atraerse; pues las suscriciones de la gente culta no darían para costear siquiera la tinta necesaria en las copiosas ediciones ambicionadas por un coloso de la prensa. Y porque los anunciantes buscan también público inculto.

No era oportuna tal reforma, porque los mismos lectores que apetecían brevedad en toda manifestación de literaria fantasía o culto esparcimiento, no hallaban de su agrado las narraciones de los crímenes si estas no los hartaban de espeluznantes pormenores, si no los ahitaban de escenas truculentas, si no los saciaban de detalles horrendos. Porque querían apasionarse diariamente con fuertes emociones, vivir el crimen. Porque les complacía que su periódico avanzara supuestos e iniciara pistas, para charlar y fantasear sobre unos y otras, con familiares, compañeros y amigos, en el hogar, la oficina, el café; para discutir sus interpretaciones—suyas, pues las compraban al pagar el periódico—de hechos y datos; para convertirse, aprovechando lo leído, en espontáneos polizontes platónicos. Ya que a muy pocos les era dado ingresar en el facultativo y distinguido Cuerpo de Perquiridores Oficiales.

El cuadro expuesto es una de las facetas que al observador muestra la sociedad constituida por los lectores de La Verdad y de algunos otros grandes órganos de opinión en Ibermania. Que sin tener su altura aspiraban a imitar su estilo para llegar donde ella había llegado. Solamente una, e incompleta; pues no retrata sino tres de las doce páginas del diario citado.

Pero ya este capítulo que, aun siendo supernumerario, ha roto el hilo de la narración principal, se hace largo. Doyle por tanto un tajo, para ocuparme en buscar, recoger y anudar los cabos de aquel hilo.

Los lectores cachazudos y amigos de estudios éticos, sociales y folklóricos censurarán mi apresuramiento en variar de tema. Pero, cómo ha de ser, no puede darse gusto a todos.

IX. UNA TAIMADA TRAMA QUE URDIÓ EL RENCOR

Tras romántica endecha dedicada al cruel desvalimiento en que el impiedoso matador de Garbosa había sumido a siete tiernos huerfanitos en la lactancia, violentamente deslactados; tras el farragoso oropel de ditirámbicos elogios derrochados en loor de igual número de abanaleñas familias que habían acogido y prohijado a los cachorros y los amamantaban con biberón; entre no pocas fantasías sobre los cuatro crímenes y algunas ponzoñosas insidias contra el respetable Cuerpo de Perquiridores, insertaba La Verdad una síntesis de noticias comprobadas, que venía a ser escueto índice de hechos agrupados por lugares, y ordenadamente numerados. Hela aquí:

ABANAL[12] :

1. ° Hallazgo en la *portería de Villa-Gaya* de un motorista de Novarla narcotizado.

2. ° Ídem del cadáver de Garbosa.

3. ° Ídem de Celinda narcotizada, *semiestrangulada*, con las *uñas tintas en sangre*, que ha de ser del cuello o de la cara del asesino. Y con pocas esperanzas de vida.

4. ° Ídem de botellas y jeringuillas hipodérmicas con restos de sospechosos líquidos.

5. ° Ídem de un auto abandonado, y en este un cubrepolvo de motorista, en uno de cuyos bolsillos se ha encontrado la cartera de matrícula del auto con el retrato del motorista *dormido en la portería*. En otro bolsillo del cubrepolvo se ha hallado un plano topográfico y un billete de 3ª, expedido en Valdemimbres para Puertofoz, y no taladrado por ningún revisor de tren.

Este auto fue visto llegar a altas horas de la noche

---

[12] La letra cursiva de esta síntesis no es del original publicado en La Verdad, sino de la copia. Donde, a fin de que el lector no se despiste confundiendo lo cierto que ya sabe con lo erróneo, se señalan con tal tipo las equivocaciones de la información, nacidas de la premura inevitable con que había sido hecho el inflamiento de ella y por necesidad de dar colorido al cuadro.

por un sereno de Abanal. En él llegaron un hombre y una mujer.

6.º Prisión de un tabernero y un carpintero *malísimamente reputados en Abanal y convictos* de haber abusado de los cargos oficiales que por censurables influencias caciquiles desempeñan, para penetrar en Villa-Gaya y *estrangular a Celinda*, según creyeron conseguir. Las pruebas de todo esto son irrefutables.

7.º Misteriosa desaparición de *Miss* Alice Brand y de su hermano, arrendatarios del hotel.

EN URIZ:

8.º *El posadero y la posadera del Mesón de la Rosa en estado cataléptico.* Sospéchase que a causa de inyecciones estupefacientes propinadas por un caballero de alta alcurnia que cenó en la posada.

EN PUENTE DE LAS PALMAS:

9.º Se descubre en él una lujosa capa de señora ensangrentada. No la señora, que no ha sido habida, sino la capa.

EN VALVANERA:

10.º Registro de un reservado del rápido ascendente Puertofoz-Cochamba, y descubrimiento de fehacientes indicios de haberse cometido en él un espantoso asesinato.

EN OTROS TRENES Y EN DIVERSAS ESTACIONES:

11.º En Abanal subieron al rápido con fletes de Abanal a Cochamba, pero tomados, no en aquel pueblo, sino en Puertofoz, una dama muy rubia y un caballero. Ella portaba capa de viaje, de gran lujo, cuyo señalamiento coincide con el de la hallada en el puente. Ocuparon el reservado que en Valvanera se halló vacío y con huellas del crimen.

12.º En el mismo tren viajaba con billete de segunda, pero no de Abanal a Cochamba, sino de Puertofoz a Valdemimbres, la doncella de la dama. Señas: joven, garrida, pelinegra y donosa.

13.º Los billetes a Cochamba de los señores han aparecido entregados, no allá, sino en la estación de Valdemimbres —407 kilómetros antes de la estación para la que fueron pedidos—. Pero en Valdemimbres no bajaron del tren ni la señora ni la doncella, sino dos hombres, y ninguno elegante, que indudablemente fueron quienes a su salida del andén entregaron los citados billetes a Cochamba: únicos recogidos en Valdemimbres.

14. ° El de la doncella, expedido para este pueblo, no ha sido entregado allí, pero ha aparecido en el cubrepolvo de motorista hallado en el auto abandonado a la puerta del jardín de Villa-Gaya.

15. ° La papeleta suplemento del departamento reservado, tomado en la agencia en Puertofoz de los coches de lujo, no ha sido recogida en estación ninguna.

16. ° En Valdemimbres, a media noche, entre el paso del ascendente Puertofoz- Cochamba y la llegada del descendente Cochamba-Puertofoz, se despachó un billete de tercera para esta última población. Fue tomado por quien pareciendo motorista de auto a causa del cubrepolvo que llevaba, no debía de serlo; pues al desabrocharse, para pagar, dejó ver un lujoso chaleco de color ante con lunares verdes.

Tampoco este billete ha sido entregado en estación alguna de la línea, ni picado por el revisor del tren en que debía utilizarse. Este empleado afirma no haber subido nadie a su tren desde horas antes de llegar a Valdemimbres.

17. ° Después de pasar dicho descendente, a su hora reglamentaria de las 2 y 20 de la madrugada, un mozo de la estación de Valdemimbres vio entrar en ella, bajándose de un auto que se marchó en seguida, un viajero con sobretodo gris, sombrero flexible y bigotes. Que, por lo desaforadamente grandes, no podían pasar inadvertidos. Menos ahora, que no los lleva nadie.

No tomó billete, pero preguntó al mencionado mozo por qué vía entraba el mixto Caulipas-Novaria, al cual subió, a la llegada de este, 3 y 15 de la madrugada. No llevaba otro equipaje que un atacapas voluminoso y una sombrerera a la mano.

18. ° A ninguna de las estaciones siguientes a Valde-

mimbres en dicha línea Caulipas-Novaria, llegó nadie sin billete; ni en Valdemimbres ni el tren se despachó ni uno sólo para ellas. Por lo tanto, el viajero bigotudo debió de utilizar uno tomado en otra estación, o bajarse del mixto antes de que partiera, y después de haber simulado que en él se iba.

19.° Es de notar que ninguno de los siete viajeros citados, ni siquiera la desaparecida pareja elegante que llevaba billetes para un viaje de más de 550 kilómetros presentara equipajes a facturación.

20.° Dichos siete viajeros eran: la dama rubia y su acompañante, que subieron en Abanal; la doncella, que venía ya en el tren desde Puertofoz; los dos hombres bajados en Valdemimbres, el bigotudo que allí subió al mixto de Novaría, y el motorista del elegante chaleco de fantasía, que compró en el mismo Valdemimbres billete para Puertofoz.

No ignoraba don Nicasio cómo los redactores policiacos escribían sus crónicas, a la carrera y con escasos datos; teníales además, como todos sus compañeros de perquirición, honda inquina. Bien pagada por aquellos, quejosos de la reserva habitual de los perquiridores, siempre recelantes de que las seguras indiscreciones de los chicos de la prensa les estropearan sus pistas. Por uno y otro, cuando a la noche pudo desenredarse del trabajo del día entero, y descansar en su gabinete del expresillo, no se cuidó de leer ni los epígrafes siquiera de las varias planas por La Verdad dedicadas a reseñar los cuatro crímenes: sino que, flechado, se fue al final del periódico, en busca de la anterior sinopsis, que todavía le pareció poco sinóptica.

Pues hechos, y no "infundiosos cuentos", era lo que él quería y buscaba. Con esperanza de que como en Uriz dejó, quien en su opinión era el criminal de Villa-Gay, vestigios de su paso, tal vez hubiera, en otros lugares, rastros de él o de la bailarina desaparecida. Probablemente inexpresivos para quienes no conocieran la importantísima declaración de la doncella; pero que para él podrían ser en extremo elocuentes.

Apenas había comenzado la lectura cuando rompiendo

a reír llamó a su ayudante, que en el laboratorio estaba entre las uñas de Colinda —gracias que ya estaban cortadas— y los pelos y motas recogidos en su cama. Preparándolo todo para un primer examen microscópico.

—Salcedo, venga... ¡Ja, ja, ja! Oiga lo que dicen estos polizontes de afición de La Verdad.

La Verdad era el periódico más antipático a los perquiridores, por las campañas que contra ellos realizaba hacía tiempo.

—¡Al motorista de Uriz lo han dormido en el cuarto de los porteros! Confunden a estos con los posaderos. Han narcotizado a los de la posada con el vino que los otros bebieron... ¡Ja, ja, ja!... Claro..., oyen campanas y no saben dónde, hacen pesquisitivas inferencias sin el menor estudio previo, sin preparación técnica.

»Y del cianuro no saben palabra. Me alegro... ¡Atiza! Han intentado estrangular a esa pobre joven que al defenderse, ¡qué horror! ¡Ja, ja, ja!, ha clavado sus uñas en el asesino.

En lo del auto no andan mal de noticias... Como yo averigüe quién se las ha dado... ¡Anda, anda!: "pruebas irrefragables de ser Malas Patas y Matías los estranguladores". ¿Irrefragables, eh? Ya veréis, ya, sí os las refrago yo, y cómo os chafo vuestra sensacional información... Sí, sí. ¡Ja, ja, ja! La cosa tendrá muchísima gracia... Sí, sí, en seguida.

Sin decir en qué consistía la gracia, que había de ser mucha, pues él no dejaba de reírse, dijo a su ayudante:

—Salcedo, radiofonee al cuartelillo de la guardia cívica, ordenando que saquen ahora mismo de la cárcel a los presos y me los traigan inmediatamente.

La imparcialidad obliga a abrir aquí un paréntesis, para poner en su punto que la malévola prevención del comandante perquiridor no advertía que de aquellos errores era suya la culpa, por no haber querido recibir al corresponsal de La Verdad en Abanal, ni al redactor después llegado de Novaría para hacer averiguaciones concienzudas. Y como no iban a dejar a sus lectores sin información, y Malas Patas y Matías estaban en la cárcel, no pudieron hablar sino con el albéitar, Marica, la Chata y Ño Viviano, que sabían poco, y querían darse aires de estar muy enterados. Agréguese a esto que Vivían estaba peneque, como siempre, y acaso es explique lo del estrangulamiento.

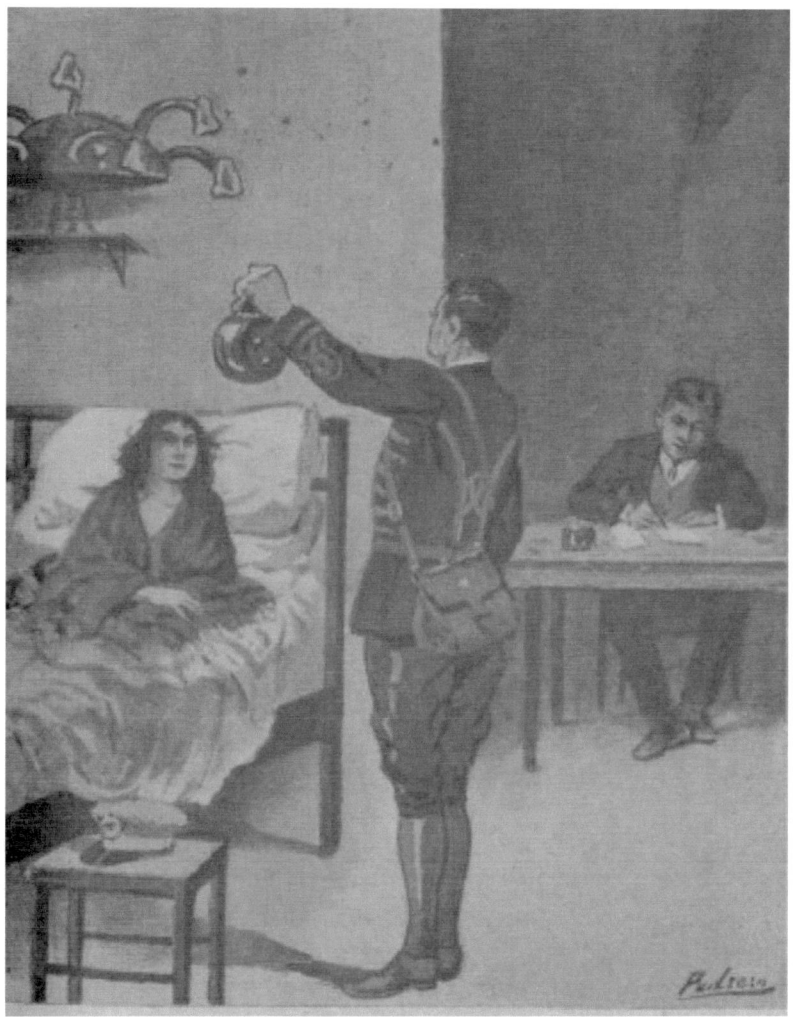

—Yo sí: los envenenadores entraron aquí a las 10 y 52. (Cap. VIII).

Además, sobre los telegramas recibidos de Abanal se había caído un tintero; cuando se advirtió la avería estaba seca ya la tinta derramada sobre parte de él, no Permitiendo leer al trasluz sino confusamente; el cierre del periódico no daba tiempo para pedir al corresponsal lo repitiera; y con tales datos infle usted telegramas, y no ponga dificultades al redactor- jefe.

Mientras, con el radiófono del expresillo, fue dada la orden al sargento. Continuó leyendo don Nicasio. Trocándosele el regocijo irónico en vivísimo interés, según iba enterándose de las noticias de Puerto de las Palmas, Valvanera, Valdemimbres, etcétera. Sin ponerlas en duda, no obstante darlas aquel "antipático papelucho". Porque sobre estar referidas en prosa menos sensacional y novelesca que las referentes a Abanal, dándoles esto mayor apariencia de verdad, veía en ellas corroboradas buena parte de sus hipotéticas explicaciones sobre la comisión del crimen con las que aquella tarde había maravillado al juez de Uriz; y vislumbraba para sí el resonante triunfo de demostrarle pronto al "papelucho" que sus cuatro crímenes no eran sino uno.

Al decir esto arrojó al suelo La Verdad, se levantó, y, nervioso, bajó del expresillo, comenzando a pasearse andén arriba, andén abajo, gesticulando y musitando:

—Ya tengo a la bailarina: asesinada; y no queda sino hallar el cadáver... Ya tengo al asesino: el principesco apoderado. Es decir, lo conozco; porque tenerlo no lo tengo... Pero pronto lo tendré, pues ya me falta poco para reconstituir en totalidad sus idas y venidas. Y en cuanto lo tenga, tendré a su cómplice. Dado que en todos esos zascandilees de La Verdad no haya algo de verdad; pues entonces- habrá dejado pista, y su tufillo me dará pronto en la nariz como me dio el del otro.

»Ese de los bigotes es el cómplice. Porque el príncipe no los usa. Con tal que no le dé la maldita idea de afeitárselos al leer estas noticias... Para eso, para eso, y nada más, sirven estas informaciones; pues por si el ver sus señas publicadas, *urbi et orbi*, no es suficiente para que a él se le ocurra quitárselos, las encabezan con el rótulo:

EL HOMBRE DE LOS BIGOTES QUE EN VALDEMIM-BRES SUBIÓ AL MIXTO

»Imbéciles... O mal intencionados; porque lo que ellos quieren es hacernos fracasar. Pero llegan tarde, porque esta vez tengo ya todos los hilos...

»Sí, sí; pero es preciso que no me los enreden mis queridos compañeros, que a estas horas estarán actuando ya por esos pueblos; que yo lo dirija todo; que en esto no trabajen sino gentes a mi devoción, incapaces de tener celos profesionales, ni deseo de chafarme un triunfo; a quienes no les dé tentación de subírseme a las barbas ni de tener otras iniciativas que las mías.

En esto andaba de su soliloquio cuando al ver acercársele a Malas Patas y a Matías, acompañados del sargento, exclamó:

—¡Ah! No me acordaba... Los estranguladores... Ja, ja, ja! Qué sorpresa para el Sr. Bearfest... Me voy a reír un poco, sargento, aguárdese aquí. Vosotros venid conmigo.

Una vez los tres en el gabinetito del expresillo, donde el Mayor había tramado el plan que iba a poner por obra, dijo, recogiendo al hacerlo La Verdad que andaba, cosa no inusitada, por el suelo. .

—Este periódico os acusa de haber estrangulado a la doncella, en cuya alcoba entrasteis cuando ella no podía defenderse.

—¡Dios me ampare! Júrele, Señor, que no hice más que levantar un poquitín la almohada.

—Por la *saluz* de mi madre que no la *imos tocao* a ella.

Y cayendo de rodillas, los dos gimieron...

—No nos pierda, señor.

—Ténganos lástima, que *semos* dos padres *honraos*.

—La tendré. Levantaos. La tendré; si hacéis lo que yo os diga...

—Mándenos, señor, que por mí.

—*Pos* en lo que me toque...

—Yo no creo que hayáis estrangulado a nadie.

—¿Pero estaba *estrangulá*?

—Eso no se os importa. Yo no voy a revelaros secretos del sumario. Pero ya veis que en este periódico consta que la han estrangulado... Y como vosotros sois los únicos cuya entrada en la casa del crimen está probada, y eso lo sabe todo el pueblo.

—Nos *hamos perdío*.

—Como también está probado que, con el pretexto de que fuera a buscar al albéitar, alejasteis al cerrajero cuando ibais a meteros en la alcoba, y no falta quien diga que lo hicisteis para que él no oyera los ayes de la víctima.

—*Perdíos, perdíos* sin remedio.

—Mal estáis, sí; pero no sin remedio, siempre que sigáis mis consejos.

—Claro que sí.

—Como me dais lástima, porque a pesar de todo yo no creo que seáis vosotros los estranguladores...

—¡Dios lo bendiga!

—Os sacaré del atolladero en que al meteros en la casa os habéis metido. Pero es preciso que vosotros os ayudéis obedeciéndome.

—Mande, señor. ¿Qué tenemos de hacer?

—Nada más que llevar en seguida este periódico al procurador del pueblo, para que mañana por la mañana presente querella contra su director por haberos calumniado.

—¡Meternos por justicia! Eso es *pa* mirarlo despacio.

—Pues entonces a la cárcel. Y vuestra será la culpa de lo que os pase. Pues poco podréis esperar de nadie cuando no os atrevéis a negar la verdad de la acusación.

—Sí negamos.

—Aquí, en secreto; pero no a la vista de todos y a la luz del día.

—Ya negaremos cuando nos pregunte el señor juez.

—Entonces será tarde. Pues yo tendré que declarar

que ahora no tenéis manera de probar que La Verdad os calumnia. Y no probarlo equivale a confesar vuestra culpa; y yo mismo he de pensar que algo habrá en ello cuando no os atrevéis a negarlo.

—¡Ave María Purísima!

—La que se nos ha *armao*... Ea, si no hay otro remedio haremos lo que nos dice.

—Pero es que la justicia es *bocao* de ricos.

—No os dé cuidado eso.

—¿Cómo que no?

—Los gastos corren de mi cuenta.

—¡Que *usté* va a pagar al *percuraor*!

—¡Y el papel *sellao*!

—Sí, y al abogado y a los peritos... Y como yo declararé que mis indagaciones prueban vuestra inocencia.

—*Güeno*. Y si nos metemos con el papel, ¿qué nos *pue* pasar?

—Que, por haberos calumniado, tendrá que pagaros una indemnización no floja; que habréis hecho vuestra suerte.

—No *jua* malo... Pero yo me creía que esas *monizaciones* no las pagaban nunca los señorones —objetó el juez municipal.

—Y si no nos metemos en la *monización*, ¿qué *pue* pasarnos? —inquirió, todavía receloso, Malas Patas.

—Pues que resultaréis reos de estrangulación.

—¿Pero no acaba usted de *icir* que declarará que está *probao* que no lo *semos*?

—Dice bien este. *Estonces ¿pa* qué pleito?

—Porque si no acusáis a La Verdad ya no estará probado ni podré declararlo.

—¡Qué *enrevesás* son estas cosas de justicia !

—No lo entiendo.

—No hace falta. Basta que lo entienda yo- Y como ya hemos hablado bastante, u os volvéis a la cárcel desde aquí, pero ahora bien amarraditos para que os vea todo el pueblo, u os vais derechos a casa del procurador a hacer lo que os he dicho.

—Ni que decir tiene.

—Pero... ¿es de veras que usted paga?

—Y tan de veras... Pero si alguien lo sabe, si alguien se entera de que yo os he aconsejado en esto, o como se trasluzca una palabra de lo que hemos hablado, volvéis a la cárcel; y como dos y dos son cuatro os pruebo que sois estranguladores y envenenadores.

—No *haiga cuidao* que yo.

—Ni yo.

Los dos abanaleños se marcharon libres, charlando con el sargento como buenos amigos, y el Comandante Perquiridor quedó diciéndose:

—Que no va a reír poco el Brigadier cuando se lo cuente... ¡De mi bolsillo!... ¡Ja, ja, j a! La tercera Brigada Investigatoria es rica, y sus gastos de material bien pueden pagarlo todo. Nada más justo, pues se trata de una campaña contra los enemigos de un Cuerpo del Estado, que el Estado pague... Y con que en unos meses gasten un poco más carbón los expresillos...

X. LO QUE HABIA VISTO EL PERSONAL FERROVIARIO

Las noticias correspondientes a hechos consignados en los números del noveno en adelante del ordenado resumen (véase capítulo IX) que La Verdad publicó la noche del 14 de junio, eran fruto de los radiogramas que, desde Valdemimbres, pusieron en la mañana del 13 el juez de dicho pueblo y el capitán perquiridor de Novaria, allí llegado, y de los interrogatorios a que, a su regreso del puente, sometió el último al personal del ferrocarril.

En los del que servía en la estación de Valdemimbres se le fue la tarde, dedicando la primera mitad de la noche a los del revisor y del camarero del rápido. Ambos recién llegados, en compañía del vigilante de otro vagón, que en aquel tren había ido enganchado inmediato al de reservados.

Pues dicho vigilante podía dar datos interesantes.

La inspección del departamento donde se perpetró el asesinato fue aplazada, por convenir hacerla a luz de sol.

He aquí resumidos los resultados de los interrogatorios:

CAMARERO 1.°— Reconoció en la capa, que le fue mostrada, la vista por él a la señora rubia que, en Abanal, subió al tren acompañada de un caballero joven, guapo, completamente rasurado, con sombrero castaño flexible y un ligero sobretodo gris. De la dama no pudo dar más señas sino que era alta, parecía joven, y llevaba una pequeña toca de viaje de donde en nuca y sienes escapaban cabellos rubios como el oro.

Por tener hechas las camas, desde que, al salir de Puertofoz, vio en la puerta del departamento la cartela, "tomado desde Abanal", no había el camarero permanecido en el reservado sino el tiempo preciso para colocar en las rejillas de él la sombrerera y el atacapas del caballero. A causa de esto, y de haberse entrado la señora inmediatamente en el tocador, en donde estuvo todo el tiempo que aquel tardó en darle a él un recado para el revisor, nada más podía puntualizar sobre ella.

Preguntado si no había visto el lujoso saco de mano de cuero rojo, que con manchas Sanguinolentas fue hallado en el registro de Valvanera, dijo: que cuando, recién subida al vagón, avanzaba la viajera por el pasillo de él se le había enganchado la capa en una puerta, dejando al descubierto dicho bolso, que por el color debía de ser el mismo porque se preguntaba; que entonces tiró ella apresuradamente de la capa, con la que lo cubrió, cual si tuviera gran interés en recatarlo, y entonces pensó él que allí debía la señora de llevar alhajas.

El viajero y la viajera hablaban entre sí en idioma extranjero. Ella no parecía entender el iberés; pero él, que por cierto estaba bastante ronco, lo hablaba sueltamente, aunque con un poco de acento saxonés.

El recado por este dado al camarero para el revisor fue que lo avisara de que deseaba hablarle en seguida.

REVISOR.— Cuando acudió, y le fue abierta la puerta, vio a la señora, pero no más de espaldas; pareciéndole que escondía algo entre las ropas de una de las camas. Tal vez el bolso hallado luego.

El viajero le rogó picara los dos billetes, pues iban a acostarse, y deseaban no los molestaran más tarde; y gratificándolo por el trabajo que iba a tomarse, le rogó preguntara en los vagones de segunda por la doncella de Doña Amabel Cork y le dijera la necesitaba su señora.

No habiéndole dado nadie razón, en segunda, de tal doncella, retornó a decírselo al caballero. Quien abriendo, sólo a medias, la puerta del departamento le dijo que lo había molestado inútilmente; pues la muchacha, que desde el tren había visto subir a este a su ama, había venido por un lado mientras él la buscaba por otro.

"Sin duda —dijo el revisor— era una mujer de pelo negro que, de espaldas a mí, estaba en la sola parte del reservado que yo podía ver por la entreabierta puerta en que estaba su amo.

Entonces pregunté por el billete de ella, que me dio el

caballero; y al ver no era de Abanal a Cochamba, como el de los señores, sino de Puertofoz a Valdemimbres, y sorprendiéndome no haberlo picado entre Puertofoz y Abanal, contestó ella desde adentro, ya desde sitio para mí no visible, que sin duda había yo hecho la revisión durante un rato que estuvo ella en el retrete. Y agregó el viajero que, habiendo la doncella ido la víspera a hacer unas compras en Puertofoz, tomó allí el tren, y que no seguía viaje con ellos, porque iba a quedarse con permiso en Valdemimbres, de donde era, a pasar unos días con su familia.

Después no había vuelto a ver a criada; ni a amos. Dato complementario de esta declaración, que cuando el extranjero sacó del bolsillo los dos billetes para Cochamba, el revisor le vio el chaleco color de ante con lunares verdes.

CAMARERO 2.° — En su asiento, inmediato a la plataforma de comunicación de su coche con el de los reservados, estaba, dando unas cabezadas, cuando lo despertaron dos hombres preguntándole si la primera estación era Valdemimbres. No estando cierto de ello a causa de aquellas cabezadas, miró al reloj; y viendo eran las dos de la madrugada, contestó que a los cinco minutos llegarían a ella. Los dos hombres echaron pasillo adelante hacia la plataforma opuesta, por donde a poco se bajaron al parar el tren.

Preguntado por fachas y señas de ellos respondió que ambos llevaban gorras y abrigos negros u oscuros; y creía recordar que también bultos a la mano.

—¿Le hablaron a usted los dos? ¿Tenían acento extranjero? ¿Estaba ronco alguno de ellos? —preguntó el capitán perquiridor.

—No, señor: ni acento extranjero, ni... Digo, yo sólo hablo del único que habló, ni acento, ni ronquera tampoco: Ca, sí tenía una voz tan suave que...

—¡ Suave!... ¿ Como de mujer?

—Sí, señor. Tan bonita que, hasta que no me despabilé, me creí que lo era. Y por eso miré al que hablaba más que al otro, y entonces vi que era un jovenzuelo.

Acabado el interrogatorio de este segundo camarero,

el mozo de la puerta de salida del andén de Valdemimbres declaró haber recogido los billetes de dos viajeros, únicos bajados del rápido Puertofoz-Cochamba, y de señas coincidentes con las de los que despertaron al citado camarero, con quien fue careado el mozo. Agregando entonces que llevaban un lío y una sombrerera a la mano y no recogieron equipaje ninguno facturado.

Los billetes no los había mirado cuando ellos se los dieron, sino echádolos al cepillo de los recogidos cada día, y cada día sacados de él; pero tenía certeza de que ni en aquel tren, ni en ningún otro, había llegado nadie más en toda la noche.

—¿Estás bien cierto de que no bajaron señoras? ¿No has visto una alta, morena?

—No, ninguna. Miren el cepillo que no me dejará mentir.

—¿Qué sabe el cepillo de si los billetes que guarda los llevaban mujeres u hombres?

—Claro que no. Pero como allí no habrán encontrado más que dos, y yo sé que han bajado dos hombres, mal pueden haber venido mujeres; ni rubias ni morenas.

El jefe de estación corroboró que en el cepillo, abierto de mañanita, tan pronto dio la alarma el juez, a su paso para el puente, no había efectivamente sino dos billetes de primera expedidos en Puertofoz no para Valdemimbres, sino para Cochamba.

—Según eso, la doncella que para aquí lo traía no bajó aquí —dijo el perquiridor.

—Se dormiría y se pasaría más allá —contestó el jefe.

—¿O quién sabe si sería el mozuelo de la voz bonita?... Que bien pudiera ser... Señor Juez, hágame el favor de llamar al Alcalde y encargarle averigüe si una chica, doncella de una señora extranjera de apellido Cork, tiene parientes en el pueblo y si estos esperaban que viniera a pasar unos días en su compañía.

Cuando el juez salió quedose el capitán pensando:

Un billete tomado en Puertofoz para Valdemimbres, y no picado entre Foz y Abanal, por la casualidad de que, al hacer la revisión, estaba en el retrete la dueña de él, que por casualidad también pasa de largo por el pueblo donde había de apearse.

Mucho me equivocaré si entre el caballero y la doncella no asesinaron a la otra, y se bajaron aquí entregando los billetes de primera, después de haberse vestido ella de hombre.

Lo que me sorprende es no tener a estas horas noticia de ningún cadáver encontrado en el río. Porque a esa pobre señora la tiraron al agua: eso está bien claro. Desde las diez, que puse el telegrama, tiempo han tenido en toda la tarde de encontrarlo.

A menos que se enredara y quedase escondido entre los cañaverales de algún remanso, o que en Novaría se hayan descuidado en trasmitir la orden.

¡Calla!, no había hecho alto en ello; como pasado el puente entra el río en la jurisdicción de la Brigada de Puertofoz, la mía habrá tenido que comunicar allá mi petición. Y si en Novaría han perdido tiempo en telegrafiar y los de Puertofoz se han descuidado luego en circular las órdenes a los pueblos, lo cual no sería extraño, siendo yo para ellos gallina de otro corral, ya se explica la falta de noticias. Pero si así ha ocurrido, y han dejado pasar las horas de luz, cuando mañana salgan a buscar ese cadáver, es posible sea tarde ya para encontrarlo. Pues el río no para, y el mar no está sino a 240 kilómetros.

Sería un contratiempo. Pero, en fin, lo que sea sonará. Ya es cosa de acostarse.

A la mañana siguiente leyó el capitán Rojas —tal era el nombre del perquiridor de Novaría— La Verdad, enterándose de lo de Abanal.

Y, de igual modo que don Nicasio allá, sospechó en seguida que lo de allá y lo de acá todo era uno.

La Alicia desaparecida de Abanal debía de ser la Miss

Cork asesinada en el tren; el caballero de alta alcurnia, él no sabía llegara a principesca, citado en el periódico antojábasele el acompañante y, según todas las apariencias, asesino de ella, en complicidad con la doncella. Que con él y disfrazada, parecía haber salido del tren y escapado en un automóvil, que nuevas interrogaciones a mozos y guardavía le hicieron saber había llegado a la estación poco antes del paso del rápido...

¿Sería el mismo en donde vino a Valdemimbres el motorista a tomar billete para Puertofoz?

Eso no hubo medio de averiguarlo.

Parecía probable que el príncipe y la doncella...

No, la mujer pelinegra del tren no podía ser la doncella de la asesinada *Miss* Cork —dado que esta y la Alicia desaparecida de Abanal fueran una misma persona—, pues a dicha doncella la habían medio estrangulado en Villa-Gaya, a la hora, poco más o menos, tal vez antes, en que a muchos kilómetros de Abanal —ciento cincuenta dista este pueblo del Puente de las Palmas— se cometía el asesinato.

No, no pudo ser ella; sino otra mujer, que por ella se hizo pasar en el tren. A menos que la asesinada en el tren y la desaparecida de Villa-Gaya fueran, no una sola, sino dos personas.

Pero tenían que ser, una, porque...

En esto andaba de sus cavilaciones el capitán Rojas, y ya quedaba bien atrás la mañana, cuando en el momento de ocurrírsele medio hábil de aquilatar, en Abanal, la identidad de la muerta, y disponerse a ponerlo sin dilación por obra, llegaron el alcalde y el juez a informarlo de que las averiguaciones efectuadas daban plena certeza de no haber en el pueblo, como un puño por cierto, casa donde esperaran viajera ninguna de la familia; ni una sola moza en él nacida y dedicada fuera de él al servicio doméstico. Era, pues, mentiroso el cuento de los parientes y el permiso de la doncella. O lo que fuese la que indudablemente se había escapado en el automóvil con el que lo contó.

Visto esto reflexionó el perquiridor que, si interesante

era identificar la víctima, aún era más urgente atrapar a sus matadores; y para poner en tal empeño cuanto de él dependiere, aplazó al siguiente día su ida a Abanal, para dedicar la tarde a seguir la pista de aquel auto.

Para ello llamó nuevamente a todo el personal de la estación, y ampliando las preguntas que anteriormente le había hecho supo que, no uno, sino dos eran los autos llegados a Valdemimbres la noche del crimen: habiendo uno de ser el que en su fuga debieron utilizar el mozuelo y el hombre del rápido, y en donde acaso llegara el motorista sospechoso, del chaleco de fantasía, que tomó el billete para Puertofoz y no se fue con ellos. Pero pudo marcharse en otro, llegado media hora o tres cuartos de hora después, con el hombre bigotudo del abrigo gris y el sombrero castaño, que por todo equipaje traía una sombrerera en una mano y un atacapas en la otra, y estuvo paseándose hasta la llegada del mixto de Gaulipas a Novarla, en donde subió.

Ya bien puntualizado todo esto, pidio el perquiridor, prestada al juez la tartomóvil; en ella recorrió unos cincuenta kilómetros más allá de Valdemimbres, y otros tantos hacia el lado del Puente de las Palmas.

Con esperanza de obtener en las casas inmediatas a la carretera, por ser esta de poquísimo movimiento, noticias del paso de los dos coches llegados aquella noche a la estación. Pero como a las horas por las que preguntaba dormía todo el mundo, en casi todas partes, únicamente el guardabarrera de Las Palmas pudo decirle algo que no siendo poco, como indicio, en tal paraje de muy escaso tránsito, afirmó sus sospechas de estar relacionadas las horas de paso de los trenes con las idas y venidas de los automóviles que le interesaban. Pero esto no era suficiente, por lo pronto, como arranque de un rastro positivo y posible de seguir.

Lo dicho por el guarda fue que, entre los pasos por el puente de los rápidos Puertofoz-Cochamba —2 de la madrugada— y Cochamba-Puertofoz —2 y 25— había pasado por la carretera un automóvil que venía del pueblo y debía de ir como una centella, pues apenas le oyó los *bufíos* los dejó de oír por que iba ya muy lejos.

No lo había visto, porque entre tren y tren estaba recogido en la casa, "por mor del golpetón de agua que caía".

Que después de pasar el segundo rápido, y estando ya él otra vez en la casa, oyó otro auto. Pero este "de abajo" y hacia Valdemimbres; y que muy poco tiempo después oyó un tercero que de allá venía "*pa* abajo", pensando fuera el que acababa de pasar, y del pueblo retornaba; y diciéndose que pronto había despachado "el mandao".

Preguntado por el tiempo trascurrido entre los pasos de los tres coches, contestó que entre el primero y el segundo obra de media hora, arriba o abajo, y que del segundo al tercero un cuarto de hora cuando más. Y concluyó diciendo que aquella noche habían pasado por allí más autos que en toda una semana. Porque mucho antes, entre diez y diez y media había pasado otro hacia arriba. Y este, no sólo lo había oído, sino visto.

Por último, con el diluvio de después de media noche, el mucho polvo que la carretera tenía, y lo mala que estaba, se puso como "unas gachas". "Por lo cual que al levantarme de mañana la vide llena de *rodás*".

—¿Estarán todavía visibles esas rodadas?

—Ca. Han *pasao* casi dos días, y muchas carretas por allí, y la noche *pasá golvió* a caer un porción de agua.

—Y tú, que las miraste, no podrías decirme si esas rodadas eran diferentes o iguales. De uno o de varios coches.

—No miré tanto, señor.

Terminada esta conversación vaciló Rojas un momento, y resolviéndose al cabo a continuar por la carretera que conducía a Abanal, por si en los pueblos o mesones intermedios pudiera averiguar cosa de provecho sobre aquellos autos, telefoneó, desde la tartana al expresillo, que continuaba en Valdemimbres, avisando a su ayudante cenara sin aguardar su vuelta; pues pensaba retornar muy tarde.

Mas ocurrió que al darse aquel por enterado, lo informó de que durante su ausencia habían llegado despachos de varios pueblos ribereños, participando haber en ellos resultado infructuosas las pesquisas hechas en el río. Novedad que recordando a Rojas la idea cuya ejecución había aplazado le hizo pensar que ya no convenía diferir más el ponerla en práctica, para saber a ciencia cierta quién era la señora asesinada. Y en vista de ello se volvió a Valdemimbres.

XI. DONDE DA UN TRASPIÉ EL PERQUIRIDOR DE VALDEMIMBRES

Poco antes de clarear el día siguiente salió el expresillo de Valdemimbres. No más temprano, porque para lo que a Rojas le llevaba a Abanal era inútil presentarse allí antes de siete y media a ocho, pues no estaba levantado el comandante. A quien no conocía personalmente; pero sí por su fama de no pecar de asequible ni suave.

Llegado allá, bajó de su expresillo haciéndose anunciar en el de don Nicasio.

—Mi comandante.

¿Es usted el capitán Rojas, que actúa en Valdemimbres?

—Sí, señor. Como es posible que ambos estemos trabajando en un mismo asunto, usted es de más categoría...

—Ya: le han enviado, de Novaría, órdenes de ponerse a las mías.

—No: nada me han ordenado.

—Han hecho mal. Pero entonces...

—Por propia iniciativa, vengo a tomarlas.

—¡Ah! Bien, bien, muy bien.

—Suponiendo además que interesará a usted reconocer por sí el reservado donde se cometió el crimen...

—Ya lo creo.

— . . . y que me han enviado a Valdemimbres.

—Mal hecho. Debieron enviármelo a mí, sr. capitán.

—¿Pero lo ordenó usted?

—¡Ah! No. Es verdad. Yo no sabía nada de ese crimen hasta... Pero, vamos, vamos. Maquinista, presión y a Valdemimbres. En siete cuartos de hora hemos de estar allá... No replique: no se trata sino de 153 kilómetros. Usted se viene conmigo, señor Capitán.

—No necesita usted molestarse. Porque al venir yo aquí he enganchado ese vagón a mi expresillo y lo tiene usted a cien pasos: en aquella vía muerta.

—Es usted muy inteligente, amigo Rojas.

—Mil gracias, mi Comandante.

—Vamos, vamos.

Mientras se trasladaban al vagón citado agregó Rojas:

—Además, por si usted cree oportuno que esa muchacha que tiene usted aquí vea la capa y los efectos encontrados en el puente y en el reservado...

—Claro está que lo creo: oportunísimo, más aún, indispensable.

—Presuponiéndolo he traído todo eso para ponerlo a disposición de usted.

—Muy bien; perfectamente bien, amigo mío.

—Mil gracias, mi comandante.

—Qué comandante ni qué niño muerto... Llámeme don Nicasio, o Retuerto a secas. Cuando dos hombres, inteligentes como nosotros, laboran de consuno, en los arduos empeños de nuestro difícil ministerio, deben proceder y tratarse como compañeros: más aun, como buenos amigos. Sólo así pueden marchar las cosas deprisa y bien.

Al decir esto llegaba el campechano don Nicasio a la puerta del consabido reservado.

No diremos lo que dentro vio; pues sería repetir ociosamente lo dicho al hablar de la inspección efectuada en Valbanera, de la cual sólo difirió esta en que las exclamaciones de horror del personal del tren fueron sustituidas por las de contento del comandante al ver corroboradas por el reconocimiento sus presunciones sobre el crimen. Entreverando aquellas con reiterados elogios a su espontáneo y subordinado colaborador.

Por creer, el último, medio estrangulada a Celinda, había supuesto sería preciso llevarle al lugar donde la creía postrada los efectos que hacía falta mostrarle, para averiguar si la muerta en el tren era su ama, y los cuales no habría él traído a Abana!, a saber que la doncella estaba ya perfectamente buena y en posibilidad de ir a Valdemimbres.

Pero lo hecho, hecho estaba; y aunque le contrariara, ni podía volverse atrás, ni la cosa tenía ya remedio.

Don Nicasio dio orden a Salcedo de ir a buscar a la muchacha y de traerla; mas previniéndola del objeto de su venida, para que la violenta impresión que iba a recibir, frescos, como estaban, los terribles acontecimientos ocasionales de sus recientes crisis nerviosas, no dañara su salud.

Sin embargo, a despecho de tan elementales precauciones, fue espantosa la impresión de la pobre muchacha a la vista de los efectos, que efectivamente reconoció como pertenecientes a su señora. Principalmente cuando, no pudiendo apartar la mirada de los manchones de la capa, la sobrecogió violento ataque, casi una convulsión, acompañado de lamentosos gritos: incoherentes al principio, hasta que, al cabo, se le pudo entender cuando decía:

—¡Pobre ama mía! ¡Pobre ama mía! ¡Malvados! ¡Perversos!... El collar, el collar, es la causa de todo...

Para atenuar un poco las primeras y más violentas manifestaciones de la natural aflicción de la muchacha, precisos fueron un rato largo, y éter abundante, tomado del laboratorio del expresillo; y, por de contado, trasladarla a otro de los departamentos del vagón, para librarla de la contemplación de las huellas del asesinato de su ama.

Era necesario hacer constar y detallar su reconocimiento de los citados efectos; pero no lo era menos dar tiempo a la infeliz de serenarse y sobreponerse a su impresión; pues de lo contrario no podría darse cuenta del alcance de las preguntas que iban a hacérsele. Urgía reanimarla, sacándola de la postración en que había caído, y apremiaba interrogarla. Lo uno demandaba la presencia del juez, lo otro la asistencia del médico, a quienes don Nicasio envió a buscar, con aviso al último de que consigo trajera cordiales y sedantes.

Llegado el doctor, ya pudieron los perquiridores cesar en sus cuidados a la joven; y en tanto atendía aquel a ponerla en estado de declarar, fuéronse ellos a la plataforma del vagón. Pues Retuerto quería cambiar impresiones con su colega.

—Querido amigo—dijo—, gracias a usted ya tenemos prueba de que el criminal es quien yo había adivinado.

—Y de que también había usted adivinado, en la víctima, a *Miss* Alice Brand.

—Lo de la adivinación de la persona es cierto, pero no que se llamara así.

—¡Ah!

—No. Ese nombre supuesto no es el de la que con el de guerra, digo de baile, de Flying Girl se llamaba realmente Miss Amabel Cork.

—¿Cork? Ese es el que, en el tren, dio el presunto asesino. Ese es el que yo creía supuesto.

—¿Que dio en el tren el verdadero nombre que recató en Abanal?... ¡Qué cosa más extraña!... Cuénteme, cuénteme eso. Así aprovecharemos el tiempo, mientras se tranquiliza esa malpocada.

No sólo contó, el requerido a ello, lo que se le pedía, sino cuanto hasta ahora ha sido dicho en anteriores páginas, y por él averiguado en sus interrogatorios al personal de trenes y estaciones. Su reciente amigo don Nicasio oíale con extrema atención, sin interrumpirlo sino con breves frases, como "Ya lo sabía yo", "Si no podía ser de otra manera", "Bien me lo olí", "Muy bien, querido Rojas". Tan breves que no entorpecían la continuidad del relato. En el que el relatante no puso personales comentarios hasta que al referir el episodio de la voz del muchacho que bajó del tren en Valdemimbres, dijo:

—Por cierto que al oír hace poco la preciosa voz de esa pobre Colinda...

—¿Verdad, amigo mío? Verdad que esa chica le acaricia a uno el oído cuando habla.

—Pues pensando en esa coincidencia...

—¡Cómo! ¿Qué piensa usted?

—Que como el personal del tren ha visto en él a una mujer pelinegra como esta...

—¡Qué disparate!

—No digo que no. Pero como además el presunto asesino dijo en el tren que aquella mujer era doncella de...

—Señor Rojas: eso es un desatino... ¡Pobre criatura!

—Yo no llego hasta afirmar...

—Déjeme hablar. Ya noticié a usted antes que lo de la estrangulación fue una de tantas patrañas de La Verdad. Pero todavía ignora usted que por lo intenso del sueño de esa infeliz, por el tiempo y esfuerzos necesarios para despertarla, por el heroico tratamiento que fue preciso aplicarle y por la cabida de la jeringuilla empleada en la inyección que le propinaron, dictaminó el médico que la duración del beleñoso sueño hubo de ser de veintiocho a treinta horas, por muy corto. Y había que ver en qué estado despertó... Mal podía estar, al mismo tiempo narcotizada en Abanal y treinta leguas más allá asesinando, ¡qué atrocidad!, a su ama, en el tren.

—Yo no he afirmado nada en seco... Únicamente...

—Supongo, caballero, que no pretenderá usted discutirme lo que yo he visto.

—Líbreme Dios.

—Todo porque a un hombre medio dormido le pareció atiplada la voz de un jovenzuelo a quien hace tres días oyó hablar a 150 kilómetros de aquí, y porque aquí le gusta a usted hoy, la voz de una mujer bonita. Y eso no habiendo usted oído al mozuelo de allí, ni el camarero a la mujer de acá. No, es inútil que intente usted redargüirme.

—No, don Nicasio, yo no pretendo contradecir a usted.

—Claro que no. Pues no faltaba más.

—No, no señor; sino que...

—No hay sino que valga. Por si aún fuera poco lo que ya me ha oído usted, ha de saber que el diagnóstico facultativo sobre la duración del sueño está confirmado con evidencia fehaciente de la hora precisa en que ese bribón narcotizó a Colinda, cuando creía emponzoñarla: las 10 y 52.

—¡Ah! ¿Usted ha podido averiguar esa hora?

—Podido y sabido... Y por lo tanto cuando a las 11 y 35 pasó por aquí ei rápido ya llevaba esta terrible criminal tres cuartos de hora de marásmico sueño.

Lo concluyente de las pruebas alegadas por el comandante convencieron al capitán. Por ello, y por ver cuál había molestado a su jefe aquella sospecha, que, sobre ser efectivamente descabellada, contrariaba su criterio, quiso el último remediar su doble torpeza, y de ello no tuvo por qué arrepentirse diciendo:

—Tiene usted mil razones, y le doy mi entusiasta enhorabuena por haber sabido hallar esas pruebas que...

—La acepto, Rojas —Todavía no le llamaba amigo como antes, pero tampoco señor Rojas.

—Reconozco que me equivoqué de medio a medio.

—Claro: únicamente habiéndola llevado, por radiotelegrafía, dormida al tren, perpetrado ella el asesinato en estado de sonambúlico alienamiento —¡soberbia trama de película!— y vuéltola a traer aquí, también con telegráficas alas... Pero dejemos ya esto. Me complace ver que no es usted pertinaz...

»Desconfíe, siempre, joven, desconfíe de preconcebidas interpretaciones gratuitas; no eslabone suposiciones, sino hechos, hechos; y no olvide que amor propio y prejuicios son las más graves sirtes en el ejercicio de nuestro ministerio.

»Es consejo de sabueso experimentado en estas cosas.

Con esto acabó el diálogo, cortado por el médico que llegaba a avisar de hallarse ya Celinda en estado de soportar el interrogatorio formal sobre los objetos que le habían sido mostrados.

Al trasladarse, con don Nicasio, al departamento donde estaba la doncella iba Rojas reprochándose su ligereza. Doliéndole más que la chirigota de las idas y venidas telegráficas de Celinda sonámbula, con que el Comandante se había burlado de él, haber dado un traspié indisculpable. Pues visto el asunto con calma, y aunque no se atendiera a las razones dadas por Don Nicasio, era absurdo suponer que, pudiendo la mujer morena del rápido ponerse en salvo con su cómplice, utilizando uno de los autos vistos en Valdemimbres, volviera a Villa-Gaya a meterse en la boca del lobo, y a entregarse ella misma.

Como resumen de estas reflexiones, que muy mohíno se iba haciendo el capitán, su mal humor decíale por lo bajo:

la erraste anoche y has perdido el tiempo con la venida. La verdadera pista del asesinó y la fingida doncella está en la carretera... Allí, y en Puertofoz, donde seguramente tomó el tren esa tunanta; pues ahora ya sé, por el jefe y los mozos de estación—se refería a la de Abanal—, que aquí no subieron al rápido otros viajeros que la rubia y el del abrigo gris y el chaleco de lunares.

XII.   ABONANZA, REANUBLASE Y TRUENA

La tercera declaración de Celinda puso en claro muchas cosas: Móvil del asesinato, robar el magnífico collar de perlas, digno de una testa coronada, que al irse a embarcar para Australia llevaba la bailarina, según a su doncella le constaba, en el magnífico saco de viaje, guarnecido de oro, que a nadie confiaba, y había sido en Copenhague costeado por suscripción entre millares de admiradores de la "Egregia sacerdotisa de Terpsícore" —tal rezaba el pergamino en que le fue ofrendado, en recuerdo de uno de sus más resonantes triunfos coreográficos.

Asesino, y ladrón además, el infame príncipe. Que tal vez meditaba su crimen desde larga fecha, y que acaso, y solamente para prepararlo, se hizo amigo primero, novio luego de la opulenta bailarina y al fin apoderado, para llegar a apoderante.

Él había alquilado Villa-Gaya; él, quién sabe por qué medios, inducido a la mujer amante, en él confiada, a infringir su contrato con el empresario del Glorius Theatre y a fugarse sigilosamente a Australia.

Para ello, y para hacer perder su pista, se la llevó a Abanal con un supuesto nombre.

Por ello no volvió él de madrugada, a Villa-Gaya, según lo convenido, que era irse en auto, ella, él y Celinda, a embarcar en Puertofoz; sino que regresó mucho más temprano, pretextando, sin duda, cualquier necesidad de adelantar el viaje, o imposibilidad de hacerlo por la carretera, para sacarla de la casa. Por ello se prevalió de su ignorancia del país y del idioma para meterla en el rápido ascendente, que la infeliz creería era el descendente, que iba a llevarla al puerto, cuando de él la alejaba.

Y como de acompañarla su doncella, no habría sido posible tal engaño, ni menos todavía cometer el crimen, por eso se intentó, no dormir, sino matar a esta para que no pudiera despertar ni dar indicios aprovechables en inmediata persecución del asesino.

A la pobre extranjera se le habría hecho creer que Celinda iba por delante, que los seguiría en otro tren, o que a última hora se había escapado de Villa-Gaya por no querer acompañarla en el viaje a país tan remoto del suyo como Australia. Celinda era ibermanesa; pero habiendo residido muchos años en Saxonia, de donde vino a Novarla con su señora, hablaba saxonés.

Sin lo cual no habría podido ser doncella de Amabel.

La bribona del tren habría sido probablemente presentada por el príncipe a la bailarina, como una sustituta, diciendo que la había buscado a toda prisa en cuanto sospechó que Celinda no quería hacer el viaje. Váyase a adivinar —en lo incierto no caben sino aleatorias presunciones— a qué pretexto se acogería el malvado para justificar, con la infeliz a quien tenía hechizada con su mentido amor, la entrada en el reservado de la que iba a ayudarle a asesinarla.

La preparación del crimen estaba clara. La identidad del autor de él, acreditada por su voz, oída por la doncella cuando i n tentaba envenenarla; por el pedazo de corbata hallado en manos de ella, el abrigo gris y el sombrero flexible visto por los conserjes y por el motorista que en Uriz dejó para volverse en el auto robado a matar el perro, asesinar a Celinda y llevarse a Amabel, y vistos asimismo por los mozos de estación de Abanal; acreditada, por su ronquera, que todos advirtieron; por el chaleco de lunares que Celinda dijo llevaba el príncipe, y el revisor vio, al picar los billetes, y vio el jefe de estación de Valdemimbres al supuesto motorista, ronco también, a quien despachó un billete: para regresar a Puertofoz.

Esto era lo sabido. Lo ignorado, el lugar de la vía, hora fija y pormenores del asesinato, y los paraderos del robado collar, del asesino y de su femenino cómplice. Porque ya nadie dudaba que el jovenzuelo de la voz atiplada apeado en Valdemimbres fuera tan falsificado como la doncella, que

116

sabe Dios en dónde subiría, y uno y otra diversas apariencias de la misma tunanta y grandísima pelinegra impostora que en el tren había suplantado a Celinda.

Los anteriores párrafos son resumen, un tanto despeinado —bien lo prueba la sintaxis de la "grandísima pelinegra impostora"— de las declaraciones, lamentos e invectivas de la doncella auténtica, de glosas de aquellas y del examen y comentarios del estado de las investigaciones policíacas, hechos por los dos perquirido en conferencia por ambos mantenida a raíz del último interrogatorio.

Dicha conferencia terminó de modo que no conviene resumir, sino trascribir íntegra. He aquí su retazo final:

—Ahora ya no hay sino buscar en Puertofoz las perlas y el rastro del príncipe —decía don Nicasio.

—Según eso, usted cree que él regresó a Puertofoz en tren.

—No lo creo, estoy cierto. Porque no me dejo engañar por las gorras y los sobretodos oscuros de los que en Valdemimbres entregaron los billetes, para hacer las maniobras que me ha contado usted.

»Esteme atento: después de dárselos al mozo de la puerta, salen de la estación, se acercan al auto cuya llegada allí ha comprobado usted, y allí llevado por el otro cómplice...

—¿Otro cómplice?

—Sí, hombre, el que en Villa-Gaya sujetó a la perra y a Celinda, mientras el otro envenenaba a aquella y narcotizaba a esta.

—Siga, siga, don Nicasio. Me interesa extraordinariamente lo que va usted diciendo.

—No puede estar todo más diáfano, amigo mío: en aquel auto, que a intento ha sido parado en sitio bien oscuro, cosa muy fácil a las dos de una madrugada sin luna en comarca frondosa, dejan sus abrigos y gorras los salidos del tren, cambiándolos por sombreros y abrigos diferentes que el cómplice les trae.

Con su cáscara nueva de motorista, vuelve en seguida

el príncipe a entrar en la estación de Valdemimbres, toma el billete para Puertofoz y en el rápido descendente regresa a dicha ciudad, ufano de habernos ofuscado con el trueque de trajes; y tan contento, pues no advierte que por descuido — los criminales dejan siempre cabos sueltos— ha enseñado la piel vieja que lleva debajo de la nueva... Sí, el chaleco de lunares. Además, como no le era posible dejar en el automóvil la ronquera...

—Sí, sí.

—Ya ve usted que lo tengo perfectamente conocido.

—Sí... pero ¿y ella?

—¿Ella?... ¡Por Dios, hombre!... ¿No la reconoce usted en el segundo viajero, que un poco después tomó en la misma estación el tren para Novaría?

—¿El bigotudo?

—Precisamente: bigotudo, y ronco como el otro...

»Bigotudo para disimular la apariencia juvenil de una mujer vestida de hombre, y para que nadie al verla se acordara del mozuelo del rápido. Ronco para disfrazar su voz femenil y para hacernos creer, con la ronquera, el abrigo gris y el sombrero flexible, que ahora lleva, del príncipe, que este no ha huido ya a Puertofoz, sino que previa precaución de ponerse unos bigotes postizos, va a tomar el tren de Novaría.

»Todo para hacernos correr tras una pista falsa...

»¿No es para usted patente la inverosimilitud, y en esta época más, de que estuvieran roncos todos los viajeros salidos de Valdemimbres?

—Efectivamente.

—Además, los bigotazos postizos fueron a intento buscados de descomunal tamaño para llamar la atención, consiguiendo a la par un doble resultado: dar viril aspecto a quien no podía tenerlo y que cuando nosotros tuviéramos noticias de ellos cayésemos en el burdo lazo que se nos tendía con ese ridículo adorno ya sólo visto en los cuentos de ogros y en las películas cinematográficas históricas del tiempo de los mosqueteros o de los de Víctor Manuel y Castelar.

—Es extraordinario..., extraordinario...

—Y vea usted, precisamente esos bigotes de matamoros, a lo Portos, han sido para mí un rayo de luz.

—Muy hábil, don Nicasio, muy hábil —Rojas decía muy, pero acaso pensaba demasiado hábil.

—No contaba esa moza tropezarse con este perdiguero viejo que, entre el tufo viril del hombruno disfraz, había de ventear el olorcillo del vaho femenil de la tunanta que se encubría con él.

—Según eso, él estará escondido en Puertofoz, y ella en Novaría.

—Cuidado, Rojas; de que el arranque de la buena pista esté, y eso es seguro, en Puertofoz no se deduce tanto. A estas horas pueden estar los dos allí, los dos en otra parte o cada uno por su lado. Ya los buscaremos. Y también puede ser que él esté navegando en el vapor en donde la infeliz bailarina pensaba irse a Australia.

—¡Ah!

—Sí, Rojas: el descendente de Cochamba llega a Puertofoz a las 6 y 40, con tiempo sobrado de tomar el paquete de las mensajerías del Pacífico que zarpó a las 8 de la mañana del 13 de junio.

—Eso sería una explicación de por qué elegía el criminal ese tren para fugarse. Si pudiera comprobarse su embarco.

—Aunque no se compruebe, sr. Rojas. Mis argumentos son incontrovertibles... ¡Vaya una manera de discurrir! Como si todos los viajeros a Puertofoz llegados, hubieren forzosamente de embarcar para Australia.

—Claro que no, Don Nicasio —contestó Rojas conteniendo la réplica que en los labios tenía—. Mas si tuviera usted la bondad de decirme qué papel ha jugado en todo eso el automóvil abandonado a la puerta del jardín.

—Está clarísimo: En él va a Uriz el príncipe, narcotiza al motorista y lo deja en la posada; se aparta de la carretera, en busca de un rincón escondido donde arrancar la chapa, que puede ser el mismo donde recoge al cómplice que va a ayudarlo en las fechorías dé Villa-Gaya; y como después de hacerlas no ha menester de auto para irse en el tren con la víctima que va a sacrificar, lo abandona en Ta puerta trasera del hotel.

—¿Y usted no cree tenga nada que ver ese automóvil con el que fue visto en Valdemimbres y en el Puente de las Palmas?

—No parece sino que no puede haber ido allá otro que ese... Usted olvida, señor Rojas, que usted mismo, usted mismo, me ha dicho que allá estuvieron tres o cuatro...

»No quiero creer que intente usted contradecir mi explicación, única racionalmente posible, de los hechos.

—De ningún modo... Sino que en mi deseo de emparparme en ella para desechar prejuicios, que traía, de que los criminales debían de haber escapado en ese o en esos autos; y no atreviéndome yo a suponer nada sobre rutas, papel y fuga del otro cómplice que usted ha adivinado fue en uno de aquellos a esperar el rápido a Valdemimbres, deseaba preguntar a usted su criterio acerca de esas cosas.

—¿El cómplice?... ¿El cómplice? —tartamudeó don Nicasio, en vez de contestar, por no haber hasta entonces pensado en él con tanto detenimiento como en los autores principales—. El cómplice que... —prosiguió balbuceante, hasta romper al cabo a hablar con su verbosidad acostumbrada y evidente acritud—. Pues está claro: sus rutas por las carreteras; su papel llevar a los otros los abrigos para disfrazarse, ya lo he dicho antes, recoger las de mujer de ella, que ella llevaría escondidas en el atacapas; la fuga de él, por... por... No era difícil, teniendo un auto a su disposición y tres horas de una noche muy fusca por delante... Pues, por la carretera.

—Entonces.

—¿Qué, caballero? ¿Quedan más objeciones?

Todavía prosiguió la conferencia breve rato, derivando por derroteros en los que toda la cuidadora prudencia de Rojas de hablar a la medida del humor que humeaba Don Nicasio, no bastó a eludir necesidad de exponer su opinión, que habría deseado reservar hasta oír la de su jefe, en punto sobre el cual discrepaban las de ambos.

Por creer el capitán que el asesinato de la bailarina había sido cometido poco antes de llegar al puente, y tener el comandante sus motivos para afirmar redondamente que se había perpetrado muy a poco de salir de Abanal.

Habiendo ya el primero avanzado la suya antes de formular Retuerto la contraria, creyose en el caso de alegar los fundamentos de ella, que aun cuando expuestos con gran mesura y deferencia, provocaron seca respuesta que, poniéndose en pie, dio Don Nicasio, en esta forma:

—No se moleste en balde, sr. capitán. No estoy dispuesto a debatir cosa en la cual tengo criterio ya formado.

—Como usted mande, mi comandante. ¿Tiene algo más que ordenarme?

—Nada; puede usted regresar cuando guste a Valdemimbres o a Novaría.

—Entonces partiré en seguida.

—¿Para dónde?

—No estoy autorizado a revelar las instrucciones de mi jefe el sr. Brigadier de la 1ª Brigada.

—¡Ah! Bien; está bien... No pretendo conocer esas instrucciones... Mas puestas ya las cosas en ese diapasón, yo también, muy en serio, le digo que puede irse a donde quiera, pero que como jefe superior que soy de las investigaciones del crimen de Abanal, le prohíbo terminantemente se lleve el vagón de los reservados. Que con todas las piezas de convicción me he de quedar yo. Porque Abanal pertenece a m jurisdicción.

—Son efectos a mi cargo; de ellos respondo a mis superiores inmediatos, de quienes suplico a usted recabe me comuniquen orden para la entrega.

—¿No le basta la mía?

—Mi comandante, respetándola mucho, no debo prejuzgar el criterio de las que puedan darme mis jefes directos.

Con tanto más motivo, cuanto que las pieza» de convicción, que usted me pide, no lo son del crimen de Abana!, sino del cometido en Puente de las Palmas, enclavado en la jurisdicción de mí jefe el sr. Brigadier de la 1ª Brigada.

—Lo veremos, sr. capitán... Puede usted retirarse.

—A sus órdenes, mi comandante.

XIII. CÓMO DEL GLORIOUS STAR'S THEATRE SE FUGÓ UNA ESTRELLA DEL ARTE

¡Qué complicado va estando esto! Dice un lector, pensando en el crimen del rápido; que para uno de los perquiridores es crimen de Puente Palmas', y otro se emperra en llamar crimen de Abanal.

Esto está visto ya. Opina otro lector.

Así es el mundo, donde las mismas cosas toman diversos visos según, los ojos que las miran. Y conste, para que Ignotus no sea zaherido de presuntuoso por sus detractores, que no se pone moños con el anterior aforismo filosófico, ni alardea de autor de la sentencia que, sin dejar de ser profunda, es vulgarísima, desde el remoto tiempo en que la frase relativa a los colores de cosas y cristales la convirtió en proverbio de la sabiduría popular. Por popular mostrenca; y cual mostrenca y popular, utilizable por Ignotus con el propio derecho con que, por ser de todo el mundo, se aprovechaba de ella Sancho Panza.

—¿Mas, por ventura, puede pretenderse que saque Ignotus de su propio meollo cuantas sentencias haya menester, so pena de ser tacado de vulgar? ¿Será justo imputarle vanidoso intento de adornarse con plumas del ingenio ajeno en cuanto hable como habla de todo el mundo?... Pues lo primero sería exigencia no tenida con Cervantes, e injusticia, lo otro, que no se cometió con Sancho Panza. Ni con Bertoldo, ni con Gedeón.

—Bueno. ¿Pero contra quién y sobre qué alzas tu protesta? ¿Quiénes son esos detractores? ¿Quién se ha metido contigo? —Me pregunta un amigo que acaba de entrar en mi despacho y está curioseando las cuartillas.

—No, nadie. Más que protesta es previsión. Por si acaso... ¿Más detractores?... No los conozco. Hasta ahora no los tengo, que yo sepa, o, desgraciadamente, me roen en secreto.

—¡Desgraciadamente!

123

—Claro. La mayor desgracia de los que hacemos "gemir las prensas"—-otra *frasesita* del mostrenco acervo— es no tenerlos declarados; nuestra mayor suerte, que hablen mal de nosotros. Pues a la malicia de las gentes huélenle ya a sahumerio de amigos los elogios a vahos de envidia las censuras... Además, pues estamos solos, y tú no has de pagar con indiscreción mis confianzas, te diré que eso lo he escrito para engañar a mis lectores, dándome tono de tener envidiosos.

—¡Pero hombre!

—¿Te escandalizas?... Qué quieres, el hombre es débil, el literato débil y vanidosillo; y en esta época de general reclamo delirante, la vanidad me empuja, mi flaqueza no puede resistir el empujón y caigo en el autoreclamo.

—Pero, ¿en qué estábamos?... ¡Ah, sí!: en que a unos les parecía confuso, y a otros trasparentísimo lo columbrado ya de! crimen consabido. Y en lo que estamos es, en que nuevas noticias, procedentes de Novaría, van a dejar iguales los discrepantes pareceres: poniendo el caso., que antes estaba turbio —fusco diría Retuerto—, completamente opaco.

Para no hacernos un lío conviénenos no perder de vista fechas, y recordar que en la noche del doce al trece fue cuando, en Abanal y en el tren, acaeció cuanto sabemos.

Preciso es además tener en cuenta que ni La Verdad ni otro periódico ninguno habían nombrado a la Flying Girl con ocasión del crimen. Pues no habiendo don Nicasio comunicado a nadie sus descubrimientos, para todos era Miss Alice la víctima, y este el verdadero nombre de la desaparecida arrendataria de Villa-Gaya.

Tal ignorancia explica que La Verdad, por algunos maliciosos tenida en opinión de órgano oficioso del GLORIOUS STAR'S THEATRE (teatro de las estrellas gloriosas: claro es, estrellas metafóricas del arte), publicara en el mismo número del trece, en donde fue insertada la conocida información policíaca, un suelto completamente desligado de las noticias de los criminosos sucesos que nos traen intrigados.

He aquí dicho bombo, que se copia íntegro como curioso documento filológico:

I.   FAUSTÍSIMO ACONTECIMIENTO DEL DÍA

Feliz restablecimiento de la incomparable

FLYING GIEX

Star of the stars (estrella de estrellas), pues cual Sol rutila eclipsando a todas.

Con desbordante exultación damos la buena nueva a la pléyade de entusiásticos apasionados de la divina hija de Terpsícore y Febo. Van a reanudarse las Luminosas noches sabatinas de Amabel[13]: la *fanciulla del solé* (nenita del sol); la sugerente e impoluta belleza inmarcesible del danzar ingrávido. Danzar que es luz y poesía; danzar que es un gemido; danzar que es un suspiro. Danzar-canción, que al tremar titilante, ora con trenos y con trinos ora, a la par trema, trena y trina.

EL SÁBADO, el sábado tornará a aplacemos en EL GLORIOUS, con su aquel solemne deambular de augusta diosa clásica; tomará a turbamos con el tembloríneo latir de sus pies, enigmáticos cual pétalos perversos de una flor de inquietud; tomará a fascinarnos con sus miradas tan pronto gacelinas cual serpénteas; a hacer vibrar nuestra alma con las ondulaciones de aquel ebúrneo cuerpo sutilizado por su arte silfídeamente psicológico; a trasportarnos en sus vuelos de paloma perseguida.

EL SÁBADO, el sábado oreará nuestras frentes el aroma inervante de sus brazos cimbreáciles, como nardos mecidos por cólicos alientos: nos estremecerá con frondas de

---

[13] Esta frase está traducida para comodidad de los lectores de la original *Saturday Amalel's evenings que le soleil eclaire*. Bilingüe cual se ve; pues el progreso artístico había convertido los idiomas en una verdadera olla podrida. Habla de los idiomas usados por la gente elegante, y por no pocos críticos de las bellas artes.

tragedia que arrancan una frase anhelosa a cada estremecimiento del grácil torso nínfico, infiltran todo un drama evocador en cada exaltación de brazos, en cada arqueo del císneo cuello; claman, plañen o aterran en cada batimán de pierna. Y lloraremos con la undosa cabellera cuando, desanudándose, desbórdese en gigante catarata de desolación, en gimiente torrente donde será cada cabello un chorro de lágrimas: de lágrimas doradas. O si queréis más bien cuando, circuida del cendal de hilos de oro, es la sublime artista un saudoso trasunto de plorante sauce.

Regocijaos, apasionados de las Danzas Psíquicas. Su egregia sacerdotisa, la etérea bayadera misteriosa, a quien ni Thais ni la Pauvlova serían dignas de desceñirle las sandalias, reaparecerá, MAÑANA SÁBADO, en el GLORIOUS, en su poema ritmo-filósofo-cubista, en siete cuadros. Los amores de un cardo y una rosa.

Por algo era La Verdad —los mal pensados acertaban esta vez —órgano oficioso de aquel teatro; para algo su gerente el sr. Bearfest presidía el Comité del Glorious, y por algo la danzante más ilustre del orbe cobraba por función 20.000 pesos fuertes. Más fuertes, en su tiempo, que los dólares, que es cuanto decir cabe, hoy a lo menos, de su fortaleza.

Émulas envidiosas de la diva danzante, que bailaban peor y no tenían cascada de oro, comenzaban a decir si Amabel engordaba o no engordaba, si tenía, o debía ya tener tantos o cuantos años —y ya se sabe cómo echan esas cuentas las señoras—; que la nenita del sol había crecido al punto de haber ya de teñirse alguna cana; que la estrella bordeaba ya extinción cercana, y que su mundial reputación sólo se sostenía con pagados reclamos y sobre la eterna candidez de los públicos.

No es preciso decir que la desdichada Amabel no bailó los amores de la rosa y el cardo, pues había sido asesinada la víspera del día en que La Verdad publicó el preinserto bombo. Pero ni en el periódico ni en el teatro lo sospechaba nadie. Siendo lo único sabido en este, y dicho por aquel, al día siguiente, que sorprendido el manager (gerente del Glorious) de que a las cuatro de la tarde no hubiese ido por allá la bailarina a ensayar los más interesantes pasos de sus dramas danzantes, según costumbre inveterada suya en las tardes de los sábados artísticos, efectuó indagaciones, de las cuales resultó que la Flying Girl había desaparecido de Novaría.

No más dijo por aquel día La Verdad; mas lo ocurrido fue que, alarmado el empresario con la idea de que a la noche habría de devolver el pactolo de oro que le había entrado en la taquilla, devolución poco agradable, y sabiendo que la estrella era muy caprichosa y bastante maula cuando no tenía ganas de bailar, corrió al "Sublime Hotel"[14], donde aquella posaba, resuelto a que bailara. Por buenas o por malas, sana o enferma.

Pero en el Sublime le dijeron que desde la antevíspera (día doce) no estaba en él Olímpico, donde creció el susto del gerente, al saber que allí no había llegado tal señora: ni el doce, ni después. Retornando al Sublime, y preguntando por el apoderado de Amabel, supo que si bien no se había despedido como ella, pues conservaba su habitación en el hotel y en esta su equipaje, nadie le había visto el pelo, desde dos días antes.

Sobresaltole al manager la idea de que aquello iba pareciendo una fuga, y un malísimo negocio para el Glorious; pues la bailarina había exigido entrega por anticipado, al firmar su contrato, del cincuenta por ciento del precio de todas las funciones contratadas, y porque de estas todavía le quedaban seis por bailar. Y como el derecho a resarcimiento de daños y perjuicios era evidente, se fue como una saeta a encargar a su abogado formulara denuncia por infracción de

---

[14] Aunque en iberés debe decirse Hotel Sublime, tan saxonizados están los ibermanos en estas menudencias que todo el mundo dice Sublime Hotel, Glorious Teatro. Y cualquier día dirán huéspedes casa, ropas tienda.

contrato que constituía estafa. Sin pérdida de tiempo; pues siendo la delincuenta saxonesa, bastante sería el forzosamente malgastado en internacionales rémoras y dificultades. Por ser criterio de Saxonia que, protegidos por su pabellón, podían sus súbditos hacer, en todo el mundo, sus realísimas ganas, sin tener otros jueces que sus propios cónsules. Quienes solían mirar a sus paisanos con benevolencia.

Sabiendo esto el abogado, dijo que sería inútil presentar denuncia, mientras no se tuvieran pruebas fehacientes de la fuga; pues sin ellas ni hablar querría al cónsul del asunto.

En consecuencia se acudió a la Dirección General de Policía Investigatoria, para que, con sus radiófonos de alta voz, voceara en todos los hoteles de Novaría y demás poblaciones de Ibermania orden de avisar si a alguno había llegado Miss Amabel Cork, alias The Flying Girl. Conocidísima, aunque hubiese adoptado un falso nombre; pues sus retratos, profusamente publicados, en la última temporada, por ja prensa capitaleña y provinciana, estaban derramados por el país entero, en número de no pocos millones; y a quien habría de ser casi imposible pasar inadvertida: no solamente por su arrogante porte, gran belleza y rubia cabellera infrecuente en las mujeres ibermanas, sino .por no saber una sola palabra de la lengua iberesa.

Además de este verbal requerimiento a hosteleros, dueños de garajes, comercios, teatros, conductores de automóviles, etcétera, los Monitores de Perquirición y los Boletines Municipales de todo el país publicaron el aviso, diligentemente circulado también por toda la prensa no oficial.

La Verdad dijo, que quien pudiere dar noticias las comunicara a la dirección del periódico, o a la del Glorious Stars Theatre; y ofreció recompensar la primera recibida, si resultare cierta, con mil pesos fuertes.

Embolsose este pico el motorista del automóvil que la Flying Girl tenía contratado a la orden, y a todo servicio, desde su llegada a Novaría. Con lo cual dio aquel por bien pagado su narcotizamiento de Uriz. Por él se supo, que el día doce no había llevado a la bailarina del Sublime al Olímpico ni a ningún otro hotel; sino que a ella y a su doncella las dejó en una casa de campo de Abanal, donde las aguardaba el Príncipe de Anfiloquia; que a poco salió de aquel pueblo para Novaría., con el auto, llevando en este al susodicho príncipe; que en Uriz, donde pararon para reponer gasolina, llenando por completo los depósitos, pues así le ordenó el príncipe lo hiciera, lo convidó este con parte de su merienda y con una botella de un vino exquisito; que a poco de echar a andar de nuevo, hacia Novaría, sintió al vino subírsele a predicar, y tan aprisa que al poquísimo tiempo se quedó dormido.

Y ya no sabía más sino que a las veintitantas horas había despertado en la misma posada donde tomó la gasolina, y a él le tomó declaración el juez al despertarse.

Su auto resultó ser el abandonado a espaldas de Villa-Gaya, su cubrepolvo y su cartera de identidad las que en el mismo coche se encontraron. Ni el plano, ni el billete de ferrocarril hallados en un bolsillo de aquel eran suyos.

Al día siguiente la Central Investigatoria recibía de la 3ª Brigada ídem de Puertofoz un radio-despacho que decía: "Casa consignataria este puerto Mensajerías Pacífico participa que día trece 7 y 20 mañana llegaron muelle dicha compañía, con billetes tomados a consignatario de la misma en Novaría, *Miss* Amabel Cork, *prima donna* coreográfica, natural de Saxonia y el príncipe de Anfiloquia, albanes".

"Embarcaron en el transoceánico Melbourne City citada empresa, zarpado ocho y cuarto mañana, hora pleamar".

"La víspera recibieron mismos consignatarios este puerto, embarcándolo en el Melbourne, equipaje mencionada viajera; veintitrés grandes bultos".

Visitados los citados consignatarios de Novaría, se comprobó que al mismo tiempo que los pasajes de la bailarina y su acompañante, habían despachado, el día doce, y para el mismo buque, otro a nombre de Celinda Rodríguez. Los tres fueron tomados por el príncipe de Anfiloquia, previa presentación de los correspondientes pasaportes, expedidos

dos meses antes, para Ibermania, en el Ministerio de Negocios Extranjeros de Saxonia, y en los que autorizados con la firma del Cónsul en Novaría del citado país existían constancias de la llegada a esta población el 3 de mayo, y refrendos, fechados el 11 de junio, para trasladarse a Australia en el Melbourne City.

Finalmente, el equipaje de la bailarina, en número de bultos concordante con los embarcados en Puertofoz, llegó a la casa consignataria de Novaría a las ocho y media de la mañana del doce, siendo entregado por una joven, que, diciéndose doncella de *Miss* Cork, presentó los tres billetes expedidos la víspera, y a quien se le entregó el correspondiente resguardo. Media hora después fue el equipaje enviado en un camión-expreso a los consignatarios del puerto.

Con lo anterior aparecían perfectamente probados el sigiloso embarco, a hurto del empresario del Glorious, el engaño al dueño del Sublime, con la patraña del traslado al Olímpico, y la fuga con infracción del contrato con dicho empresario. Como estos: hechos daban ya base sobrada para la denuncia, formulose y presentose esta.

Con resultado, no ya imprevisto, sino desconcertante; pues el cónsul la rechazó de plañó, alegando que mal habría podido embarcar la bailarina con el pasaporte indicado por la casa consignataria de Puertofoz, cuando dicho pasaporte estaba todavía en el consulado.

Al oír tal manifestación, al escribiente que la hacía, creyéronla, abogado y empresario, subterfugio empleado para dar largas al' asunto. Pero hubieron de rendirse a la evidencia, cuando acudiendo el cónsul, en persona, al ruido del altercado que los tres sostenían, lo acalló, mostrando el pasaporte, y diciendo a los reclamantes:

—Esa señorita no puede haberse marchado.

Ni admito la denuncia por tal marcha, ni la posibilidad de esta, Los ciudadanos de Saxonia no son, cual los de otros países, gente de poco más o menos: se respetan demasiado para viajar sin pasaporte.

XIV. DE COMO EL INTERES DE UN EMPRESARIO TURBA SUS ARTISTICOS JUICIOS

Tan pronto abogado y empresario se convencieron de estar aún en Novaría el pasaporte de quien, según las Mensajerías, llevaba varias fechas navegando en El Melbourne, partieron desalados para Puertofoz.

Más breve que seguirlos en la ida, estancia y vuelta, es oírlos al regreso. Cuando, antes de trascurrir veinticuatro horas, de su anterior visita al cónsul, la repitieron.

Oigámoslos.

CÓNSUL.— ¿Y dicen ustedes que allá insisten...?

ABOGADO. —Sí señor. Y en prueba de ello nos han dado un certificado, que este caballero mostrará a usted.

EMPRESARIO.— Véalo: Es copia de las notas referentes al embarco, obrantes en el registro de viajeros, que en la aduana llevan de ¡ todos los entrados y salidos en el puerto.

CÓNS.— A ver, a ver —y leyó—. "Miss Amabel Cork Flabby: saxonesa primera bailarina absolutísima.

Pasaporte núm. 572 del Ministerio de Negocios Extranjeros de Saxonia: con refrendo, del 11 del actual, para Australia, a bordo del Melbourne City, firmado por el cónsul en Novaría. Concuerda la que lo presenta, con las señas personales y el retrato del pasaporte. Embarca.

Epaminondas Neopitologunaris Argirofitominos, príncipe de Anfiloquia; albanés, apoderado y representante de la anterior en cuya compañía viaja. Pasaporte núm. 573 de la misma procedencia, refrendado para igual viaje en el propio consulado. Concuerda la persona con el retrato y señas del pasaporte. Embarca".

CÓNS.— Pues a despecho de esto, no puede ser. (Levántase, abriendo la puerta de un despacho en donde trabajan varios empleados, y ordena): Que venga Webby, con pasaporte de *Miss* Cork y cuantos datos sean precisos para informarme con todo detalle... No puede ser, no puede ser.

Hacia la plataforma opuesta por donde bajaron (Cap. X)

EMPR.— Señor Cónsul: Es que aún hay más.

CÓNS.— ¡Más!... ¿Qué?

ABOG.— Que no nos hemos limitado a recabar en Puertofoz este certificado; sino que los consignatarios aquí, en Navaria, de las Mensajerías, que no pueden expedir pasaje a quien no tenga pasaporte, acaban de suscribir esta otra certificación de haberles sido presentado el día 11 dos pasaportes cuyos nombres y números concuerdan con los de la aduana; más un tercero, número 574, a nombre de Celinda Rodríguez, que no compareció a la hora del embarco. Esta Celinda es la doncella de la bailarina que aquí entregó los equipajes.

WEBBY (entrando).— Aquí tiene el señor cónsul el pasaporte.

CÓNS.— Traiga, traiga... Vean ustedes... Aquí está. Véanlo.

ABOG.— ¡Con él mismo número del reseñado en los dos certificados que traemos!

EMP.— Y el retrato es el de ella.

ABOG.— Entonces ha de haber embarcado con un pasaporte falso.

CÓNS.— ¿Pero quién, y para qué, se falsifica un pasaporte pudiendo usar el verdadero?

EMP. —A menos que haya suplantación de persona.

CÓNS.— ¡Ah!

ABOG.— Sí... Mucho me temo que esto tenga que ver con esos misteriosos crímenes de Abanal y Puente Palmas que tienen apasionado a todo el mundo.

CÓNS.— Pudiera ser... Si fuera ella la asesinada en...

EMPR. — (Desazohadísimo con la idea de que muerta la bailarina no habría manera de cobrarle daños y perjuicios). De ningún modo... Imposible, imposible... No cabe sostenerlo existiendo fehacientes constancias de haberse embarcado. Estafando al Glorious al hacerlo. Sí, estafándolo.

CÓNS.— Dejemos eso y diga, Webby, ¿cuándo, cómo y por quién fue traído al consulado ese pasaporte?

ABOG.— Y tenga asimismo la bondad de decirnos si está aquí el del príncipe, para saber si también él ha embarcado con uno falso como la bailarina.

WEBBY.— No, señor; el suyo lo recogió el día doce. Aquí traigo el registro de salida. Véalo, Sr. cónsul.

CÓNS.—Sí. Pero ¿quién lo trajo? ¿Cuándo?

WEBBY.— En la mañana del día once, apenas abierta la oficina, vino el príncipe con los tres pasaportes, para que les pusiéramos el refrendo, y le dije que volviera al día siguiente a recogerlos ya firmados. Así lo hizo, pero no se llevó sino el suyo y el de la doncella; pues manifestó que Miss Cork había decidido a última hora no embarcar en la fecha ni en el barco pensados, sino aguardar al siguiente transoceánico para Australia; y que como habría que anular el refrendo con otro nuevo, ya vendría ella misma a recogerlo oportunamente.

CÓNS.— ¿Y después?

WEBBY. —Ya nada más.

EMP.— Esa va en El Melbourne. Ya lo creo. Indecente, bribona, mala pécora.

CÓNS.— ¡Caballero! En Saxonia no hay pécoras. No tolero ese lenguaje tratándose de una compatriota. Y menos cuando acaso haya de ser mi jefe, el Señor Embajador, quien tenga que formular diplomática reclamación por el secuestro o el asesinato, cometido en un país amigo...

EMP.— Ni secuestro, ni asesinato... Farsa comedia. Ya verá usted como en cuanto yo radiotelegrafíe al Melbourne, que va a ser ahora mismo, nos contestan que va allí.

ABOG.—E so no probará nada. A menos de dar la casualidad, poco probable, de que en el barco viaje quien de tiempo atrás conozca a la bailarina.

CÓNS.— Claro está.

EMP.— ¿Y por qué está claro?

ABOG.— Porque si otra mujer ha embarcado en vez de ella, suplantándola con pasaporte falso, ya habrá cuidado el falsificador de poner, en él, el retrato de la suplantante, no el de la suplantada.

CÓNS.— Ya lo ve usted.

EMP.— (Consternado). Verdad... verdad... Pero no, no: tengo una idea, sr. cónsul.

CÓNS.— ¿Cuál?

EMP.— Que como a usted ha de interesarle salir pronto de dudas, sobre si es viva o muerta esa gloriosa hija de Saxonia, podría el consulado, no sólo preguntar si va en el barco, sino ordenar sea trasmitido un telefotoradiograma con el retrato pegado en el pasaporte de ella.

CÓNS.— Y que yo pague esa carísima trasmisión, que usted se ahorraría.

EMP.— ¡Por Dios, sr. cónsul!... No pensaba en el gasto sino en la autoridad del consulado.

CÓNS.— Pues mire. De haber muerto mi gloriosa compatriota, no volvería a la vida porque el consulado gastase ese dinero; y como de estar viva es usted el interesado en acreditarlo, para cobrarle la indemnización; y como entonces ya no sería gloriosa sino mala pécora, según decía usted antes.

EMP.— ¡Por Dios, por Dios! Aquello fue un arrebato por el que le pido mil perdones.

CÓNS.— Concedidos. Pero eso es cuanto puedo conceder. El transoceánico retrato de la gloriosa artista que lo pague el glorioso teatro; si es que lo necesita.

—Maldito tío ladino—decía el gerente al bajar la escalera del consulado—. Me ha fastidiado.

—No ha sido mala la cogida —contestó el abogado, soltando la carcajada.

—Y es lástima, porque la idea es magnífica.

—Sí que lo es. Propóngala al comité ejecutivo del teatro.

—Sería perder el tiempo. Después de torcido el negocio que íbamos a hacer con esa bribona, cualquiera habla a aquellos señores de que hagan nuevos gastos.

Y dicho esto, desahogó el del Glorious no escasa parte de la recién tragada bilis, convertida en reniegos contra la ingrávida sacerdotisa de la danza, a quien puso de hoja de perejil; llamándola bailadora de tres al cuarto, tanguista del montón; mancillando las columnas de su arte con exabruptos que las calificaba de amorcilladas pantorrillas, llegando su apasionada ira a gritar que la *fanciulla* del Sol se ajamonaba, se amachuchaba, se afondongaba ya.

¡Tan encolerizado y ciego estaba el mismo que de su puño y letra había escrito el ditirambo de Amabel publicado en La Verdad tres días antes, e inserto en este libro ha pocas páginas.

No propuso el gerente al comité que costeara la realización de su luminosa idea.

Y sin embargo, al relatar a los tres señores que lo constituían lo averiguado en la aduana y en la casa consignataria, referirles la entrevista con el cónsul y llegar al episodio relativo al radiotelefoto, se asombró al oír que *Míster* Bearfest —el propio Bearfest de La Verdad—, presidente de dicho comité, proponía se pidiera al Melbourne sin demora aquel retrato, y que el comité sufragara el costo de fotorradiografiarlo.

Pero no le sorprendió que la propuesta fuese inmediatamente aprobada; porque los otros dos vocales, figurones, a quienes fuera paradójico llamar decorativos, no tenían otro papel allí sino decir amén a cuanto propusiera el insigne prohombre que era cerebro, alma y voluntad en no sé cuántas poderosas empresas industriales, donde poseía el escaso número de acciones estrictamente indispensables para cobrar en ellas sueldos' tan pingües, cual cuadraba a la importancia de los cargos que remuneraban. Pingüe el de cada uno y por ser varias ellas, múltiples además de pingües.

En consecuencia se comunicó con El Melbourne, por medio del radiofono de las Mensajerías, contestando el buque que en él viajaban efectivamente doña Amabel y don Epaminondas, bueno la *girl* y el príncipe, con sus pasaportes perfectamente en regla. Cosa imposible, según sabemos ya, pero allá creída. En cuanto a la trasmisión del retrato no había manera de efectuarla de momento; porque un golpe de mar había averiado el fotorradiador de a bordo.

Siendo por tanto necesario aguardar la llegada a la isla de Samoa, donde podrían trasmitirlo los aparatos de la estación de ella.

Los señores del comité se resignaron, ¿qué habían de hacer?, a aguardar unos días. Y si se resignaron ellos, ¿qué hemos de hacer nosotros?

Cónsul, abogado, gerente y vocales del Glorious se devanaban los sesos, sin conseguir sino enredar más y más el ovillo.

La Verdad iniciaba una sensacional durísima campaña contra la Policía Investigatoria, y se aprestaba a intervenir por sí en la persecución del crimen que apasionaba a todo Ibermania, y aun había de apasionarlo más.

El Glorioso procuraba reponerse del financiero batacazo de la fugada estrella.

No me recorten los vocablos quienes ya han entendido que el batacazo lo había dado el teatro y no la bailarina; y piensen que quien tanto y tanto tiene que contar no es mucho trabuque algo.

Lo procuraba y lo lograba, pues a diario henchía sus taquillas explotando una ingeniosa idea de Bearfest, a quien se le ocurrió exhibir varias series de películas cinematográficas. Que con título genérico un tanto prolijo de "Hipotéticos y varios desenvolvimientos que pudieran tener los recientes crímenes, y que podrá tener la persecución de sus autores" y otros vibrantes para cada hipótesis, presentaban unas cuantas tragedias tan estremecedoras como maravillosas y descabelladas. Pero apasionantes, suscitadoras, en el público, de verdadero *delirium tremens* policíaco: tal que ya todo Novaria, no, todo Ibermania estaba loco, no pocos niños, y algunos grandes, tontos, y sus gentes partidas en opuestos bandos. Entusiasta cada uno de su película y su hipótesis que los secuaces de estas defendían contra todos, a toda hora. Y nadie en Ibermania hablaba ya sino de estrangulaciones y envenenamientos; nadie vivía sino en, por, para y sobre el crimen.

Para unos todo era obra de Malas Patas y el motorista. Para otros Ño Viviano era un hipócrita, y entre él y su consorte Pocas Liendres estrangularon a Celinda, haciéndose en seguida los dormidos. Este sostenía que la bailarina estaba secuestrada en la posada de Uriz, y aquel que el príncipe había sido asesinado por el cerrajero, muerto la perra de una receta del albéitar, Pero basta. Apartemos la vista del terrible cuadro de una ciudad atacada de locura: de Una vesania que de antaño incubada, había permanecido en latente estado hasta que el Glorious la hizo estallar cual rayo: de un modernísimo género de demencia en que se había convertido la que los alienistas conocían ya con el nombre de enajenación cinematográfica o insania progresiva, y ahora era llamada explosivo *criminorum delirium*.

Que además era peligrosa, pues venía acompañada de afán persecutorio contra el ilustre Cuerpo de Perquiridores. Afán azuzado cotidianamente por La Verdad en la más injusta de las ocasiones, cuando don Nicasio acumulaba copiosos datos valiosísimos: no para fantasear caprichosas hipótesis teatrales como las del Glorioso, sino para levantar sesudo informe sobre los hechos realizados por el príncipe y sus cómplices en la noche del doce al trece de junio y definir categóricamente los delitos resultantes de ellos. A saber: un asesinato consumado, el de *Miss* Cork, y otro frustrado, el de Celinda; dos suplantaciones de personas: la de la bailarina en el embarco por una mujer desconocida, y la de Celinda por esta misma persona en el tren; cuatro narcotizaciones y la muerte de un perro; robos de un collar de perlas que la voz pública valoraba en 400.000 pesos fuertes, de varias joyas que llevaba la interfecta, de un cubrepolvo de motorista y de otras menudencias; uso indebido de un automóvil y deterioros en él.

La falsificación de pasaportes no era mencionada en este informe por no haber aún llegado a noticia de don Nicasio.

Estaba conocida la personalidad del asesino, el príncipe de Anfiloquia y probada la complicidad de una mujer y un hombre desconocidos, pero que pronto dejarían de serlo.

Para enterarnos de cómo se habían obtenido tales resultados y de algunos episodios hasta ahora inéditos, de la preparación y ejecución del crimen, volvamos junto al Perquiridor Mayor. Pero no a Abanal, pues allí nada queda por ver, sino a Puertofoz en donde, ahora, está Retuerto.

XV. RASTROS EN PUERTOFOZ

Convencido de que en el puerto podían averiguarse cosas interesantes, allá se fue don Nicasio, a los pocos minutos de haber visto partir, de Abanal, el expresillo del insolente subalterno que, con indignación de aquel, llevábase el vagón de reservados con las valiosas piezas de convicción.

Esto también lo empujaba a ir a Puertofoz, donde plantearía a sus jefes la pregunta de si la Tercera Brigada iba a dejarse arrebatar por un capitancillo de la Primera, el resonante éxito de su Comandante Mayor, y la cuestión de si podía, dignamente, tolerarse que los de Novaría continuaran interviniendo en asunto ya esclarecido por los de Puertofoz —su modestia le impedía decir por él—. Con riesgo de que torpeza, patentizada ya, y envidiosa emulación naciente, lo embrollaran: convirtiendo en nieblas la claridad alcanzada.

Yendo a lo más interesante reseñaremos las activas gestiones e importantes descubrimientos hechos en dos días por el comandante.

Cerciorado de que, cual presintió, había el príncipe embarcado en Puertofoz, lo cual corroboraba su regreso de Valdemimbres, en el descendente Cochamba-Puertofoz, con el billete por él tomado en aquel pueblo, la pista estaba clara, y era la que él había presumido.

Para apurarla, indagó en la estación de Puertofoz si en ella había sido entregado aquel billete. Con el desagradable resultado de saber que en cumplimiento de orden telegráfica; recibida de la D. G. de I. C. y S. (Dirección General de Investigaciones Criminales y Sociales) vulgarmente llamada la Crimino-Social, todos los recogidos en la noche del doce al trece, y en la mañana de esta última fecha, acababan de ser enviados a un capitán perquiridor que estaba en Valdemimbres. «El sr. Rojas, y el señor Brigadier de la Primera Brigada han madrugado más que yo quitándome este medio de investigación; y demostrado, ya, claro propósito de embarullar el asunto» —pensó indignado el comandante de la Tercera—. ¡Qué inocentes, si creen lograr algo con esa jugarreta! No saben quién soy yo». Efectivamente, lo ignoraban; pues, yéndose a la compañía contratista de taxi autos para el servicio de estaciones, halló medio de pasarse sin aquel billete, ordenando al encargado de cocheras averiguase si entre los motoristas que lo prestaron en la mañana del trece, había alguno llevado, desde la estación del ferrocarril al muelle de Las Mensajerías, a un viajero que en el tren consabido hubiese llegado con sombrero castaño flexible, cubrepolvo de motorista, etc., etc.

Ninguno recordó haber servido, en la ocasión citada, a persona de tales señas; pero uno dijo que no el trece, sino la víspera, y a la llegada del tren-tranvía de Novaria, había subido en su coche un caballero cuyo señalamiento habría en todo coincidido con el indicado, a no ser porque en vez de portar cubrepolvo de conductor porteaba al brazo un abrigo ligero de color gris.

—Él es, él es —exclamó gozoso don Nicasio—. Esa es su pista. Sólo que en vez de seguírsela desde atrás hacia adelante, como yo pensaba recorrerla, la seguiré de adelante hacia atrás. Que busquen a ese motorista y me lo envíen en seguida.

—Procura recordar puntualmente todo lo relativo a ese caballero.

—No es difícil: en toda la mañana no serví sino a él.

—¿Mucho tiempo?

—Desde las diez y media, a que llega el tren-tranvía, en donde vino, hasta bien corrida la hora de almorzar.

—¿Y estás seguro de lo del chaleco de Añares?... ¿Cuándo se lo viste?

—Muchas veces. Porque hacía calor y llevaba desabrochada la americana.

«¡Qué torpeza! —pensaba Retuerto—. Un malhechor que para preparar su crimen se cuelga una divisa tan llamativa como el tal chaleco... Estúpido».

Y pensado esto preguntó en voz alta:

—¿Y estás cierto también de la ronquera?

—Ya lo creo. Como se apeó y subió al coche muchas veces, y en todas tuvo que hablarme para darme las señas de adonde había de llevarlo, no me cabe duda.

—Pues, ea, di ya cuáles fueron esos sitios.

—No estoy seguro de no olvidar ninguno, pero diré los que recuerde. Estuvimos en el despacho de los vapores de las Mensajerías.

—¡Ah!... Sigue, sigue.

—En el bazar de la calle 76... No estoy seguro si antes o después de ir a... No, no: fue antes.

—Da lo mismo. Tú di dónde estuvisteis, y no pierdas tiempo en querer saber cuándo. ¿Permaneció mucho rato en el bazar?

—Cosa de diez minutos... Al salir traía un envoltorio y una sombrerera de hombre.

—¿Y qué más?

—También fuimos a la agencia central de los ferrocarriles...

—¿Adónde más?...

¡Ah!... Sí, a una cuchillería de la calle 169.

—¡A una cuchillería!

—Sí. Luego, al garaje en que yo encierro. Allí habló con el encargado, y después lo llevé al Grand Monde, donde me despidió.

El Grand Monde era el hotel de la estación.

—¿A qué hora lo dejaste allá?

—De dos a dos y cuarto de la tarde.

—¿Tienes ahí tu auto?

—Sí, señor.

—Pues, andando.

—¿A dónde?

—A llevarme ahora mismo a todos los lugares que acabas de decir. Vamos, señor Teniente.

El invitado a seguir al comandante era un subordinado de este que, por orden del mismo, asistía al interrogatorio anterior.

Cuatro horas le llevaron a don Nicasio sus correrías. Que siendo el garaje el lugar más cercano de los citados por el motorista, por allí comenzaron; y no fueron efectuadas según el plan previsto, porque este fue variado en cuanto el encargado de la cochera contestó a la pregunta de qué había ido a hacer allí el caballero de las señas que no repetiré, diciendo que a apalabrar un auto cerrado para ir y volver por la noche a Abanal, encargando estuviera listo a las ocho. Hora en que él mismo iría a tomarlo en la cochera.

Puede suponerse el brinco del preguntante al oír tal respuesta, y qué ojos abriría cuando fue ampliada con la noticia de que, efectivamente, aquella misma noche —la del doce al trece— volvió el caballero, y efectuó en un coche de la casa ida y retorno al citado pueblo.

—Que busquen, que busquen inmediatamente al conductor que lo llevara. Necesito hablar con él ahora mismo. Aquí lo espero.

»Señor teniente, usted, en el coche que nos ha traído, hará las averiguaciones que yo iba a emprender en los lugares citados por el motorista número 2. Yo necesito ahora meterle los dedos a ese nuevo motorista número 3, a quien han ido a buscar. Cuando usted sepa cuanto pueda saberse de lo que hizo en todos esos sitios nuestro pájaro, vuélvase a mi despacho. Y si aún no he vuelto yo, pues quién sabe a dónde pueda llevarme lo que ahora indague, aguárdeme usted allí.

»Mucho ojo, mucho olfato y buena suerte.

Por ser tal la de don Nicasio, era aquella la hora en que, acabado su servicio cotidiano, encerraba el motorista número 3, que, estando por lo tanto en el garaje, tardó pocos minutos en presentarse al perquiridor.

Ha de advertirse que, para no oscurecer la ordenada claridad de sus apuntes de lo averiguado en las indagaciones, tan pronto vio Retuerto que, además del dormido de Uriz, se le metía otro motorista en su cuaderno de notas, decidió nu-

142

merarlos para evitarse embrollos y ganar concisión. Dando al de Uriz, cual más antiguo, el número 1, y al recién conocido, que de mañana había llevado y traído en Puertofoz al viajero del abrigo gris, etc., el número 2. Y así, al surgir un tercero, utilizado por el mismo pillo en nocturnas correrías sospechosas, ipso facto fue el 3.

Para llegar antes al grano, prescindió de pormenores de este segundo interrogatorio, externamente análogo al preinserto poco ha; salto idas, venidas y pesquisas del comandante en su labor de comprobar lo oído al número 3, y ahondar en otras idas y venidas, insospechadas hasta entonces, del bribón que narcotizó al número 1. Y cálleme detalles de cómo iba y venía el teniente llevado por el número 2 — ¡cuán cómoda resulta la clasificación de don Nicasio!— a los lugares visitados por quien tanto dio que hacer a tantos motoristas.

He aquí los frutos de los trabajos de ambos perquiridores, según el escueto resumen del cuaderno de notas de don Nicasio:

ACTOS DEL CRIMINAL

MAÑANA DEL 12:

EN CASA CONSIGNATARIA solicita pregunten teléfono, a la de Novaría, si ya salieron equipajes bailarina.

BAZAR CALLE 76 compra dos gorras, un sombrero hombre, dos sobretodos oscuros y sombrerera.

EN CENTRAL F. C. que reserven un departamento lujo de Abanal a Cochamba. Le dicen que los billetes pueden ser para este trayecto, pero que suplemento reservado ha de pagarlo desde Puertofoz. Paga y se lleva unos y otro. Pide uno de segunda de Puertofoz a Valdemimbres. Dícenle no se despachan sino en la estación.

CUCHILLERÍA: compra un gran cuchillo cocina —sin duda le pareció menos escandaloso que un puñal— con la marca de la casa, y número de fabricación comprendido entre los 13.350 y el 13.420 contenidos en el paquete que el dependiente recuerda haber abierto al despacharlo, y del cual quedan por vender los números que pueden verse en la nota Piezas de convicción.

¡Lástima no habérseme ocurrido mirar estos detalles en el que me enseñó ese... de Rojas! Porque ahora sabe Dios cuándo me dejarán esos... de la Primera Brigada echarle otra vez la vista encima.

(Los puntos suspensivos velan calificativos innecesarios de copiar. Pues son desahogos de nerviosidades, disculpables en lo callado de un libro de memorias personales no destinadas a la publicidad).

TARDE DEL 12:

HOTEL GRAND MONDE: deja sus compras en una habitación de donde ha podido comprobarse las sacó, pero no cuándo; baja a almorzar, sin los efectos, y después sale del comedor por la puerta que lleva a los andenes. El camarero que le sirvió recuerda la ronquera y el chaleco —antorcha que ese imbécil ha encendido para que yo lo vea bien por todas partes—. Claro, no es un criminal profesional.

Perfectamente conocida la hora importantísima de su salida. Pues encargó al camarero lo avisara, con tiempo para no perder el tercer tren-tranvía de Abanal: 2 y 17 tarde.

Hasta aquí lo que por orden mía averiguó mi auxiliar. Lo siguiente es resultado de mis personales investigaciones.

NOCHE DEL 12 AL 13:

A LAS OCHO, o POCO MÁS, llega príncipe al garaje en auto abierto que despide. Sube al cerrado que pidio por la mañana; va en él a la estación, se baja y llama mozo número 37, a quien encarga le tome un billete de segunda Puertofoz-Valdemimbres (ya está aquí el usado por la supuesta doncella); y, paseándose por la acera exterior a la fachada del gran vestíbulo, aguarda la vuelta del mozo. El motorista 3 vio desde donde, cercano, tenía parado el coche, que después de volver el mozo, dar su recado al paseante y marcharse, todavía continuó este paseándose hasta ver a una viajera a quien se acercó (ya tenemos la desconocida tunanta) cambiando con ella brevísimas palabras.

Tras las cuales entró ella en la estación, volvió él al auto, y dio orden de echar a andar de prisa camino de Abanal. Llegados al pueblo él indicó al motorista 3 por dónde había de ir hasta hacerlo parar delante de la verja de una casa de campo.

HORA DE LLEGADA POCO ANTES DE LAS ONCE.

Una mujer de la que el número 3 no puede dar señas, por estar muy oscura la noche, pero a quien oyó hablar en idioma extranjero con el Príncipe, dio a este, a través de la verja, la llave del garaje. Esta no podía ser sino la bailarina... ¿Estaría ella en el ajo de los narcotizamientos?¿Habrá sido, por celos, cómplice en el frustrado envenenamiento de Celinda, ignorando que ella, a su vez, iba a ser asesinada? Metido el coche en la cochera, dijo el caballero al motorista que en él se acurrucara y durmiera hasta que a la madrugada vinieran a despertarlo él y la señora, para volver a Puertofoz. Y al salirse por la puerta que da al jardín la cerró con llave Por afuera, dejando encerrado al número 3, que se durmió y no oyó nada hasta que a poco de amanecido lo despertaron el señor y la señora, a quienes llevó al muelle en Puertofoz de Las Mensajerías del Pacífico. Preguntado dicho número 3 si la extranjera tenía el pelo muy rubio, no lo puede asegurar. Pero le parece que no, pues si lo fuera mucho no se le habría pasado el verlo cuando, al apearse ella en el muelle, la miró por parecerle una real moza".

CABOS SUELTOS:

De Abanal a Puertofoz no volvieron los efectos comprados en el bazar, y no hallados en el hotel de la estación. Lo cual prueba fueron sacados en las horas intermedias (2,30 a 8), en que no ha sido hallado en Puertofoz rastro del Príncipe. El número 3 no recordaba, al principio, otras señas del viajero a quien sirvió sino que lo mismo a la ida que a la vuelta llevaba abrigo gris, que era de estatura aventajada y estaba ronco. Pero preguntado concretamente por el escandaloso y providencial chaleco de lunares, que al 2 le llamó la atención, recordó habérselo visto cuando, al bajarse aquel, del auto, en el muelle, se desabrochó para darle la propina al despedir el coche. Además, el encargado del garaje afirma categóricamente que era el mismo que a mediodía contrató para la noche, y pagó adelantado, el servicio de ida y vuelta a Abanal. Por aquí andaba Retuerto en la redacción de las precedentes notas, cuando se abrió la puerta de su despacho, y sin pedir permiso entró de pronto el teniente, agitando furioso un periódico, que en la mano traía, y gritando:

—Don Nicasio, don Nicasio. Vea, vea qué indignidad.

—¿Qué es ello?

—La Verdad; La Verdad hecha una soga de embustes.

—No comprendo ese asombro... ¿Es que por ventura ha sido nunca otra cosa que un rimero de mentiras aliñadas con retóricas salsas?

—Pero es que hoy es además un tejido de infamias contra nosotros, de insultos sin retóricas.

—Tampoco es nuevo ni extraordinario eso. Pero no haga usted caso. Traerá otro alfilerazo.

—¿Alfilerazo?... Ca, estocada a fondo.

Razón tenía el teniente; pero el porqué merece que se diga en capítulo enteramente dedicado a ello.

XVI. LAS INSIDIAS PASAN A ALFILERAZOS Y LLEGAN A ESTOCADAS

Henos en ocasión ineludible ya, pues empujan los sucesos y aprieta La Verdad, de explicar ciertas insinuaciones por incidencia hechas en este relato sobre la diferencia entre el mediano aprecio de los ibermanos a los perquiridores y el gran predicamento oficial de ellos, hijo de la necesidad de robustecer su autoridad y facultades, para hacer frente al alarmante crecimiento de la criminalidad.

Era indudable que a pesar de sus extraordinarios progresos, la Policía no había alcanzado aún la meta de sus aspiraciones, de llegar a los teatros de los crímenes con anterioridad a los criminales y conociendo, de antemano, cuanto se proponían hacer. Finalidad lograda, andando el tiempo, con los perfeccionamientos del *signor* Fognino[15], que hacen abortar todos los crímenes y prenden a sus autores antes de perpetrarlos. Y como en tanto no llegaran a esto, nada sabían ni sabrían los perquiridores ibermanos de los crímenes antes de cometidos, siempre su intervención era forzosamente posterior a la de los perpetradores. Fatalidad que, unida a los progresos de las malas artes de los pícaros, limitaba los indudables triunfos de los perquiridores a enterar ce por be, a la sociedad, de cómo se habían preparado y cometido robos, asesinatos, toda la ponzoñosa flora, en suma, que vicio, hampa, codicias y odios producían; a averiguar, con certeza plena, las filiaciones e identidades de los criminales, y el cuándo y modo de sus fugas, y a saber a ciencia cierta por dónde habían andado, pero ignorando siempre dónde andaban. Derivándose de esta menuda diferencia de pretéritos, pluscuamperfecto e imperfecto, imposibilidad de echarles mano.

Por esto, nada más que por esto, la plebe, y aun la parte del vulgo que pica a altura donde no llega aquella,

---

[15] Ingenioso y maquiavélico inventor de la Policía Sugestiva, al que conocen bien quienes han leído el libro *El Mundo Venusiano* de esta misma Biblioteca (reeditado por esta misma editorial).

murmuraba. Y hasta zahería por la espalda a los perquiridores con frases del aire de las ya oídas a los lugareños de Abanal. Porque es en Ibermania, cual por doquier, el vulgo, irreflexivo adorador del dios éxito, e incapaz de conceder estima a las más arduas obras, si no cuajan, al cabo, en forma acomodada a sus villanos gustos, a sus deseos plebeyos.

Que en este caso eran ver ahorcados, degollados o empalados a los criminales.

De no cumplírseles tales afanes a los ibermanos nació la general inquina a los perquiridores, que crecía, enconándose, según el pueblo iba convenciéndose de que su espontánea asistencia a la común labor, que convertía en honorarios polizontes a innumerables ciudadanos, no bastaba a lograrle la ambiciosa e inhumana pretensión de que los malhechores fuesen castigados.

En lo cual no había culpa de los perquiridores, agobiados por aquella asistencia social nunca consistente en demandados y concretos auxilios, que envolvieran compromiso o molestia para los auxiliares, sino en espontánea, pletórica, casi siempre indiscreta, y siempre indocta aportación de ideas, opiniones, planes, pistas críticas que habría enloquecido a los funcionarios de la Policía Investigatoria a no haberse aplicado el remedio heroico de hacer oídos de mercader a cuanto decían, y echar al cesto ^ de los papeles lo que escribían los profanos.

La culpa era del cine, que "se había salido de madre". ¡Qué de madre, de toda la familia![16]. De la familia honrada y culta donde creció el cinematógrafo en sus años de niño. Entre reproducciones de obras y monumentos de arte, excursiones pintorescas, curiosidades geográficas, étnicas; entre maravillas de la naturaleza y de la industria, o evocaciones de cos-

---

[16] Según el dicho inglés de Los sobrinos del capitán Grant. No de "Los hijos" del susodicho capitán que escribió Julio Verne, sino de los sobrinos que derrochando sal aderezó Miguel Ramos Carrión: no de *Miss* Grant y *Mister* Grant, sino de Soledad, Escolástico y Mochila.

tumbres, trajes, acontecimientos de otras épocas. Sostenido en sus primeros pasos por Ciencia, Arte, Historia; por !a sana curiosidad de conocer cosas que sólo él es capaz de enseñar, de saber de tierras donde no puede ir el común de las gentes; de floras, faunas, razas que solamente así pueden ser vistas.

De la familia de que al crecer se emancipó el hermoso invento, para abarraganarse con apaches y golfos y revolcarse en crímenes: hoy y mañana, un día y otro día.

¡Pobre cinematógrafo! ¡Ojalá pueda pronto sacudirse sus lacras y rehabilitarse! Pero estoy divagando. Y como me arrepiento torno a mi historia.

La evidente malquerencia general a la Policía había encontrado en La Verdad un portavoz. Hipócrita en los comienzos de sus campañas insidiosas; pero qué desde el día mismo de dar cuenta de! crimen que Retuerto y Rojas discutían si era de Abanal o del Puente de las Palmas, y el periódico hinchaba con propósito artero de que pareciera tres o cuatro crímenes, para multiplicar por cuatro el fracaso ya dado por hecho de los perquiridores, los arañazos de ayer eran ya hoy pinchazos presagiantes de cuchilladas de mañana.

A la par proseguía El Glorioso sus *peliculicadas* exhibiciones crimino-hipotéticas. Con variantes en los desarrollos de sus argumentos, en casi todo mentirosos, pero ciertos en algo. Y esto era lo más grave; pues a la sombra de verdades corrían las patrañas; y la diversidad de embustes no era óbice a concordancia de todas las películas en el dañado intento de desacreditar a los perquiridores; de ridiculizarlos, por inútiles y torpes, y hasta de sugerir a los espectadores, por de contado sin decirlo, que acaso eran venales y procedían de acuerdo y repartían ganancias con los criminales.

Estas campañas, de día en día arreciantes, del teatro y el periódico, podían ser hijas de malas voluntades desligadas; mas se prestaban tan eficaz auxilio que parecían responder a un plan común con ambas combinado.

¿Sería concordancia casual?... Tal vez. Mas entre los perquiridores de la Crimino-social no faltaban suspicaces que, llamando *articulas* a las proyecciones del Glorioso, y *películos* a los escritos de La Verdad, atribuyeran las conductas de las dos empresas, externamente independientes, a su común mangoneante el sr. Bearfest, que no era ni director de una ni gerente de la otra, mas ponía y quitaba directores y gerentes.

Pero ¿a dónde iríamos a parar si en el mundo se diera oído a la malicia? Además, ¿qué ganaba Bearfest, qué La Verdad, qué el Glorious Stars Theatre con fastidiar al Cuerpo de Perquiridores?

Es cosa añeja, y sobre añeja lógica, que las leyes de enjuiciamiento de todos los países concedan, a los damnificados, derecho a personarse en las querellas criminales. En concepto de partes interesadas en las actuaciones procesales, que vigilan y avivan, para evitar descuidos, siestas o ladeamientos de jueces o escribanos.

Es justo tal reconocimiento de personalidad en juicio. Pero también lo es una ampliación de él, que ni los países más ufanos del modernismo de sus instituciones disfrutaban todavía en el año ***, de esta historia, cuando Ibermania llevaba varios ya de gozarla. Refiérome al derecho de todo ciudadano, individualmente perjudicado por un crimen, a espolear no sólo a los jueces en las diligencias forenses, sino a fiscalizar las investigaciones policíacas: aguijando a los perquiridores, y aun protestando a veces de las orientaciones de sus pesquisas, etc., etc.

Llamábase a esto ser tenido por parte en la perquirición, y fue mejora implantada a consecuencia del tole tole que se armó cuando, investidos los perquiridores con poderes casi omnímodos, no se vio a estos madurar en frutos de criminales capturados. Mas no los dio mejores la novísima reforma; porque si antes caía, de largo en largo alguno, en cuanto las partes ayudaron ya no cayó ni uno para muestra.

La Policía Investigatoria lo achacaba a que los personados en las perquisiciones le borraban los rastros y ahuyentaban la caza; a que los investigadores privados —institución nacida al calor de la reforma, y en cierto modo análoga a la de los procuradores en justicia—, a sueldo de las partes, carecían de suficiencia técnica, no obstando esto para que los jueces dieran la razón siempre a tales ignorantes contra los perquiridores doctos, cuya acción entorpecía. Desquitándose así, en cuanto les era dable, de la humillante situación en que respecto a estos se creían.

La verdad es que si el pueblo era injusto con la Policía, esta también exageraba; pues el derecho de las partes fue poco ejercitado. Porque si la justicia era cosa de ricos, según ya dijo Malas Patas, la policía particular sólo podía ser usada por potentados y grandes empresas, y únicamente en la persecución de robos y falsificaciones de mayor cuantía, donde lo ventilado consintiera no reparar en gastos.

Por ser el tal derecho letra muerta en la práctica, había La Verdad sostenido, en pasadas campañas, que las causas de no haber el instinto popular producido los resultados opimos de él esperados, no eran las apuntadas capciosamente por los de la Crimino-social; sino la carestía de la acción personal que la había privado de eficacia positiva.

En posterior artículo encarábase con los poderes públicos, diciéndoles que, el palmario fracaso del Cuerpo de Perquiridores, planteaba la urgencia de poner la intervención de las partes al alcance de las gentes de posición modesta: escogitando medio que robusteciera aquella con fraternal, generosa y difundida cooperación social.

Este artículo, que todavía no puntualizaba cuál pudiere ser tal medio, que el que excitando a Retuerto contra el maldito rotativo de extranjís, le revolvió la bilis hasta subírsela a los sesos, donde cuajó en la ingeniosa travesura de que Matías y Malas Patas movieran querella por calumnia a La Verdad. Así se desahogó.

Tan ufano se hallaba con la jugarreta, que cuando entró el teniente en su despacho, y fue entablado el diálogo que hubimos de cortar para dar los anteriores antecedentes, contestó a la última frase, trascrita entonces, de su subordinado diciendo displicente:

—Bah... ¿Una estocada de esos...? La pararemos. Mientras que ellos no podrán parar la puñalada trapera que ya les he atizado.

—¿Una puñalada? ¿Cuál, mi comandante?... Es decir, si no es indiscreción.

—No, no lo es, pues yo soy quien ha dado a usted pie a la pregunta. Pero aun sin ser esta indiscreta, no puedo contestarla.

Porque el asunto está ya en manos de S. E., que aprueba entusiasmado esa ideílla mía, pero juzga prudente reservarla.

Calla: su timbre... Y con qué prisa llama.

XVII. LA ACCION POPULAR POLICIACA

En el despacho del sr. Brigadier estaba íntegra, y encrespada por cierto, toda la Plana Mayor de la 3.» Brigada. Tan encrespadísima como en aquel día lo estaban, contra La Verdad, todas las planas mayores de todas las brigadas de perquirición; y como en breve iban también a estarlo las menores, en todo Ibermania.

Los cuatro o cinco jefes allí congregados, habíanlo sido para tomar sigilosos acuerdos y-ponerse al habla con los compañeros de las demás regiones, con las que era preciso ir a una a la común defensa. Requerida por un feroz ataque a la corporación.

Los halló, don Nicasio, en pie, revueltos sin distinción de jerarquías, y perorando a gritos: todos a la vez. Un coronel, con La Verdad hecha un guiñapo en sus robustos puños, vociferaba más fuerte que los otros.

—Es indigno, es indigno... ¿Te has enterado ya, Retuerto?

—No sé —contestó el recién llegado— sino que ese libelo nauseabundo parece querer darnos una estocada. Pero...

No pudo continuar; pues al disponerse a repetir la desdeñosa respuesta ya dada al teniente, aludiendo a la puñalada de su consabida treta, el brigadier le frustró el propósito gritando, ahora más que el coronel:

—No está mala estocada... Terremoto. 'El artículo ese va. a sacudir las masas, echándonos encima a todo el pueblo. Mañana...

—Mañana caerá sobre nosotros la prensa entera —chilló otro quitando la palabra a su jefe.

—Eso no —objetó el ayudante—. Hay otros rotativos dignos y sesudos, que, siendo adversarios irreconciliables de La Verdad, no han de hacerle el juego.

—¡Qué inocente es usted!... Aun cuando sea a regañadientes, la secundarán, por tratarse de asunto en que la opinión pública está ganada ya.

—Con embrollos.

—Conformes. Pero ¿lo está o no?

153

—Demasiado.

—Pues eso basta. Los otros seguirán a La Verdad, para que esta no alardee de ser el único vocero del clamor popular.

—Entonces estamos frente a una cruzada.

—Que nos arrollará.

—Y nos aplastará.

—No.

—Sí.

—Pues lucharemos, a pesar de todo.

—De nada servirá.

—Esa resignación es indigna.

—Yo no tolero esas palabras.

—¡Señores, señores!

—¡Por Dios!... ¿Cómo hemos de defendernos si comenzamos peleándonos nosotros?

—Es verdad: no he dicho nada.

—Ni yo: ahí va mi mano.

—Pero señores, hasta ahora yo no sé nada concreto —dijo don Nicasio; y amigo, según tenemos visto, de hacer frases, prosiguió—: mas de lo compaginado colijo que ha llegado el momento de lidiar, sin cuartel, por la verdad y contra La Verdad.

—Bravo.

—Muy bien, muy bien.

—Este Retuerto es el de siempre.

—Gracias, mil gracias... Llevo una temporada en que estoy completamente obseso con ese asunto de Abanal, no leo periódicos. ¿Qué he de leer si no reposo ni de día ni de noche? Por eso, si ustedes me enteraran...

—Que La Verdad pide al Gobierno que decrete de un plumazo la intervención colectiva popular en las perquisiciones.

—¡Qué atrocidad!

—Dice que sólo así tendrá eficacia la acción de las partes.

—Es una pretensión ilegal, irracional, absurda.

—Tienes razón. Retuerto.

—Y lo pruebo: aunque perturbadora, tiene la actuación personal base aparentemente equitativa en los perjuicios ocasionados a las partes por los crímenes; pero ¿en qué podrá fundarse la injerencia, no individual,, sino colectiva, de quienes no hayan sido estafados, robados, asesinados?... Veremos qué falacias encuentra La Verdad para replicarme en cuanto yo la oponga ese argumento.

—No, no tendrá que replicarte, pues ya te ha contestado.

—¡Que ya!

—Sí.

—Con argucias, con sofismas. Como si lo viera.

—Sí, pero bien urdidos.

—¿Y qué dice?

—Que la sociedad es una familia.

—¡Qué vulgaridad!

—Un todo indivisible.

—¡Qué dislate!

—Que quien en Ibermania asesina o roba, no mata o roba solamente a un padre de sus hijos o hijo de sus padres, o esposo de su esposa, sino a un hijo de Ibermania, a un hermano de todos los ibermanos.

—Bien dije yo: sinuosos paralogismos; todo arteramente paralógico.

—Cierto. Mas tú verás cómo con los paralogismos entusiasma y se lleva de calle al pueblo.

—Al vulgo.

—No lo desprecies. Él es el amo, él manda en el mundo.

—¿Y es eso todo?

—No: agrega que, estando la sociedad desamparada, es preciso que el gobierno le dé armas para defenderse de los malhechores, instituyendo la acción popular obligatoria...

—¡Atiza!

—... representativa y colegiada...

—Pero ¿están vesánicos?

—... y gratuita, esto es lo más grave, en la investigación de todos los delitos. Además.

—¡Más todavía!

—Sí, invita a todos los periódicos a ponerse a su lado, abriendo listas de adhesiones populares.

—Que todos se esforzarán en llenar, para que no se diga que no tienen lectores ni crédito entre ellos.

—Y convoca al pueblo a oír, en varios teatros, a diversos oradores que expondrán los términos de la petición que ha de aclamar el pueblo.

—Querrás decir votar.

—No, aclamar... Prueba de que ya está preparada la aclamación. Al día siguiente, los vecinos de Novaría se juntarán en la plaza de la Moderna Luz, e irán en manifestación a exigir al Gobierno que convierta en ley la voluntad del pueblo.

—Querrás decir la voluntad de La Verdad.

—Llámala como quieras. Ella ha cuidado de ponerse delante, y así parece que la sigue el pueblo. Y ya sólo falta un detalle episódico.

—¿Cuál?

—La petición de que la acción popular comience a actuar sin pérdida de tiempo en el crimen de Abanal.

—¡En el mío!... Debe de ser equivocación. Será en el de Puente Palmas. De seguro que alguna torpeza del capitancillo de la 1ª Brigada es lo que ha levantado toda esta marimorena.

—No hay confusión posible, porque hablan de los crímenes de Don Nicasio Retuerto.

—¿Pero llegan hasta llamarme criminal?

—No, hombre, no: no has entendido.

—Serénese, Retuerto: la acusación no es sino de torpeza en la investigación de los que persigue usted.

—¡Torpeza! Pues eso es peor, mi brigadier... Afánese usted, tortúrese el discurso, exprímase el intelecto para que luego le den a usted este pago. Pero yo los pulverizaré con el informe que he anunciado a usted, mi brigadier...

—Sí, sí; ya sé.

—¿Pero has cogido a los asesinos?

—No, hombre, no; mas demuestro irrebatible, irrefragablemente...

—Lo doy por descontado: el trabajo será, como tuyo, luminosísimo... Pero lo malo es que aun cuando sea *irrefrarragabatible*, la gente se emperrará en negar mérito a cuanto no sea coger a los criminales.

—¡Cogerlos! ¿Para qué?... ¿Para que luego los suelten los jurados y todo el protomedicato diga que son pobrecitos enfermos irresponsables? ¿Para que vuelva la antigua modita de que, en cuanto absolvían a uno, se ganara el agente que lo había trincado la inevitable paliza que antaño le atizaban unos pobres enfermos desconocidos?

—Tiene usted mil razones. No merece la pena de cogerlos.

—Pero señores, olvidamos que hemos de defendernos, discutir un plan de campaña.

—Sí, sí.

—Verdad.

—Pues a ello... Pero siéntense, siéntense, y examinemos la situación con calma.

—Cuando el peligro aprieta es mejor consejero el brío que la calma.

—Tenemos a los galos a las puertas de Roma.

—Lo más importante es conocer el espíritu de los chicos.

Los chicos eran los perquiridores de comandante abajo.

—Respondo de ellos: decididos a llegar a todas las barbaridades que se crean oportunas.

—Eso es lo principal, pues los hombres sesudos hemos de reprimir nuestros ímpetus.

—No le preocupe eso. Ellos, al impulso de los hervores disculpables de la juventud, harán todas las atrocidades exigidas por el honor de la corporación...

—Pido la palabra. mi brigadier —dijo don Nicasio.

—Y yo.

—Y yo.

—Uno a uno, uno a uno. Tiene usted la palabra, Retuerto...

Deploro me falte tiempo para dar noticia del plan de defensa que, tras larga gestación, cuando, tres días después, habían ya los galos entrado en Roma, acordaron los perquiridores delegados de todas las brigadas, en junta habida en la D. G. de P. I . (Dirección general, etc.) Estando la 3ª Brigada representada por don Nicasio, a quien esto obligó a suspender su actuación en el crimen Abanal-Valbanera-Puerto Palmas.

Deplórolo, repito, pues dicho plan era socialmente interesante. Mas como su interés no trascendió a lo criminal y policíaco, de lo que yo me cuido, importáseme poco perder cuchillo que no llegó a cortar. Pues los filos de las juntas central y locales quedaron embotados con la promulgación del decreto instituyendo la "Acción Popular obligatoria y sindicada en la Perquirición Criminológica". Y, como habrían resultado inútiles, se quedaron inéditas las barbaridades de los chicos.

El decreto nombraba un Comité Supremo que a la cabeza de otros regionales, de elección popular, que encauzaría la acción común; y para que esta resultara gratuita a los damnificados, autorizaba a dicho comité a girar contra la Tesorería de Hacienda una porrada de millones anuales para gastos de la perquirición mancomunada.

Presidía el Comité Supremo un prócer conocidísimo por su bondad, pero *vanidosuelo*, y cándido hasta frisar en tonto, e iba a ser su mentor el ilustre Bearfest, investido del cargo de Asesor-Secretario, con voz, voto y veto. Pero sin responsabilidad; porque cuando votare y hasta cuando vetare, no sería él responsable, sino la ley por él interpretada. Como en las sociedades donde mangoneaba, respondían siempre los estatutos de sus actos.

—*Lasciate ogni speranza* —gimió la consternada voz del Director General de los acosados y perquiridores, cuando uno de sus subordinados dio a la Junta Permanente, constituida en su despacho, esta última noticia. Traída a la carrera de la imprenta donde estaba imprimiéndose el decreto.

—No se amohíne, sr. Director: Confíe V. E. en mí — exclamó el animoso don Nicasio—. No *lascie* nada; porque en esta lucha le tengo preparado un mortal golpe a La Verdad.

—Ya... Será la célebre puñalada con la que usted se ufana tanto—dijo con sorna uno de los circunstantes.

—Sr, señor. A despecho de esa ironía, un tanto extemporánea en esta grave ocasión, a ella me refería; a ella y a algo más que yo sé, y bastará...

—También nosotros lo sabemos —le atajó el representante de la 1ª Brigada—: el coruscante informe sobre el crimen, en que la actuación desdichada de usted nos ha echado encima a La Verdad, a la opinión y al gobierno.

—¡Que yo he!... ¡Actuación desdichada! ¿Y es usted quien lo dice?... ¡Uno de la Primera Brigada, responsable de torpezas inconcebibles entorpecedoras de todas mis gestiones, desleal con la Tercera, envidiosa de mi éxito!

¡Buena zalagarda se enzarzó en el despacho; donde los convocados para hacer guerra al común enemigo se revolvían unos contra otros, escribiendo la primera página de una contienda fratricida! Caso no nuevo, mas frecuente en la historia: luchas internas como triste secuela del vencimiento en lucha externa.

La guerra civil había estallado entre la Primera y la Tercera Brigadas de Perquiridores.

XVIII. HUELLAS DACTILARES Y UNOS CUANTOS

PELOS TOMAN LA PALABRA

En historia integrada por episodios múltiples acaecidos en simultáneos tiempos y diversos lugares, no es posible contarlo todo de una vez. Por eso nada se ha dicho, hasta ahora, en esta, de exámenes microscópicos ni de análisis químicos de las cosas recogidas en los reconocimientos de Villa-Gaya y del rápido. Además, aun queriendo, nada podía decirse antes de ahora; pues no siendo las de laboratorio faenas de coser y cantar, nada sustancioso dieron de sí hasta que estando en marcha ya la Acción Perquiridora Popular, emitieron aquellos sus primeros informes. De qué se va a dar cuenta, empezando por el más clásico sobre

IMPRESIONES DACTILARES RECOGIDAS EN EL RÁPIDO

"Inexpresivas: en las quijadas de oro de la boca del cierre del saco de viaje, en el cristal de la ventanilla por donde la víctima fue arrojada, y en el vaso y en la botella del tocador. Son inexpresivas por faltarles el labrado de rayas de la epidermis de los dedos, típico en tales maracas dactiloscópicas, y cuyo dibujo, peculiar de cada hombre y diferente de unos a otros; es valioso y seguro dato de identificación de las personas a quienes pertenecen"[17].

---

[17] Es notabilísima, y curiosa hasta no más, la indefinida diversidad de aspectos de las humanas huellas dactiloscópicas. Y no es menos curioso que de la singularidad de estas marcas, cuyas aplicaciones prácticas, en cuanto medio de identificación individual metódica empleado, muy modernas, diga nada menos que la Biblia, en el libro de Job, que Dios "pone como un sello en las manos de los hombres para que todos reconozcan que sus obras penden de lo alto". Cap. XXXVII.

Tal noticia en tal lugar préstase a muy hondas reflexiones.

No es, pues, extraño que muchos pueblos antiguos conocieran no todas, mas sí algunas particularidades de la huella dactilar. Pues desde los remotísimos años de Job, se sabía que era como un sello.

Las principales de esas particularidades, perfectamente comprobadas hoy por la ciencia y la experiencia, son:

Absoluta diferencia entre las de cada hombre y las de todos los demás.

¡Permanencia de formas en el dibujo de las complicadas circunvoluciones de las de cada individuo durante su vida entera: desde antes de nacer —en cuanto el feto llega a los seis meses— hasta que la epidermis se deshace en la tumba. Perdurar, idénticas a sí mismas aunque la piel padezca.

Perdurar su identidad aunque la piel padezca quemaduras, erosiones, etc. Pues al cicatrizar estas s se regenera la epidermis de modo que las microscópicas crestas de ella, y los *vallizuelos* entre cresta y cresta, reproducen idénticamente la topografía de la antigua huella que se había perdido.

No haber medio para los más hábiles falsificadores de contrahacer satisfactoriamente el consabido sello.

Podría y debería la dactiloscopia tener muchísimas aplicaciones civiles. Pues la huella dactilar de un firmante, al lado de su firma, en una letra, una escritura, su contrato matrimonial, todavía más, la del mismo bautizado en su partida de bautismo, evitarían muchos pleitos, y economizarían en otros engorrosos y a veces imposibles reconocimientos. Y, sin embargó, no ha logrado su empleo extenderse a tales usos. Tal vez porque esto haría innecesarios en múltiples ocasiones los servicios de notarios y escribanos, aligerando y economizando la administración de justicia. Baratura y rapidez bonísimas para los litigantes; pero muy malas para quienes de administrarla viven: tanto mejor, cuanto más larga y más difícil. Y como todo el mundo ha de vivir . . .

¿Cómo p o d r í a n emplearse en los citados documentos las huellas dactilares? Como son empleadas por la Policía al fichar a malhechores y sospechosos. Haciendo que quien haya de estampar su sello digital en un papel apoye la yema del dedo en un tampón impregnado, pero no con exceso, en tinta de sellar, y lo aplique después sin forzar la presión y sin resbalamiento, donde la huella deba quedar.

Respecto a estas aplicaciones de índole civil, es curioso saber que en Méjico, ha mucho ya, un director de un banco, el de Arizona, marcaba con su huella dactilar los cheques que firmaba. Lo mismo hacía en ciertos documentos importantes lord Hershell, gobernador en la India inglesa.

Hasta hoy, solo la Policía se vale, cual recurso normal, de la dactiloscopia. No tan internacionalmente extendida cual fuera deseable para recoger de ella la plenitud de frutos que es capaz de rendir. Las razones de esta deficiencia, aparte desconfianzas y egoísmos de determinados países a toda acción común, son lo complicado de la clasificación de las huellas en los ficheros dactiloscópicos y de los procedimientos para hallar, en ellos, el retrato viejo de la huella, cuyo retrato nuevo llega a una oficina-archivo; y además, la necesidad de que dicho sistema clasificatorio sea uno para todas las naciones. Con uniformidad a que se oponen inevitables discrepancias de criterios, vanidades técnico-nacionales,

161

Dicho labrado está en las indicadas sustituido por manchas de grasa uniformemente extendida sobre las superficies empañadas por las huellas. Siendo la razón de ello que, para no dejar en pos de sí tal dato sobre su persona, el malhechor ha de haberse enfundado los dedos con dediles de goma, finos al punto de no embarazar la sensación táctil, cual los usados en ciertos reconocimientos por médicos y cirujanos". ¿Qué más hacía falta para afirmar que aquellas huellas eran del asesino? Pero a este no le valdría la treta; pues al dar vuelta a la llave del grifo del lavabo para lavarse las ensangrentadas manos, la fuerza requerida para vencer premiosidad en el giro de la llave le desgarró un dedil; y el dedo desnudo dejó huella incompleta y comprendida, como en un desgarrado paréntesis, entre los dos bordes de la rotura de la goma.

Esto haría posible, aun cuando laborioso, el estudio de la huella.

Además, unos dedos pequeños, como de mujer, habían dejado en el tirador de porcelana del agua del retrete del reservado otras huellas. Que tanto podían ser de la muerta como de la cómplice en el crimen.

EN VILLA-GAYA

---

etcétera, etc.; y el hecho de que pasan de diez los métodos de registro e inspección dactiloscópica hoy empleados en el mundo.

Salvo dos, únicos que difieren en puntos esenciales, los demás sistemas no discrepan sino en menudencias; pero suficientes a entorpecer el rápido uso general de la dactiloscopia, que hoy tropieza en obstáculos al pasar las fronteras.

Una de las mejores clasificaciones es la argentina de Vucetich, aceptada en La Plata, El Uruguay, Brasil, Bélgica y Egipto; y de la cual sólo en insignificancias discrepa la española, esencialmente igual a aquella. La tendencia es a suprimir tales diferencias, que ya debieran haber desaparecido totalmente. Inglaterra y los países escandinavos siguen el método Galton Henry. Las demás naciones usan variantes del inglés o del argentino.

Allí se encontraron:

Señales de dedos de mujer en el tubo y en el tope impulsor de la jeringuilla usada al ponerle la inyección a Celinda.

Otras, de dos personas diferentes, en el frasco de la calavera: unas de hombre, de mujer, otras; pero su examen habría de ser engorroso y lentísimo. Porque superponiéndose, entrecruzaban los trazados de sus respectivos dibujos.

Tan difícil, que para seguir por separado los cabos de cada una de las dos madejas, inextricablemente revueltas, no sólo no bastaba la vista natural, sino que fue insuficiente la de las amplificaciones comúnmente usadas en los microscopios corrientemente usados en dactiloscopia, y preciso ampliar hasta cien veces las huellas, cuyas proyecciones dieron para anchura de las yemas de lo? dedos, en la pantalla vistas, más de metro y medio.

Solamente con tan desmesurado aumento se logró ver los blancos de las superpuestas impresiones digitales suficientemente anchos, para que con claridad destacaran sobre ellos los Sietes o trazos negros de la cruzada malla de las crestas epidérmicas de las dos huellas masculina y femenina. Único modo de que se hiciera fácilmente perceptible diferencia de grosor en las líneas del dibujo, que permitiera distinguir las líneas de una y de otra.

Pero aún quedaba por deshacer la malla.

Para ello, con una pluma mojada en tinta violeta, siguiéronse las curvas más gruesas, sensiblemente paralelas de una huella, y con otra cargada de tinta roja las finas de la otra huella que con aquella se cruzaban. Terminada esta engorrosa labor, resultaron ambas individualmente visibles en colores diferentes, mas todavía superpuestas. Siendo preciso separarlas para tenerlas en negro y reducidas a tamaños manejables. Esto se consiguió tomando nuevas fotografías.

La huella del hombre (violeta) se fotografió poniendo delante del objetivo de la máquina un cristal rojo de tal color

163

que no dejaba pasar los rayos rojos de la huella de la mujer. La de esta obtúvose en otra fotografía para tomar la cual se reemplazó la cristalina pantalla violeta por una roja que impedía llegaran, al clisé de la huella femenina los rayos violetas de la del hombre.

Todo esto dará idea de lo que necesita ser un laboratorio policíaco bien montado, y del trabajo previo indispensable para poder sentar la afirmación de que Zas huellas de hombre del frasco de la calavera eran diferentes a las impresas en el del veneno que mató a Garbosa.

Además, gracias al mismo examen, súpose que la mujer había cogido el frasco después que el hombre; pues las huella de ella pisaban las de él; y eran además idénticas a las marcadas en la jeringuilla usada con Celinda. De la usada con la perra, nada pudo averiguarse; pues tanto la había sobado y resobado el albéitar al examinarla, que allí no podían ya apreciarse otras impresiones que las de sus manazas

No era por tanto un hombre, sino una mujer, quien había pretendido envenenar a la doncella.

Si eran estas huellas iguales o diferentes a las que, de mujer también, habían quedado en el tirador del retrete del reservado, fue punto imposible de aclarar por lo pronto, pues las fotografías tomadas «n el rápido estaban en Novaría, en el laboratorio de la Primera Brigada, y las del frasco y la jeringuilla, en Puertofoz, en el de la Tercera; y porque las dos Brigadas andaban cada vez más esquinadas.

Por igual causa tampoco pudo Don Nicasio saber si las dactilares huellas del dedil roto en el grifo del reservado, coincidían o no con las del hombre que mató a «Garbosa, o con las del otro que sujetó a Celinda mientras la mujer de las huellas del frasco y la jeringuilla creía envenenarla con la inyección.

Todo ello no impidió, sin embargo, a Retuerto llegar a importantísimas conclusiones.

Las huellas del frasco de la calavera eran del príncipe de Amfiloquia, puesto que Celinda reconoció su voz cuando la sujetaba.

Las del frasco y la jeringuilla del jardín eran las de su cómplice varón, aún desconocido. Este había de ser, probablemente, quien luego fue en el auto a esperar, en Valdemimbres, la llegada del rápido, de donde se bajaron el príncipe y la falsa doncella disfrazada de hombre. Quienes era de creer dejaran en el auto gorras y abrigos, para tomar los nuevos disfraces «on que después habían sido vistos: los de motorista y viajero de los bigotes en Valdemimbres.

Estaba, pues, probada la cooperación de dos hombres, si bien el último, aparte su segura participación en el robo y la complicidad en la sustitución de personas, no tenía sobre sí otro delito de sangre que la muerte de la perra.

Esta conclusión resultaba de las declamaciones, ya conocidas, del personal del tren, y de las tomadas en Puertofoz a motoristas y mozos, dependientes del bazar, etcétera: probantes todas de haber sido el príncipe quien subió al rápido y asesinó, por tanto, a la bailarina. Mientras el otro — cuyos pasos y truhanadas anteriores al crimen hasta llegar a Valdemimbres, en el auto, era preciso averiguar— se iba a aguardar, en dicho pueblo, la llegada del tren que lo traía.

Además de esto, era conocida la existencia no sólo de una cómplice o coautora —ya se aclararía si lo uno u lo otro— que en el tren suplantó a la doncella auténtica, sino la de una autora del frustrado envenenamiento de la última, a quien por sus manos inyectó la morfina creyendo era cianuro.

¿Podía ser la del tren? Indudablemente, no; porque a la hora perfectamente conocida, 10 y 52, a que en la alcoba de Villa-Gaya era cometido el atentado contra la Verdadera doncella, viajaba la fingida en el tren en marcha de Puertofoz a Abanal; pues en él la encontraron, cuando a él subieron, la bailarina y el príncipe. No, a la desconocida pelinegra, que ya tenía bastante con su cooperación al robo y al asesinato del rápido, no podía alcanzarla responsabilidad en el frustrado envenenamiento, ¿Entonces?,.. En Villa-Gaya no había aquella noche otras mujeres que Celinda, su ama y la portera, narcotizada y encerrada.

Seguramente por la última, a quien Celinda había entregado todas las llaves al servirle la cena; y que, por tanto, fue quien al llegar, de Puertofoz, el príncipe le dio la de la cochera, por entre los hierros de la verja. Pues el motorista núm., 3 oyó hablar a ambos en idioma extranjero, Y no habiendo en Abanal otra extranjera que Amabel, ni en Villa-Gaya otra mujer que ella y las dormidas, Amabel fue quien intentó asesinar a su doncella, ¡Pobre Celinda! Cuán ajena estaba a ello cuando lloraba a su ama con acongojado afligimiento.

¿Por qué?... La causa no parecía poder ser otra sino los celos en que ya don Nicasio había pensado... ¿Pero fundados o no?... Aquellos "infame, infame", proferidos por la pobre muchacha cuando creyó al príncipe cooperante a la tentativa de asesinarla; su tristeza posterior, y por último su extremada alegría al ocurrírsele la idea de que él debió de ser quien trocara de frascos la morfina y el cianuro, eran indicios de que acaso no fuera suspicacia la causa del odio de Amabel a su doncella. No aminoraba esto la perversidad del crimen, donde lo pasional no podía atenuar la fría premeditación ni la cobarde felonía con que fue ejecutado; mas lo explicaba por el aborrecimiento de la bailarina a Celinda.

Pero si Amabel era una mujer pasionalmente malvaba, el príncipe era aún peor; pues de no haber motivo para los celos de ella, espantaba su perversa colaboración en el asesinato de una mujer de quien estaba cierto no había ofendido a aquella; y de existir fundada causa de odio en la bailarina, era un monstruo él, y horrenda su traición con la infeliz de quien era amado, a quien tal vez había mentido amor.

Al menos que tuviera razón Celinda, en sus presentimientos; pues en tal caso, todo lo explicaría el trueque de los frascos: no casual, sino a intento hecho por el príncipe, para engañar a la bailarina haciéndole creer que mataba a la otra, cuando únicamente la narcotizaba.

Y quién sabe si el fingido envenenamiento de Celinda no habría sido el cebo, por él empleado, para inducir a Amabel a una fuga indispensable, después de cometido un crimen... Esta fuga era el precipitado viaje, que él necesitaba efectuara ella a escondidas, y sin otra compañía que la de él y la fingida doncella, para matarla y robarle el valioso collar...

—Pero en estas suposiciones prematuras, de cosas que el tiempo aclarará, y ahora no fundamentales —se dijo don Nicasio al llegar a esta altura en sus inducciones—, estoy malgastando el que necesito para atender urgentemente a los hechos de cuya realidad pueda alcanzar convicción absoluta; y ahora, principalmente al descubrimiento fresco de que no es autor, sino autora la del frustrado emponzoñamiento. Porque esto es indudable, las huellas de la jeringa son prueba incontrovertible...

Y por si esto fuera poco, ahí está la constancia de no haber en Villa-Gaya otra extranjera que *Miss* Cork...

¡Ah! Ahora caigo en otra cosa; todavía hay otra prueba: la del cabello rubio, que tanto me ha dado que cavilar, hallando con los dos negros de Celinda en la cama de esta. El cual está diciendo que al lecho se acercó y sobre él bregó la única mujer rubia que en la casa había. Pues además de estar Ña Pocas Liendres dormida y encerrada no es pelirrubia como *Miss* Cork, ni pelinegra como la doncella; sino neutra.

Aludía con esto a la desgracia bien conocida en todo el pueblo, y que el lector no habrá olvidado, de la mujer de Ño Viviano.

XIX. DACTILOSCOPIA Y PELOS NO HABLAN EN

NOVARIA COMO EN PUERTOFOZ

A no haber sido por la feliz instauración de la Acción Popular Perquiridora, es probable que jamás se hiciera luz en los crímenes cuya persecución relatamos.

Ni menos aún habríase obtenido el éxito sensacional y extraordinario de aprehender, como al cabo fueron aprehendidos, a los autores de ellos. Extraordinario y casi increíble, pues ya ha sido dicho que tales aprehensiones eran en Ibermania, desde remotos tiempos, insólitos azares.

Pero ¿qué? Es que la luz no resplandece con suficiente claridad en las conclusiones escalonadamente deducidas por don Nicasio, según crecía el caudal de datos allegados por sus pesquisas?... ¿Es que la realidad no respondió punto por punto a dichas conclusiones, lógicas al extremo de no' poder ser otras?... ¿Es que sólo discrepó de ellas en lo conjetural, coincidiendo con sus afirmaciones esenciales? Todavía no lo sé. Sólo puedo decir que, hasta ha pocos minutos, no me cabía duda de que las cosas no pudieron pasar en Villa-Gaya y en el rápido, sino según las explicaba el comandante de Puertofoz, Pero mi firme convicción, de ha un rato, cae a perplejidad, al enterarme, ahora, de los descubrimientos hechos en Novaría por el capitán. A quien, apenas supo que el Príncipe de Amfiloquia tenía aún habitación en el Hotel Sublime, y en ella su equipaje, le faltó tiempo para trasladarse allá, y hacer un concienzudo reconocimiento.

Sin pararme en menudencias del practicado en las dos estancias, hasta días antes ocupadas por Don Epaminondas, sólo diré que al incautarse Rojas del guardarropa del ausente halló en él varios chalecos de lunares. No todos verdes sobre fondo anteado; pero sí uno de lunares anteados sobre fondo verde, de fácil confusión con el nombrado repetidas veces en este relato, y otros verdes sobre café, mas leche que café, y recíprocamente, fondo verde y lunares con más café que leche.

Hasta ver una viajera a quien se acercó. (Cap. XV)

De este hallazgo no podía realmente deducirse sino notoria predilección del albanés por tal dibujo, en sus chalecos de fantasía, no ser en él excepcional el uso de prendas semejantes a la que muchos le habían visto, y monotonía en su estilo de vestir. Consecuencias de tan poca monta, Para el esclarecimiento de más' graves cargos, que estoy ya arrepentido de haber mentado tales menudencias con ocasión de un reconocimiento muy fructífero en cosas de más jugo.

Por ejemplo: el hallazgo de huellas dactiloscópicas abundantísimas, que no podían ser sino del príncipe —no es añagaza, empeño mi palabra de que, suyas eran— en la pera de la luz eléctrica, colgante del testero de la cama, en el botón pulsador de la apertura y cierre de la salida del agua del lavabo, en el calzador de los zapatos, en la botella de whisky mediada sobre la mesa de noche, en una petaca de plata hallada en los bolsillos de un pijama. Todas iguales, y elocuentísimas, por estar estampadas .en multitud de objetos de uso personal, y aun íntimo, de quien, hasta ausentarse, había ocupado aquellas habitaciones, desde entonces cerradas.

El hallazgo era de extrema importancia; pues como la huella digital, que a don Nicasio le faltaba, del dedil roto, impresa en el otro lavabo —el del rápido— la tenía Rojas, por haberla fotografiado al reconocer, en Valdemimbres, el reservado, no fue óbice el no tener ya el vagón en su poder para cotejar huellas del rápido con huellas del hotel, y averiguar con tal cotejo que eran totalmente diferentes.

"Este hombre —exclamó el capitán al convencerse de aquella absoluta y evidente discordancia dactiloscópica— no ha pisado el rápido. Este hombre —ya se entiende que el de las huellas de la petaca, la botella, etc., o sea el príncipe— es inocente del asesinato de la Flying Girl".

"El asesino es otro, así decía Rojas. Y monologando proseguía: de que el príncipe padeciese ronquera y de que también la padeciera, o simulara, el viajero del rápido, no se puede deducir cual forzosa consecuencia que ambos fuesen uno. El acento extranjero lo finge cualquiera. El sombrero flexible, el abrigo gris, el mismo chaleco de lunares no son tampoco pruebas concluyentes; pues abrigos grises, y sombreros castaño y blandos hay muchísimos en el mundo, tan fácilmente confundibles como las telas de lunares. En tanto la personal huella dactiloscópica es única; y su testimonio fehaciente no puede dar lugar a confusiones[18].

---

[18] Aun cuando una marca dactilar sea incompleta o se haya estropeado parcialmente, todavía existen medios para procurar la identificación del sujeto a quien pertenece, con ayuda de la *poroscopia*, o estudio de la distribución en la epidermis de los poros, que también dejan huellas. Pero el examen y la interpretación de tales marcas, es mucho más difícil y penoso que el de las otras.

Se chinchó don Nicasio. ¡Valiente plancha! Se chincharon los de la 3ª Brigada... Estúpido, mamarracho".

La pasión iba a comenzar a turbar el juicio, hasta entonces claro, de Rojas. Y digo claro, porque sus afirmaciones sobre la imposible participación del de Amfiloquia en el asesinato de su apoderada y novia tenían fuerza de certeza absoluta. Sin que por esto justificaran el «estúpido» con que calificó a su comandante. Que si efectivamente padecería chinchamiento cuando se hicieran públicos los recientes hallazgos de su subordinado —dejando, por añadidura, también muy bien chinchadas subordinación y disciplina— no sería a causa de estupidez de don Nicasio, que bien sabemos no era tonto, sino a deficiencia de los elementos de juicio a su disposición.

Por no tener a la mano las huellas del dedil roto en el grifo del reservado, ni las del cuarto del Sublime, que la buena suerte del capitán había deparado a este.

Lo de la chinchadura colectiva de los «mamarrachos» de la 8ª Brigada revela a cuanto habían llegado rivalidad y malos quereres entre las gentes de ella y de la primera. Nacidos de humanas pequeñece0 y añeja emulación exacerbada por los diversos incidentes anteriormente reseñados, y por las idas y venidas del vagón del rápido, que ha poco dije no estaba ya en poder de Rojas, del cual había salido en virtud de órdenes de la superioridad, merecedoras de explicación, aun cuando sea sucinta, por referirse a lances que, aun no pasando de episódicos, no pueden omitirse.

So pena de perder un eslabón de este relato, rompiendo la continuidad de la cadena de hechos que lo forman.

Apenas terminado el rifirrafe de Rojas y Retuerto en Abanal, se agarró el último a la bocina del inalámbrico teléfono de su expresillo, y llamó al brigadier de Puertofoz.

Diez minutos después llamaba este, de igual modo, a la Dirección General de Policía Investigatoria en Novarla, e

---

Quienes andan en estas cosas, y con frecuencia han de hablar de ellas, han tenido la suerte de que no haya prevalecido el nombre primeramente dado a la dactiloscopia, cuando se la llamaba *iconofalangometría*. Nombre que requería tomar aliento y estar despacio para pronunciarlo.

invocando la superioridad jerárquica de Retuerto sobre Rojas conseguía diera a este el director orden telegráfica de enviar el vagón «de Valdemimbres a Abanal».

Al recibirla pateó de coraje el capitán y se increpó a sí mismo por no haber previsto la «trastada —muy de esperar— de don Nicasio», y no haber prevenido al brigadier de Novaría para que se anticipara a parar el golpe en la Dirección.

Descuido indisculpable, habiendo conferenciado telefónicamente con dicho brigadier, durante el tiempo empleado por el expresillo en regresar a Valdemimbres; pero comprensible, por haber atendido con preferente prisa a quitar a don Nicasio posibilidad —que ya vimos le faltó— de examinar los billetes recogidos en Puertofoz; que el jefe de la Primera Brigada ordenó a la Central de Ferrocarriles en Novarla remitiera cual lo hizo, a Rojas.

A la recepción, por este, de la orden telegráfica del Director General siguieron: nueva llamada telefónica a Novarla, avisando que le quitaban su vagón; nueva respuesta del Brigadier, ordenando fuera cumplimentada, por lo pronto, la orden contra la cual reclamaría él, y agregando, entre risas, algo contestado por Rojas con estentóreas carcajadas. Lo que fuera lo ignoro; pues entre las del oficial y las del jefe me impidieron oír las palabras del último.

Salió el expresillo con el vagón, no en seguida, sino al cabo de dos horas, durante las cuales estuvieron atareadísimos el capitán y su ayudante. Sin duda redactando el inventario de los efectos que habían de entregarse en Abanal, adonde llegaron ayudante y vagón, a la caída de la tarde, cuando ya don Nicasio estaba en Puertofoz.

Y diciendo la orden de entrega que esta fuera hecha en Abanal, y no habiendo allí quien recibiera nada, volviose el expresillo con el vagón a Valdemimbres.

Pues ni el ayudante tenía orden de llevarlo a Puertofoz, ni era culpa suya no haber hallado a quien debía recibirlo.

A la mañana siguiente nuevo mandato ahora de envío a Puertofoz; pero cuando a la tarde recibía don Nicasio la noticia de poder incautarse de él en la estación de dicha ciudad, y ya se disponía a trasladarse de su despacho a ella, no pudo hacerlo porque su jefe lo llamó para darle a leer un telefonema del Director General, diciendo que "Mejor informado, y por estar Puente Palmas, Valdemimbres y Valvanera en la jurisdicción de la Primera Brigada, dentro de la cual había sido perpetrado el mal llamado crimen de Abanal, ordenaba fuera el vagón devuelto a Valdemimbres". Y así fue hecho. Pero el Brigadier de la Itercera, no fiándose ya del teléfono, tomó el tren de Novarla. Porque "aquello no podía quedar así".

Y no quedó según se verá. Pero no ahora, por ser más importante recordar que en las conversaciones, amistosamente comenzadas y airadamente concluidas, de Retuerto y Rojas, había el último insinuado objeciones a la verosimilitud, por el otro admitida, de que en el rápido descendente Cochamba-Puertofoz hubiese regresado a esta última ciudad el hombre fue, haciéndose pasar por motorista, tomó billete para tal regreso en Valdemimbres, sin que el disfraz impidiese le viesen el chaleco de marras.

Y como Rojas presumía que el asesino había huido en alguno de los autos llegados en la noche a Valdemimbres, y creía 'la toma de billete en este pueblo, añagaza para simular falsa pista que ocultara la buena, por eso había reclamado los recocidos en Puertofoz. Suponiendo no estaría entre ellos el único expedido para esta población en dicho pueblo y en aquella noche.

Y cual supuso fue: a Puertofoz no había llegado viajero alguno procedente de Valdemimbres, unido esto a la diversidad, ya señalada, de las impresiones dactiloscópicas del Sublime y del tren 373, reveladoras de la inocencia del príncipe albanés, hizo pensar a Rojas que, así como alguien había tomado su apariencia en el viaje, también pudo tomarla al comprar el billete en Valdemimbres; y, todavía más, suplantarlo en el embarco en El Melbourne.

Pero entonces, ¿qué se ha hecho del príncipe?... ¿Dónde está?... ¿Habrá sido, él también, víctima en vez de asesino? Esta parte del monólogo de Rojas, en que sueltas preguntas y cortadas exclamaciones sustituyen a la firme y ordenada urdimbre de su anterior sesudo raciocinio, trasparenta, con su deshilachada contextura, cuándo su juicio comenzó a ofuscarse con sugestiones de apasionados resentimientos.

Pues no bastándole haber hallado medio de chinchar al comandante como lo iba a chinchar, por duplicado, con !la falta del billete en Puertofoz y con las discrepancias dactiloscópicas, ambicionó aplastarlo, desmoronándole todas sus conclusiones.

Con la malevolencia a Retuerto colaboró, en el rencoroso propósito del capitán, el recuerdo de que Celinda fue causa de su primer traspiés con él; y al recordarlo, ni por guapa, ni por desventurada se libró la 'doncella de .antipatía donde lamentablemente se enredaba la ecuanimidad indispensable a Rojas para buscar imparciales respuestas a las preguntas que se formulaba.

He aquí una muestra de cómo discurría o sofisticaba.

"La verdad es que, muerta la bailarina, solamente Celinda es, entre cuantos declaran haber visto al príncipe, quien personalmente lo conoce; pues los demás no •han visto sino a un caballero ronco como él, y como él vestido. Su identidad con el que en auto salió de Abanal para Uriz, y antes alquiló Villa-Gaya, solamente se apoya, por lo tanto, en el dicho de esa chica. Merecedora de crédito si, efectivamente, ha sido una de las víctimas; pero no si ella y el mozuelo 'de la voz bonita, que me hizo entrar en sospechas resultaren en definitiva una misma! persona". "Otra cosa conviene analizar: el suplantamiento de ella en el tren, que para el comandante es inconcuso. Este da por plenamente probado que el narcotizamiento fue anterior a la hora de paso del tren por Abanal... Pero no habiéndome dicho cómo está probado, yo no puedo tener su convencimiento. Acaso influido por simpatía demasiado calurosa... Quién sabe... La muchacha es guapa... Quién sabe. Lo malo para robustecer mi opinión es que estando la alcoba a 150 kilómetros de donde el jovenzuelo se bajó del tren, la posibilidad de que ella y él sean la misma persona se hace muy difícil, cuando no imposible... Tiene razón don Nicasio... Digo, parece tenerla, y parece imposible. Mas no siempre, en la vida, son iguales realidades y apariencias".

Siéndole duro a Rojas reconocer que el otro tuviese razón, buscaba ahincadamente modo de quitársela, sirviéndole para ello el que, así como Retuerto tenía, aun cuando lo ignorara aquel, dos pelos negros y uno rubio hallados en la cama de la doncella, aquel poseía, además de los mechones ensangrentados, tres cabellos rubios adheridos al forro de la toca de viaje de la bailarina, y otros dos, pero negros, enganchados en un agujón que la atravesaba y había de haber servido para sujetarla a la cabellera de su adueña.

A estos dos pelos se asió Rojas para decirse.

"La Celinda tiene el pelo negro... Las horas y los kilómetros podrán decir que no viajó en el rápido; pero estos pelos negros son un acusador indicio".

Arrastrado, no por convicciones, sino por apasionamientos, olvidaba la subida en Puertofoz al tren de otra pelinegra; pero como lo que quería era tener pie, siquier fuese cojeante, para seguir eslabonando hipótesis, prosiguió:

"Esto exige comprobaciones. Ya las hallaré. Pero lo que no tiene vuelta de hoja es que de estar esta muchacha complicada, cual recelo, en el crimen, su testimonio es nulo, y no prueba fuese el príncipe quien salió de Villa-Gaya para Uriz en el auto, y antes alquiló la casa de campo, ni el que antes y después ha jugado en todo lo ocurrido. Ni tampoco hace falta la agudísima nariz de don Nicasio para sospechar que, de no haber el príncipe embarcado para Australia, su desaparición parece indicio de haber sido asesinado".

"Aquí se me presenta otro dilema: si la bailarina embarcó realmente o es otra la embarcada en lugar de ella. En el primer .caso, y habiendo muerto el príncipe, tuvo Amabel que embarcar acompañada del desconocido cómplice que, por aquel se hizo pasar; pero no ya cómplice del príncipe en el asesinato de Amabel, sino de esta en el del príncipe, cuyo cuerpo sabe Dios dónde estará escondido... Pero no; estoy liándome: la bailarina, no puede haber embarcado; pues los únicos hechos que en este crimen tienen carácter de absoluta certeza son el asesinato, por mí comprobado, de esa desdichada y mi reciente descubrimiento de la inocencia del pobre hombre en ,quien don Nicasio ha descubierto un perverso asesino. Sí; pero aún quedan por examinar...".

No sigamos —pues, de seguirlo, también nos liaríamos— en sus divagaciones al capitán, habitualmente sensato, que olvidando el buen consejo de su jefe, de huir de ideas preconcebidas, se despeñaba de hipótesis en hipótesis: tan dignas de ser peliculadas para el Glorious Theatre como impropias de un perquiridor técnico.

Esta crítica es mía, de Ignotus, e hija de mi leal opinar, que halla mucho más razonadas las conclusiones de Don Nicasio que las de Rojas. Salvo en lo relativo a culpabilidad del príncipe: insostenible ya, después de los descubrimientos hechos en el Hotel Sublime. Mía exclusivamente, sin pretensión de imponer a nadie mi criterio ni el del comandante; pues en crímenes tan oscuros como estos, son, a veces, verdades de mañana, los más absurdos imposibles de hoy. Principalmente cuando tales crímenes han sido perpetrados o descubiertos por hombres excepcionales. Díganlo Sherlock Holmes, Raíles, Ruletaville y otros de tan alta prosapia criminal o tan ilustre alcurnia policíaca como ellos.

AGRIO INTERMEDIO LOGOPOLICIACO

El más humillante de los vejámenes padecidos por el expoderoso Cuerpo de Perquiridores cayó sobre él, con ocasión del ejercicio de la acción popular. Cuando, designado el detective que había de representarla, en las indagaciones del crimen o crímenes en que intervenían las dos brigadas, tuvieron Don Nicasio y Rojas que someter al fallo de él, ¡ de un detective particular no examinado!, sus personales apreciaciones, radical y fundamentalmente diferentes, pero que no por esto dejaban de ser técnicas.

El tal detective... Vaya que no; que la enrevesada palabreja me encrespa y encabrita los puntos de la pluma, y no vuelvo a emplearla. Pues creyéndome dueño de escribir cual me plazca, a mi gusto me atengo, y no vuelvo a llamarlo sino pesquisante.

UN LECTOR extranjero filo e hispanófobo.— ¡Jesús, qué mal suena eso!

Yo.—¿Le suena a usted mejor el vocablo inglés?

EL OTRO.—Ya lo creo... Además, es más expresivo.

Yo.— ¡Más!... Supongo que usted no ignora el significado de pesquisa y pesquisar.

EL OTRO.— Y supone usted bien. Y no darlo por cierto es ya una impertinencia.

Yo.— Perdone, caballero, me confundí: lo que me proponía preguntar era si conoce usted el significado de *detect* en la lengua inglesa.

EL OTRO.— ¿*Detect*...?

Yo.— Sí: el verbo *to detect*, de donde se deriva la palabra que me molesta repetir.

EL OTRO.— ¿*Detect... detect*...? A punto fijo no lo sé, pero...

Yo.— Nada tiene de particular. Nadie está obligado a saber sino su idioma. Mas si lo ignora, y, a la inversa, conoce las citadas palabras castellanas, me sorprende le parezca a usted detective más expresivo que pesquisante.

EL OTRO.— Pues sigue pareciéndomelo: detective huele a la legua a policía.

Yo.— A mí me huele más lo otro... Y sin mezcla de tufillo de extranjís.

EL OTRO.— ¡Bah! Purismos arcaicos.

Yo.— Además, no sé por qué le retoza a usted en la nariz ese perfume a policía, cuando *detect* significa "descubrir, hallar", y usted bien sabe que la policía atisba, indaga, huele y rastrea, escudriña, olfatea, remusga y persigue...

—Basta. No creo que vaya usted a...

—Acecha, barrunta, inquiere, sonsaca; espía, busca, husmea...

—Si sigue usted me voy...

—Pues paro[19]. Todo eso quiere decir, en suma, que pesquisa; mas no siempre descubre todo lo escondido, ni halla cuanto busca. Por eso no me explico que el olfato de usted no halle en pesquisante policíaca fragancia.

EL OTRO.— ¡Ea! Pues aunque usted se empeñe, no me huele, o me huele peor que detective.

Yo.— Eso ya no me extraña. Muchos como usted, a quienes apestan los aromas castizos se deleitan con hedores exóticos. Y no hablo sólo del lenguaje.

EL OTRO.— Señor Ignotus, quite usted el paño al púlpito, que se pone usted cursi... Y váyase enterando de que así es la vida moderna, de que por ahí va el mundo.

Yo.— ¡Ca! ¡Qué ha de ir! Por ahí van quienes por desconocer el vigor de su raza, e ignorar la historia de lo suyo, se menosprecian, desdeñando propias capacidades que perderán al cabo, y de raíz desceparán, si continúan obstinándose en injertar en ellas exóticos esquejes de pueblos de otras cepas.

»Injerte usted ciruelas en un plátano, plante flamboyanes en los Pirineos. Por haberse injertado cosas que en ellos no prosperan andan algunos pueblos como andan... ¡Qué han de ir por ahí los hombres que conocen la fuerza interna de sus razas!... Los que van son los inconscientes que imitando lo ajeno no llegarán a ello, y perderán lo propio, sin haberse enterado de tenerlo en casa.

EL OTRO.— ¡Valiente sierra me está usted dando! Y ha perdido usted toda la gasolina, porque no me ha llevado usted ninguna parte. Después del sermoncito estoy donde an-

---

[19] A mí no se me queda en el cuerpo porque a ese se le antoje lo que ahora se me acuerda hace la policía ; que avizora, curiosea, fisga, fisgonea, olisca, indicia, averigua, Inquiere, perquiere. Además de otras muchas cosas que de momento no recuerdo y recomiendo a ustedes busquen en el diccionario.

tes: Con lo extranjero gozo una burrada, y lo de aquí me deja *plat*.

Yo.— Pues a su gusto. Siga gozando así.

EL OTRO.— Señor Ignotus, ya me va usted cansando.

Yo.— ¡Pues usted a mí!...

EL OTRO.— Sí; pero yo le cargo a usted de gratis, mientras que usted me ha sacado las perras.

—¡Caballero!... ¿Que yo?...

—Sí, señor: las cuatro pesetas que me ha costado este libro, en el que me *taquina* usted, me aburre, y hasta quiere, ahora, *tanguearse* conmigo.

—Tome usted sus pesetas y en paz.

—Adiós, antigualla castiza.

—Adiós, monísimo... ¡Eh, eh!... Que se lleva las pesetas y el libro.

—Ahí va. No se ilusione; no quiero conservarlo. En mi vida he leído *rien de plus ennuyant*.

He perdido cuarenta perras gordas y un lector; pero me he dado el gusto de probarle a ese... y a todo el que oler sepa con narices castellanas que pesquisar, pesquisidor y pesquisante huelen mucho más a policía que detective, y que acá, sin quitar nada a nadie, tenemos modos de decirlo todo a nuestra manera.

Y todavía mejor; porque detective es incapaz de expresar, a menos de prenderle a cada paso los *colgarejos* "oficial privado", si hablamos de un funcionario público o ^e un agente libre, suelto. En tanto la rotundidad de pesquisidor dice a las claras referirse al agente revestido de autoridad; y la modestia de pesquisante sólo hace pensar en quien privadamente pesquisea.

De igual modo que cualquiera puede ser procurante en cualquier asunto, mientras sólo son procuradores en los tribunales los investidos con tal título.

Pesquisidores... Pesquisantes.

Yo soy muy imparcial; y lo demuestro volviéndome

atrás tan pronto me acomoda. Por eso, ahora, que ya no me oye aquel, confieso que pasado el hervor *controvertil*, y aun no sonándome pesquisidor ni pesquisante tan mal como detective, no acaban de sonarme bien. Aun cuando estén, que están en el diccionario.

Sin embargo, los dos vocablos, expresivos, con claras transparencias de significado, gráficos y casi pintorescos, no son eufónicos. Y como los idiomas no tienen la inflexible armazón de teoremas matemáticos, y algo ha de concederse a la eufonía y al gusto, los rechazo. Sin que por ello se me pueda tildar de inconsecuente; pues lo de antes lo dije cuando no me curaba sino de lo que olía mi nariz. Impertérrita todavía en sus trece, porque no ella, mi oído es quien ahora rechaza esas palabras.

No busco otros aromas, sino distinta música.

¿Para volver al odioso detec...? No. ¡Qué horror! Por dicha, el copioso y frondoso castellano brinda a manta salidas en todos los aprietos; y para reemplazar a pesquisidor y pesquisante me ofrece perquiridor y perquirente, que aunque no registrados en el diccionario, donde perquirir se halla, úsolos sin reparo por tener castellana prosapia. Y como mi olfato no descubre en ellos olores inquietantes, la nariz no recusa el fallo del oído.

Esto sí que es un triunfo —un triunfo mío que diría don Nicasio a estar en mi pellejo—. Porque pesquisidor y pesquisante tienen bajuna traza de algo que por los suelos va atollándose en polvo, mientras perquiridor y perquirente campan con señoril empaque por más pulcros caminos; se remontan a la región de las reflexivas inducciones y, siendo tan expresivos cual los otros, son mucho más dialécticos, su abolengo más alto.

Ya lo saben ustedes: para en adelante me quedo con perquiridor y perquirente: el primero para los solemnes funcionarios oficiales, el segundo para los activos agentes libres.

He sido un tonto: de habérseme antes ocurrido esto, no habría perdido un lector, y tendría cuatro pesetas más en el bolsillo.

XX. QUIÉN ES Y POR QUÉ SALE EN ESTA HISTO-
RIA DON OROFILO FINFLAIR

Aunque me corre prisa ver en escena al perquirente designado para ejercer la acción popular, y me espolea comezón de reseñar su primera entrevista con Retuerto y Rojas, a la fuerza refreno ambos afanes hasta haber dado a conocer en su integridad el estado en que el nuevo personaje halló las pesquisas oficiales. Para lo cual falta aún curiosear en las tareas encomendadas a los laboratorios policíacos.

Por lo pronto, los primeros estudios corroboraron lo que, sobre el veneno y los narcóticos, había dicho el laboratorio de campaña del expresillo de don Nicasio, y también confirmaron que, según dijo el ayudante químico de Rojas, era sangre la sangre de la capa y la de las diversas cosas con ella manchadas en el reservado.

Después, en los exámenes de todo lo recogido en los primeros reconocimientos, quedó definida la naturaleza de unas cosas, y pendiente de químicos análisis, o de ensayos físicos o biológicos, la de otras, que tenazmente recataban lo interno de su ser.

He aquí algunos fragmentos de lo más interesante en los dictámenes. Suficientes a dar idea del estado de la investigación científica al iniciarse la actuación popular.

Lo impreso en letra cursiva son apostillas manuscritas con que Retuerto y Rojas habían comentado los informes que a cada uno de ellos les habían ¿ido enviados. Por de contado, sin conocer ninguno de ellos los procedentes de laboratorios de la otra brigada.

DEL GABINETE CRAFOMÉTRICO:

Las pisadas vistas en el jardín proceden de múltiples idas y venidas de gran número de personas, en opuestos sentidos y entrecruzadas direcciones. Superpuestas, confundidas, borrosas, nada concreto puede deducirse del estudio de sus fotografías.

Igual dificultad embaraza la interpretación de las fotografiadas en los pasillos de la casa y en el piso del reservado.

Por el contrario, las huellas observadas en las alcobas

de *Miss* Amabel y de su sirvienta resaltan claramente, empañando la brillantez del tillado de los pisos, esmeradamente encerados y bruñidos. Dichas huellas son:

EN LA ALCOBA DE *MISS* AMABEL: Pisadas del calzado elegante de un hombre y dos mujeres. *Es de presumir sean del príncipe, la bailarina y la doncella.*

EN LA ALCOBA DE LA DONCELLA: Pisadas de las mismas tres personas. Las de la mujer de pie más pequeño están más marcadas que las de la otra; pues no sólo empañan el brillo del suelo, sino que lo han hecho desaparecer. Cual si las suelas que lo hollaron estuvieran muy húmedas.

Esta diferencia entre las huellas de las dos mujeres, no advertida en la alcoba de la señora, indica que de esta son las pisadas. Pues la humedad del calzado ha de proceder de prolongada estáñala en el jardín, a hora en que el rocío nocturno mojaba el césped. Porque Miss Cork fue quien aguardó, en aquel, la llegada del auto número 3 que de Puertofoz trajo al príncipe; y porque después tuvo que andar y estar parada un rato sobre la yerba, cuando entre los dos mataron a la perra.

DE LOS LABORATORIOS: MATERIALES RECOGIDOS EN VILLA-GAYA

EN EL SUELO DE LA ALCOBA DE LA NARCOTIZADA: Arenillas del jardín, unas cuantas hormigas, polvo de un barro gredoso, abundantes y pequeñísimas motas grises como las recogidas en la almohada, a la par que los tres cabellos. Que ahora son cuatro, porque el rubio se partió en dos al desenvolverlo de la tarjeta donde está devanado. Sin duda el calor del laboratorio lo resecó demasiado o acaso es un cabello enfermo.

La primera inspección de las motitas hace creer que no son partículas de terroso polvo inorgánico, sino fragmentillos de una sustancia orgánica. Acaso vegetal, acaso animal, pero de imposible puntualización, mientras no se terminen diversos análisis y laboriosos cultivos a que va a sometérselas.

EN LA CAMA, cuyas ropas despiden fuerte y típico olor a *patchulí*, se han hallado unos cuantos piojillos. No piojos de los "usuales" en cabezas y cuerpos de la especie humana, ni de los padecidos por cuadrúpedos o volátiles, sino de especie desconocida. Todos fallecieron durante los exámenes microscópicos; pero sus cadáveres se conservan esmeradamente en preparaciones antipútridas para que no se corrompan. Por si fuere oportuno efectuar en ellos ulteriores análisis para averiguar cuál es su familia zoológica. Hay otros un poquito mayores.

EN LA ALCOBA DE MISS AMABEL: Polvo gredoso igual al recogido en la alcoba de la doncella.

EN EL ESTUCHE DE LA JERINGUILLA HALLADA JUNTO AL CADÁVER DE LA PERRA : Piojillos como los de marras. Muertos también.

EN EL RESERVADO DEL RÁPIDO:

Además de las piezas de convicción, convenientemente guardadas en las cámaras de conservación del laboratorio de la 1ª Brigada, solamente fue encontrado un pañuelo de señora, marcado A. C., perfumado con una esencia tan indefinible como la de la toca de viaje, a causa de su extrema complejidad aromática, que dio en el pituitógrafo indicaciones incomprensibles. Se han comenzado nuevos análisis que habrán de ser engorrosos[20].

---

[20] El pituitógrafo, ya su nombre lo dice, es un aparato olfatorio, donde oficia de órgano esencial una preparación en cierto modo análoga, por composición química, a la membrana pituitaria de las narices de los seres animados. Preparación que histólogos y neurópatas, confabulados con químicos y biólogos, habían logrado fabricar después de realizados en la estructura de dicha membrana descubrimientos por el estilo de los que el doctor Mob había de hacer en el año 10.000, en el humano corazón psíquico. Según puntualizó la obra *El Amor en Siglo Cien*, de esta misma biblioteca (reeditado en versión facsímil por la editorial Libros Mablaz).

La artificial membrana del pituitógrafo no es como las nuestras; porque aun impresionándose con los olores, no comunica al aparato capacidad de oler, para lo cual la imposibilita la falta de cerebro con el que en definitiva olemos los mortales. Del mismo modo que la placa sensible de la máquina fotográfica y el disco del fonógrafo se impresionan respectivamente con la luz y el sonido as sin llegar a ver ni oír por faltarles seso.

Pero así como la fotografía es capaz, aun no viendo ella, de hacernos ver cosas que no tenemos ya delante, y en ellas particularidades que cuando las contemplábamos no vimos, por no tener nuestros ojos la agudeza visual de algunas placas o películas sensibles, del mismo modo el pituitógrafo, que por sí no huele, fotografía o, mejor dicho, *olfografía* los olores, y permite reproducirlos en cualquier lugar y tiempo. Pero no para que los olamos, sino para que los oigamos; pues los trueca en sonidos. De donde se desprende que *olfografiar* tampoco está bien dicho; pues lo realmente hecho por este aparato es *olfonografiar* aromas, hedores y perfumes. Por eso el pituitógrafo, así llamado por el vulgo, es conocido en 'los laboratorios con ©1 científico nombre de *olfonógrafo*.

No hay que sorprenderse de esta metamorfosis del olor en sonido, pues de otras semejantes están llenas la naturaleza y la ciencia.

¿No se trasforman en sonido la fuerza del palillo que golpea un tambor, y en calor de los ejes de un vagón la fuerza del giro de las ruedas? ¿No se metamorfosea el sonido de la voz en percusión que sacude la placa vibrante del micrófono receptor del teléfono con vaivenes que en el mismo aparato pasan a ser magnetismo primero, corriente eléctrica después, para tornar por el orden inverso a ser de nuevo voz en el auditivo del teléfono de llegada?

¿No canta la electricidad en el arco eléctrico de Dudle, pudiendo hacernos oír el aria de un tenor?

¿No se producen variadas notas musicales en las bombillas eléctricas de diversos tipos de Edison, Flemming, De Forest, llamadas válvulas de vacío u odiones, y usadísimas hoy en radiotelegrafía y sobre todo en la radiofonía, que tiene fascinada a media humanidad?

Y subiendo más alto. ¿No convierte el cerebro en sensibles percepciones, ideas, conocimiento, la luz que iluminando los objetos nos permite dar, nos cuenta de su forma y color, el silbido de un tren que hace saber que este se acerca; el olor del tufo de un brasero determinante de conocimiento de un peligro y de raciocinio que a su vez lo es de decisión de abrir una ventana o de salirse del aposento; el tacto por el cual distinguimos lo áspero de lo suave, lo frío de lo caliente?...

Pues todos esos son fenómenos producidos por agentes naturales, más todavía materiales —engendradores— engendramiento es la más alta modalidad de la transformación— de sensaciones, es decir percepciones nerviosas con las que ya llegamos al confín indefinido de lo material y de lo químico, en donde los fenómenos se llaman ideas, conocimiento, juicio, raciocinio, afectas, ya todo inmaterial, de donde nacen resolución, propósitos, movimiento, actos que al ser ejecutados realizan hechos con los cuales retornamos al mundo material.

¿Transformación? Esa es la esencia de la vida, esa es la vida de la naturaleza, ella es el meollo de las ciencias.

¡Cuántas y cuántas son las trasformaciones que el hombre desconoce! ¡Cuántas y cuántas no llegará jamás a conocer! Pero c u á n t a s que hubieran maravillado a nuestros ascendientes, ha realizado el hombre y a cuántas le quedan aún por realizar en cercano futuro ya entrevisto.

Óvulos de trasformaciones son la semilla de hoy, cosecha de m a ñ a n a ; la gaseosa vesícula de donde salen vapor de nube, gota de lluvia, nieve en el ventisquero, las aguas de los ríos, las olas de los océanos; transformándose con vida en la naturaleza el oxígeno que vivifica mis pulmones y el ácido carbónico que las plantas respiran, en providencial equilibrio admirable, que a ellas las nutre con sustancia que a quedar en el aire, y no ser por ellas consumida, acarrearía la muerte a las especies animales.

La savia es tierra, agua y aire trasformados. Carne y sangre, trasformaciones son de agua, alimentos, aire.

Besos prolíficos, a cuyo calor voltean mundos, corren aguas y fluyen savia y sangre, son los rayos del Sol y las atracciones de la gravitación universal: besos del Cosmos; y todavía más, caricias enviadas por el que todo lo creó, del Padre por excelencia de todo hombre: el único, voluntario, consciente, creador.

Terrenos padre y madre son frutos de la trasformación de ayer, nacidos para convertirse en gérmenes de las trasformaciones de hoy, a mañana; etapas de la incesante trasformación que, con generaciones y generaciones, va llenando los siglos. Desde que el Creador dijo a sus criaturas: "creced y multiplicaos": es decir engendrad: es decir transformaos.

Transformación es la historia, trasformación las ciencias, trasformación las artes, el estudio, la moral. Trasformación es el amor que torna amantes hoy a quienes se miraban ayer indiferentes.

Benditos gérmenes de las más altas y nobles y dichosas, trasformaciones, no de los cuerpos, sino de las almas, son los Santos Mandamientos que de la bestia humana sacan seres civilizados, que truecan al egoísta o envidioso en caritativo, al frío en férvido, al cobarde en esforzado; que en millares y millares, y millares de pusilánimes mujeres, de caducos ancianos, de débiles niños, infundio el heroísmo que los alzó a mártires.

Arrastrado por las comparaciones bien vulgares que de sí pueden dar mis modestos saberes de las ciencias físico-naturales, se me escapó la pluma, hasta llevarme a punto en el que ya no fue la pluma sino el corazón el desbocado. ¡Y cualquiera vuelve ahora a hablar de olores ni membranas! De mí sé que no tengo fuerza para tanto. Por lo cual, quédase para más adelante la descripción científica del *olotonógrafo*.

Y no se llame a engaño quien tuviese curiosidad de conocer el aparato. Pues no es pretexto para escamotearle el pituitógrafo; porque sabiendo perfectamente

186

EN LAS UÑAS DE GELINDA: Pelusas y briznas de hilillos cortos, de lana, verdes y amarillas —aquí del chaleco—, de seda violeta —estos de la corbata desgarrada— y otros grises. Los últimos son más recios que los de los otros colores. Claro: las telas para abrigos son más fuertes que las de corbatas y chalecos. Todos ellos fueron raídos de las ropas del príncipe por las uñas de Celinda cuando, a ciegas, trataba esta de defenderse.

Proceden también de estos *unguiculares* depósitos: una pulga muerta —nadie lo había creído de una chica tan pulcra—; una diminuta bolsita membranosa, dura y elástica, que pudiera ser huevo de insecto; una púa color de acero, corva y córnea, que bastante grande (dos milímetros con sesenta y tres cienmilímetros) no llega a serlo tanto como la uña de un gorrión recién nacido. Con la que, por su dureza y contextura, tiene bastante semejanza.

Motas a primera vista iguales a las recogidas en el lecho y en la almohada de la misma Celinda en cuyas uñas se encontraron estas cosas.

Salvo los hilillos, perfectamente clasificados y conocidos ya, como lana y seda, lo demás ha sido enviado a examen al laboratorio de la Facultad de Ciencias Naturales.

Hasta aquí el resumen de datos científicos, a primera vista sin relación, salvo en lo referente a las pisadas, con lo que ya nos es conocido de las pesquisas de los perquiridores.

Pero ha de tenerse en cuenta que ni todavía estaban terminados los análisis ni nuestra primera vista puede equipararse a la segunda de los perquiridores técnicos que, una vez terminados los estudios pendientes, habrían de incorporar los resultados de estos a los de aquellas pesquisas.

Para hacer de ellos piedras de toque de las conclusio-

---

cómo es, no tengo que engasar a nadie; y porque empeño mi formal palabra de darlo a conocer en otra nota. Y todo bien mirado vale más así; pues la noticia de él caerá en mejor sazón —entonces se verá el porqué— cuando lleguemos a La Clave del Crimen, segunda parte de esta historia (que Libros Mablaz reeditará prácticamente un vez se publique esta primera parte).

nes ya anticipadas sobre reconstitución del crimen y conocimiento de sus autores.

Pero, ¡ay!, que tales toques no habían de ser dados, ni formulados los fallos sobre las conclusiones de Rojas ni Retuerto, sino por el nuevo personaje de quien se ha hablado antes. Cuya mejor presentación es copiar su tarjeta, que ahí tenéis:

MAITRE OROPHILE FINFLAIR

DOCTOR DETECTIVE DE LA UNIVERSIDAD SUPERIOR DE EXTRANJÍA
SE DESCUBRE TODO.

FAMA MUNDIAL

ESPECIALISTA EN DISTRACCIONES PECUNIARIAS Y AMOROSAS. NO HAY CHEQUE FALSO, NI OLVIDADIZO CORAZÓN QUE SE LE RESISTA. BANQUEROS Y AMANTES ESTAFADOS, BUSCAD MAÑANA A

ÁGUILA POLICIACA

Y ÉL OS DEVOLVERÁ DINERO O AMOR PERDIDOS

Este Maese Finflair llegó un año antes a Novarla. Ofreció al público sus servicios, y descolló a poco sobre la nube de perquirentes privados que, habitualmente, se empleaban en indagaciones muy diversas, pero poco propias para encomendadas a la policía oficial; con frecuencia enderezadas a muy torcidos y aun tenebrosos fines, y de largo en largo en algún robo de los pocos en que los robados se mostraban parte mientras no fue instaurada la Acción Popular.

Varios meses permaneció en la capital. Ejerciendo durante los dos últimos el alto y pingüe cargo de jefe de informaciones policíacas de La Verdad; dimitiéndolo por ruidosas divergencias con Bearfest, y regresando a su país. Extranjía, de donde retornó a Novaría tres meses antes de cometerse el crimen del rápido 373, para abrir nuevamente su bufete.

La fama y crédito ganados por Finflair en su pasada

estancia, crecieron y llegaron a predicamento tan empingorotado que al ser decretada la concesión de la Acción Popular, y no obstante no haber el tiempo suavizado sus disidencias con Bearfest, no halló el Comité Supremo, por este asesorado, hombre capaz de competir con Finflair para representante y propulsor de aquella acción en el reciente crimen.

Finflair fue, pues, nombrado Perquirente del Pueblo; Finflair compareció en nombre de este en el proceso *investigatorio* y pidio y exigió, y fue árbitro de las indagaciones.

¡Cómo no, si su voz era *vox populi*!

La Verdad no dejó de ensalzar el imparcial altruismo del sr. Bearfest, que sabía posponer resentimientos muy vivos todavía contra el hombre, al interés de poner la iniciativa popular en las expertas manos del ilustre detective.

La Verdad no decía perquirente, pues ya sabemos que si su nacionalidad y su dinero eran ibermanos su alma y su cerebro eran de Extranjía.

"Pues bien notorio es que sin negarle su relevante mérito, maese Finflair no puede ser persona grata en esta casa. Lo cual no ha de torcer nuestra imparcialidad al juzgar su labor, que en asuntos de esta índole somos ante todo ibermanos".

El somos de la última frase habría sido mentira a decir soy, pues Bearfest, que escribió, más sin firmarlo, el suelto no era ibermano, sino extraneo.

Así se salió al paso de los murmuradores que suponían a La Verdad mangoneando en el Comité Supremo y llevando, trayendo, enderezando la Acción Popular hacia donde le convenía al periódico.

Para terminar con la presentación del Perquirente del Pueblo, y como explicación, válida de una vez para todas, de porqué desde los primeros pasos de su actuación se encumbró a árbitro de la perquirición, diré que en cuanto a las investigaciones concurrieran perquiridores oficiales y perquirente popular, con criterios posiblemente discrepantes, alguien había de zanjar sus diferencias y decir "por ahí". Alguien que sólo podía ser el juez actuante. Con lo que la Magistratura volvió a montarse sobre la Policía, en cuya dependencia había tascado el freno largo tiempo, acumulando en su rencor agravios sobre agravios.

Sin haber menester sobre estas íes más puntos, se comprende por qué iba a tener siempre razón Maese Finflair: era que en el reloj del tiempo había sonado la hora— los jueces no pueden ser ángeles—de un cambio de mano en la badila que, habiendo golpeado mucho tiempo nudillos de jueces, comenzaba a aporrear nudillos de perquiridores.

Y ahora, antes de hacer entrar en escena al nuevo personaje, recojámonos respetuosamente en nosotros mismos; pues llegamos al solemne instante en que el Pueblo entra en el goce de un nuevo derecho recientemente conquistado.

¡Va a actuar la soberanía de las masas!... Cual siempre, eso es sabido, por intermedio de representantes que se sacrifican para encauzar dicha soberanía y llevarla a su pleno esplendor. Y por suerte suya, ei pueblo de Ibermania había esta vez hallado un hombre, ei hombre generoso que lo representara.

Porque, maravillaos, Finflair que iba a consagrar toda su actividad a su patria de adopción no disfrutó sueldo oficial. Que en fin de cuentas poco habría aumentado los grandes gastos de las investigaciones, cuya índole secreta en casi todos exigía que él fuera ordenador de ellos.

XXI. ¿ASESINOS?... ¿VÍCTIMAS?...

La sencillez y la cortesanía de don Orófilo quitó todo aparato de solemnidad a su primer avistamiento con Retuerto y Rojas, con quienes era forzoso cambiara impresiones antes de comenzar a actuar: "De acuerdo en todo con tan dignísimos *caballergos* e *ilustrges pergquirgidorges*". Frase que demuestra la exquisita urbanidad de quien la pronunció. Con acento extranjero, que una vez consignado desaparecerá, por embarazoso de las palabras suyas que en adelante trascribamos.

Logró don Orófilo que por su parte fuera cordial aquella primera conferencia. Y no fue poco dada la prevención con que a ella llegaban los perquiridores y el empaque forense de que la revestía la presidencia del magistrado recién nombrado juez especial del proceso único, en donde se juntaron las parciales actuaciones. Mas toda la cortés mesura del perquirente no bastó a evitar acritudes y rozamientos entre otros.

Surgió el primero cuando invitados, Retuerto y Rojas, a relatar escuetamente los hechos por cada uno comprobados, se obstinaron los dos en cederse la palabra, para no hablar ninguno antes que su rival. Incidente que ya iba haciéndose agrio cuando, con toda suavidad, lo zanjó el perquirente popular, con propuesta suya, por el juez aceptada, de que en vez de hablar ellos leyera el escribano las diligencias entregadas por los jueces que cesaban.

Para no repetir cosas sabidas, salto la lectura y las cinco horas que duró, para llegar al momento importante en que dijo don Orófilo:

—Muy bien, señores, muy bien. Felicito a ambos por la habilidad y perspicacia desplegadas en las investigaciones a cargo de cada uno.

—No cuantas yo hubiera querido, y aun alcanzándolas, a no haberme faltado los billetes de que el sr. Rojas se incautó. No obstante haber sido recogidos en Puertofoz, ciudad de mi jurisdicción.

—Pero despachados en Valdemimbres, que pertenece a la de mi Brigada.

—A no haberme faltado —continuó Don Nicasio,

desdeñando la réplica como si no la oyera— piezas de convicción halladas en el reservado...

—Que yo reconocí, porque el crimen fue cometido en.,.

—Dejen eso, señores. Ya unificadas las pesquisas, han perdido importancia esas pequeñeces; pues los dos van ustedes a disfrutar con igual libertad de todo eso, y ambos podrán tomarlo todo en cuenta para formular sus personales conclusiones.

—Ya no lo necesito: lo poco que me dejó el sr. Capitán me ha sobrado para reconstituir, en lo esencial, el crimen.

—Y yo también he llegado a conclusiones.

—¡Los dos!... Los felicito, y me felicito; pues siendo de quienes son, serán luminosas tales conclusiones y facilitarán la modesta colaboración con que voy a honrarme, auxiliando los trabajos de ustedes, en asunto ya por ustedes dominado. Espero me dispensen la merced de enterarme de ellas.

—No es merced para usted, sino honor para mí—dijo Rojas fríamente; pero ya sin la *espartosa* sequedad con que al principio hablaba al perquirente.

—Con mucho gusto —el mismo que le daría la extracción de una muela —contestó Retuerto.

Mas esta doble conformidad de comandante y capitán, en dar las pedidas explicaciones, no parecía llave que abriera, sino candado que cerrara sus bocas. Porque ambos aguardaban a que empezara el otro: no queriendo ninguno clarearse hasta saber si, desde su entrevista de Abanal, había el rival rectificado sus opiniones, y conocer cuáles fueran las actuales para machacárselas mejor al exponer las propias. Pues lo único en que comandante y capitán habían llegado a pleno acuerdo era en manifestarse completamente discordantes.

Viendo Finflair que el silencio se prolongaba preguntó:

—¿Tienen ustedes alguna dificultad para comenzar?

—Como yo soy de menor categoría, no me parece correcto hablar antes que el señor comandante.

—Precisamente por subordinación debe usted comenzar, sr. capitán: los dictámenes del superior se emiten siempre sobre los previos informes de los inferiores que aprueban o rechazan.

—Planteada la cuestión de tal modo, es indudable que mis conclusiones, aprobadas por mi brigadier, no son ya mías, sino de dicha autoridad...

—¿Qué? —exclamó Retuerto.

—... y no debo darlas a conocer hasta que no sean conocidas las del sr. comandante.

—Muy hábil, muy hábil. Una jugarreta propia de los de la Primera Brigada.

—Mi comandante... Hágase cargo de que mi respetuosa subordinación a usted no puede pesar, más que la debida a mi Brigadier, y de que me es penoso oír ofensas a mi Brigada.

—¡Caballeros! ¡Por Dios!... Yo espero, y suplico, y confío que depongan esas actitudes.

—No suplique nada, sr. Finflair —dijo el juez—. No es necesario; pues yo declaro terminado este lamentable incidente; apercibo a los promotores de él y ordeno que hable inmediatamente el que antes haya comenzado a actuar.

—Entonces, al capitán le toca; pues en la mañana del trece estuvo ya en el puente, y yo no llegué a Abanal hasta la tarde.

—Discrepo. Mi actuación no empezó realmente hasta el reconocimiento del reservado, hecho en la mañana del catorce.

—Eso son subterfugios.

—Las de usted, coacciones.

—Basta, basta. Queda terminado este segundo incidente, y si dan lugar al tercero, me veré en el caso...

—No, no, sr. juez. En nombre de la Acción Popular que represento, ruego a su señoría rendidísimamente me ayude a solventar estas dificultades sin violencia, restableciendo la armonía que entre nosotros debe haber... Creo tener para ello solución; y si S. S. lo permite.

—Hable el sr. Perquirente Popular.

—Sin molestar a ninguno de estos caballeros, y respetando sus legítimos escrúpulos, vea yo modo de que hablen los dos y ninguno primero.

—¿Cómo? ¡A la vez! No nos entenderemos.

—No, sr. juez, hablando yo primero.

—¡Ah!

—Sí. La lectura de las actuaciones ya me ha dado algún conocimiento del asunto, que espero ha de permitirme dirigir a estos caballeros preguntas concretas que ellos contestarán.

—Sí; pero alguno habrá de ser el primero en contestarlas. Y si ambos se encastillan en lo de antes, siempre habré de ser yo quien, al fin, resuelva la prelación entre ellos.

—No es necesario, sr. Juez. Digo, no lo será si V. S. tiene a bien responder que el orden de contestación a mis preguntas sea alternativo: a una contestará el sr. comandante, por ejemplo, en primer lugar, y en segundo el sr. capitán; a la siguiente, responderá este antes que aquel; en la tercera seguiremos el tumo de la primera, en la cuarta el de la segunda, así hasta terminar.

—Bien, bien.

—Muy bien.

—Sí; ¿pero quién va a contestar primero a la primera? —preguntó escamado el inflexible don Nicasio.

—Quien designe la suerte —contestó don Orófilo— lanzando a lo alto una moneda de un país del África Ecuatorial, con un avestruz estampado en el anverso y un cocodrilo en el reverso, y diciendo al hacerlo—: Retuerto avestruz, Rojas cocodrilo.

¡Qué vergüenza!: la intestina guerra que dividía a los perquiridores había dado ya lugar a la intervención extranjera. Porque extranjera era la moneda y extranjero Finflair, que al verla caer dijo—: Avestruz, Retuerto.

Con gran satisfacción del taimado cocodrilo, que disimulaba una sonrisa al ver que el comandante hablaría el primero.

—Siéndome ya conocido lo que no es aún desconocido a ustedes —dijo don Orófilo—, y a reserva de que después me frustren, redactando sendas memorias justificativas de sus respuestas de ahora, creo conveniente, salvando sus estimadísimos criterios, que en este primer cambio de impresiones me contesten con la mayor concisión posible. ¿Están ustedes de acuerdo en ello?

—Ea, pregunte ya; pregunte —apremió el juez, por parecerle melifluidad excesiva la del perquirente, y acuciarlo a él deseo de apresurar aquella interminable conferencia—. Ya hemos perdido demasiado tiempo.

DON ORÓFILO.— Procuraré recuperarlo, sr. juez. Primeramente desearía conocer la opinión de usted, sr. Retuerto, sobre la personalidad de la víctima.

RETUERTO.— No es una, sino dos.

DON ORÓFILO.— Yo no me acordaba de la perra.

RET.— Ni yo. Es que además de ésa hay dos víctimas: una de asesinato consumado, *Miss* Amabel Cork, la bailarina saxonesa, y otra Celinda Rodríguez, víctima incompleta, y que...

JUEZ.— Basta, ya está contestada la pregunta.

DON ORÓ.— Supongo que usted tendrá igual opinión, sr. Rojas.

ROJ.— No, señor: las víctimas del asesinato son el príncipe de Amfiloquia y *Miss* Amabel.

RET.— ¡Ave María Purísima!

JUEZ.— Sr. comandante, absténgase de exclamaciones improcedentes.

RET.— Pero es que yo debo oponer...

JUEZ.— Usted no tiene sino contestar cuando le pregunten.

DON ORÓ.— No se moleste, amigo mío. Tome nota para decirme cuanto quiera en la memoria; pues leeré con sumo gusto todos sus alegatos... Ahora toca a usted, Sr. Rojas, ser quien primero conteste a la segunda pregunta. ¿Cuál es su criterio acerca del autor o autores de los crímenes?

ROJ.— Para mí los autores son dos. Sin que todavía pueda puntualizar la medida en que cada uno...

DON ORÓ.— ¿Quiénes?

ROJ.— Desde luego el desconocido que mató a Garbosa y una cómplice que, según mis estudios, no puede haber sido sino la bailarina, antes, claro es, de haber sido asesinada, o su doncella.

RET.— (En el colmo del asombro.) ¿La donce...

DON ORÓ.— ¿La presunta envenenada, la seudosuicida?

ROJ.— Sí, señor Perquirente. .

RET.— (Indignadísimo.) Sr. juez, solicito conste en acta una recusación que voy a...

JUEZ.— ¿Una recusación? ¡Contra mí!

RET.— De ningún modo. Recuso al señor capitán Rojas, que no debe actuar en venideras investigaciones de este crimen en que lo incapacita para intervenir aneja prevención e inveterada mala voluntad, que me consta tiene contra la pobre inocente que...

ROJ.— Y yo protesto contra esa malévola e indigna afir...

DON ORÓ.— Señores, señores. ¡Dos camaradas! ¡Dos tan inteligentísimos y ecuánimes funcionarios!

JUEZ.— Señor escribano: abra pieza nueva para tramitar la recusación por separado, cuando yo lo disponga; y tan pronto recusante y recusado hayan constituido las procedentes fianzas pecuniarias.

»Queda terminado este incidente. Al sr. comandante cumple, ahora, no seguir demorando su respuesta a la pregunta, ya contestada por el capitán, sobre quiénes fueron en su entender los asesinos.

RET.— Ese príncipe caído, apoderado de bailarinas.

DON ORÓ.— ¡Cómo! ¿El mismo que...?

RET.— Sí, el mismísimo que el sr. Rojas cree víctima.

ROJ.— Con el mismo derecho y más razón que usted cree lo es la doncella de la voz bonita.

RET.— ¡Víctima el príncipe!... ¡Ja, ja, ja!

JUEZ.— Como este es el tercer apercibimiento que hago al Sr. Retuerto, pagará por esa risa extemporánea multa de medio mes de sueldo.

ROJ.—¡Ja, ja, ja !

JUEZ.—Y al sr. Rojas, por iguales extemporáneas carcajadas, satisfará la misma multa. Y ahora continúe el sr. Retuerto su respuesta.

RET.— Entre el príncipe y una desconocida, que subió al tren en Puertofoz, asesinaron a *Miss* Amabel en el reservado, Pero antes había esta intentado envenenar a su doncella mientras la sujetaba el príncipe.

DON ORÓ.—Según eso, usted cree que el príncipe es responsable de dos asesinatos.

RET.— No digo tanto... Del de la bailarina, sí: móvil, el robo. Pero del de Celinda, tal vez sea su ama la única culpable.

DON ORÓ.— ¿Cómo, si él la sujetó para que la otra le inyectara el veneno?

RET.— Porque acaso él supiera que el irasco no contenía cianuro; porque pudo ser él quien trocó las etiquetas de los empleados con la perra y la doncella.

»En cuanto al desconocido, es cómplice directo en el robo, indirecto no más en el asesinato de la bailarina y tal vez en el de Garbosa, muerta a manos de la Amabel y de Epaminondas.

DON ORÓ.— ¿Epaminondas?... ¿Es ese un nuevo criminal?

RET.— No, señor: ese es el nombre de pila del príncipe.

DON ORÓ.— Ya... Entonces, vamos a otra cosa y hágame el obsequio de decirme, pues ahora está usted en el primer turno. ¿Qué opina sobre las horas de los crímenes?

JUEZ.— Será mañana. Porque ya dura siete horas esta diligencia y es tiempo de comer.

XXI.   EL CRIMEN DE DON NICASIO

A la tarde siguiente fue reanudada la conferencia. A la que comandante y capitán concurrieron, no más templados de ánimos, porque la de la víspera habíales enconado sus puntillosas malquerencias, pero con lenguas amansadas con la azotaina pecuniaria.

Antes de llegar ellos habían platicado el juez y el perquirente. Pues el primero quería enterarse de si aún quedaban muchas preguntas por hacer. Satisfecho su deseo, le asustó la larga ristra de las consignadas en el memorándum de Don Orófilo; y al cabo ya desde la víspera, de la pachorra con que el águila policíaca tomaba aquella investigación preliminar, receló que sus curiosidades darían cuerda a comandante y capitán para parlar varias sesiones, y ocasión de enzarzarse en peleas nuevas. Y dispuesto a impedir se convirtiera su sospecha en realidad, que no quería aguantar, decidió poner cuanto antes en franquía al perquirente y los perquiridores para que solos anduvieran sin molestarlo a él.

Al efecto propuso, con todos los debidos respetos al vocero del pueblo, variación de programa, que comenzó a exponer y don Orófilo no le dejó acabar; pues percatándose en seguida de lo que el juez quería, se avino a ello, sin darle tiempo de decirla por entero. Corroborando así, cual ya había demostrado la víspera que suave ductilidad era la norma de sus procederes en el trato con todos.

Concordantes con este previo acuerdo fueron las primeras palabras dichas por el juez, en cuanto Rojas y Retuerto entraron en la estancia.

JUEZ.— Para evitar repeticiones a que es ocasionado el sistema de preguntas y respuestas, he resuelto que cada uno de ustedes haga una sumaria exposición —sumaria he dicho— de cómo en su entender se realizaron los hechos criminosos. Tiene usted la palabra, sr. Retuerto.

RET.— (Tímidamente.) No recuerdo si yo era quien estaba en turno.

JUEZ. —Ni yo. Mas si no estaba, lo pongo yo. Y no creo dé usted lugar a otro apercibimiento, que sería aún más...

RET.— No, no, señor. Voy a hablar, voy a hablar.

JUEZ.— Pero poco, ¿eh?: estrechando en breves palabras el discurso: sin comentarios; a estilo telegráfico.

Pensando en defender, no media paga, sino una entera, que por lo corto había de costarle imprudencia que pudiere ser causa de un cuarto apercibimiento, comenzó don Nicasio el telegrama del siguiente modo:

'"Mañana trece, príncipe habla consignatarios Puertofoz; compra cuchillo, dos gorras, sobretodo, sombrerera varias tiendas; compra reservado Cochamba. En tal estilo relató don Nicasio cuanto ya hemos leído en su libro de notas, pero agregando —cosa que aún ignoramos y sumamente interesante— que después de almorzar en el hotel Grand Monde, tomó el príncipe el tren de las 2 y 55, llegando a Villa-Gaya a las cinco y minutos, con anterioridad a la llegada de la bailarina y su doncella; y saliendo de allá, a las seis, en el auto abierto del motorista núm. 1, que de Novaría las había traído a ellas.

Desde dicha hora hasta las ocho y cuarto de la noche, que en auto abierto llegó al garaje de Puertofoz, tuvo tiempo sobradísimo para narcotizar al núm. 1 y dejarlo en Uriz (siete menos cuarto); tomar en el auto al desconocido cómplice, aguardante punto pasó antemano convenido, volver Puertofoz y tomar 3 cerrado, es decir el coche del motorista de este número.

Que el tiempo a que se refería era sobrado lo demostraban los cuadros de horas y distancia que enseñaba don Nicasio, diciendo que sería prolijidad examinarlos entonces. Comprendiendo que el juez no (entendería cupieran tales comprobaciones en el telegrama. Dato interesante: las ropas y sombrerera compradas de mañana en las correrías efectuadas antes de dejar el auto 2, se fueron en el automóvil abierto que llevó al príncipe al garaje cuando a la noche fue allí para tomar el núm. 8. El citado auto abierto partió a la carrera tan pronto 1 soltó al príncipe, y en tal coche se fue el consabido cómplice, que con aquel venía disfrazado de motorista.

Siguió a esto noticia, que por las notas de don Nicasio nos es ya conocida, de la compra, por intermedio de un mozo de estación, del billete de 2ª a Valdemimbres, destinado a la mujer a quien lo entregó el príncipe a la puerta del vestíbulo de aquella.

En auto 3 llega príncipe a Villa-Gaya. Toma través verja llave le da Amabel. Abre, cierra, encierra núm. 3 garaje.

Diez y media noche. Primer atentado perra: autores Amabel y Epaminondas, hora incierta entre la anterior y las 10 y 52, hora exacta del fracasado envenenamiento de Celinda. Y hasta 11 y 35 pasó rápido Abanal, tiempo holgado para criminal pareja trasladarse estación, discante puerta jardín ciento setenta metros.

Se ha subrayado la frase "criminal pareja", no solamente por haberla recalcado don Nicasio, sino por haber sido causa de que el juez le dijera, con su miaja de sorna:

—Sr. comandante: adjetivos y artículos huelgan en el conciso estilo telegráfico que he recomendado.

—Los suprimiré en lo sucesivo.

—Tampoco hay necesidad de decir el príncipe de Amfiloquia, la Flying Girl, ni Celinda Rodríguez, sino Anfi, Girl y Celi.

—Sí, señor. Precisamente es lo que hago en mi libro de memorias... Y si V. S. quiere, no usaré sino las iniciales.

—No es necesario tanto.

—O les pondré número como a los motoristas.

—¡No, por Dios! —objetó, asustado, don Orófilo—. Íbamos a necesitar un índice clave. Y sería muy incómodo.

—Puede *used* continuar, sr. Retuerto.

—Con la venia de su señoría.

Con menos concisión que don Nicasio; pues a mí no me apremia amenaza de multa, y todavía ignora el lector lo que seguidamente dijo aquel, haré saber que en opinión del comandante el asesinato de Amabel fue cometido a poco de salir de Abanal. "De aquí prisa Amfi picaran pronto billetes, y entrara reservado fingida doncella. Para 'que cadáver arrojado río saliera mar antes movilizadas barcas pesquisa trece media tarde".

—¡Cómo! ¿Pero usted cree que los asesinos tuvieron en cuenta esas pesquisas póstumas?

—No, sr. Perquirente. La precipitación con que hablo ha sido causa de que diga "para en vez de por", y de que haya suprimido "sino". Lo que quería yo decir era que si no se hubiese cometido el asesinato a poco de salir de Abanal, sino cerca ya de Puente Palmas, habría sido hallado el cadáver por las barcas. Pues conociendo la velocidad de la corriente del río, puedo afirmar que esta no habría tenido tiempo de llevarlo a alta mar hasta después de anochecido. No hay sino ver la distancia en el plano, y la velocidad del río que tengo anotada.

—Ya, ya. Siga, don Nicasio. Es interesantísima esa versión, que me parece muy bien fundamentada en sus oportunísimos cálculos de velocidades.

—Mil gracias, don Orófilo —contestó Retuerto echando a Rojas una mirada de olímpico desdén. Contestada con una sonrisa irónica, que parecía decir: "Aguarda, aguarda: que todavía no he hablado yo; y al freír será el reír".

Una vez puntualizado, dos o tres kilómetros más o menos, el lugar de la vía donde debió de cometerse el crimen, repitió Retuerto la versión que en el capítulo XII le oímos dar a Rojas de la fuga de los asesinos: el príncipe en el rápido descendente, con el billete tomado en Valdemimbres y disfraz, que no le valió, de motorista. De dicho tren se había bajado en Abanal para volver a Villa-Gaya por la puerta trasera.

Al oír esto, hizo Rojas un brusco movimiento de sorpresa. Desagradable si hacemos caso del gesto de disgusto que a don Orófilo le despertó curiosidad, insatisfecha entonces.

La nuestra no va a tener tan mala suerte; pues sabemos que en no haber sido recogido en Puertofoz el billete para allí tomado en Valdemimbres, por quien dejó le vieran los lunares verdes, fundaba Rojas su convencimiento de que el matador de Amabel no había regresado en el rápido descendente; y sabiéndolo, se nos alcanza la inesperada afirmación de que no en Puertofoz, sino en Abanal, había bajado aquel hombre que a comandante y capitán se les había perdido —ya fuera el príncipe como el uno quería, o su contrafigura cual pensaba el otro—, echaba por tierra argumento base de aquella convicción. Imposible ya de ser declarada sin riesgo de que Retuerto contestara "que el billete para Puertofoz había sido recogido en Abanal", y aun lo enseñara. Por ello, para huir de enredarse en tal lazo, dijo Rojas:

—Señor juez, con la venia de su señoría.

—¿Qué?

—Desearía autorización para hacer una pregunta.

—No hay preguntas.

—Es muy interesante para el esclarecimiento de este crimen.

—Todo lo que aquí se dice tiene el mismo interés, Y si cada uno cree lo suyo lo más interesante, no acabaremos nunca.

—En nombre de mis representados, me permito suplicar a su señoría, si su señoría me lo permite, que conceda a los señores perquiridores cuanta benevolencia sea posible dispensarlos, y les dé cuantas facilidades pidan para el cumplimiento de su importante cometido.

—Haga su pregunta el sr. Capitán.

—Desearía merecer de mi digno jefe.

—¡Ah! ¿Va conmigo esa curiosidad?

—Sí, mi comandante. Como acaso mis datos puedan ser utilizables en la labor que usted va realizando...

—Bien, ¿qué? —gruñó don Nicasio, interrumpiendo a su subordinado en el tono que podría emplear para decir "'eres turco y no te creo".

—Que como ahora presiento algunas concordancias.

—¡Ah! ¿De modo que ahora concordamos?... ¿Qué quiere usted preguntar?

—Si en Abanal ha sido recogido el billete de Valdemimbres a Puertofoz.

—Ya... Ya... Cuando en la continuación de mi relato llegue oportuno momento, verá usted satisfecho su interés de saberlo —replicó el preguntado con el firme propósito de olvidar tal respuesta en lo que le quedaba por decir.

—Mil gracias, mi Comandante—dijo Rojas. Y sonriendo muy alegre pensó: «no me la das, y ya me has contestado: ese billete no llegó a Abanal. Puedo usar mi argumento y aplastarte con él».

—Prosiga, sr. Retuerto.

"En tanto príncipe viaja tren retorno, fingida doncella ahora disfrazada hombre sube Valdemimbres auto cómplice. Este la trae puerta trasera jardín a reunirse en Villa-Gaya a príncipe, allá llegado, cual se ha visto, en descendente Cochamba-Puertofoz. Vase cómplice, ya lo encontraremos, abandonando auto.

»Vuelve ponerse ella traje mujer traía atacapas. Ella y príncipe despiertan motorista, suben auto los lleva muelle Puertofoz. Embarco Australia".

—Doy a usted mi más cumplida enhorabuena, sr. Retuerto. Es magistral y clarividentísimo el informe que acaba usted de evacuar; fundamentado, riguroso: un prodigio de lógica y sesuda observación.

—No está mal; es verdad —agregó el juez.

—Mil gracias, mil gracias.

Era de ver la cara de triunfo del perquiridor de la 3ª Brigada. No vista por el capitán de la 1ª por estar mirando, con ojos de basilisco, al perquirente popular.

Por el estilo de los que hacia el mismo don Orófilo volvió en seguida don Nicasio al oírle decir:

—Ahora aguardo impaciente el dictamen del ilustre sr. capitán Rojas, de cuya conocida competencia altísima y notorio talento no espero menos que de las capacidades de su jefe.

XXII. EL PRINCIPE Y SU CONTRAFIGURA

Ya Rojas se disponía a hablar, cuando manifestó Retuerto que habiéndole sido permitido a aquel hacer preguntas fuera de los turnos en que le correspondía usar de la palabra, él recababa, invocando el precedente, igual derecho para sí.

Por equidad hubo de reconocérselo el juez, quien concedido el uso, no pudo enfrenar el abuso. Pues cuando, preguntado por su contrincante, contestaba Rojas, hacíalo con respuestas en que no limitándose a defenderse, envolvía ataques nuevos.

Y ni habría sido justo cercenar a don Nicasio medios de defenderse de ellos, ni de haberlo Su Señoría intentado habríalo él consentido. Porque su indignación, hinchada con los vejigatorios de la insidiosa crítica de su subordinado, enardeciósele, subiendo a heroica decisión de dejarse en las garras del juez todo el sueldo de un año, sil preciso fuere, para no tolerar que aquel capitancillo hollara su dignidad ni mancillara su profesional crédito de sesudo y perspicaz.

Así degeneró la conferencia en apasionada discusión, cortada por menudeantes incidentes agrios. Embarullando lo esencial en lo controvertido, y agotando la paciencia del juez, que alegando quehaceres oficiales se marchó a la calle. Dejando al perquirente que se las bandeara con los perquiridores.

Fundándose en la discrepancia entre la huella dactilar del grifo del reservado y las halladas en el Hotel Sublime, negó Rojas que el príncipe hubiese viajado en el rápido 373, cual pretendía Retuerto. Sin que ello tuviese más alcance que negar su personal cooperación directa en el asesinato, pero no la mediata complicidad en él y en el robo del collar.

Faltándole, sin duda, resolución para apuñalar por sí mismo a su novia, había encargado de ello al desconocido cómplice. Tampoco era él quien en la mañana del doce y a primera hora de la noche del doce al trece había estado en Puertofoz; sino el otro, vestido con ropas iguales o por lo menos parecidas a las del príncipe, fingiendo su ronquera y su acento extranjero.

Todo sin más finalidad que dar con sus poco disimuladas idas y venidas pistas falsas a la Policía. "Pues si no, ¿en qué cabeza cabe —son palabras textuales de Rojas, que hicieron mucha impresión a Retuerto— ni quién puede atribuir a

205

un asesino, cuya fría meditación está a la vista, la simpleza de vestirse, para cometer un crimen, ropas estrepitosamente llamativas; y hacerse ver con ellas de más de una docena de personas; y con ellas irse a comprar el cuchillo para el asesinato, los billetes, etc., etc.?... Para no ver en todo eso un oculto, pero deliberado propósito, en quien tal hace, de que lo vean bien, preciso es ser muy cándido".

A causa de ese y otros enredos de pistas, había pensado Rojas, pero por poco tiempo, que bien pudiera no ser tampoco el príncipe, sino su cómplice, quien por la tarde estuvo en Villa-Gaya y salió de allí en el auto que trajo de Novarla a Amabel.

Pero después de bien analizados datos y compulsados tiempos y distancias, resultaba que el citado automóvil era un coche de población o paseo, con velocidad máxima de 75 u 80 kilómetros por hora, incapaz de hacer el recorrido Abanal, Uriz, Puertofoz, desde las seis de la tarde a que salió el príncipe de Abanal, hasta la hora en que llegaron al garaje de Puertofoz el auto que Retuerto suponía ser aquel, y el hombre en él llegado para tomar el cerrado núm. 3.

Apenas sentó Rojas esta afirmación, comenzó su rival a consultar muy excitado su cuaderno de apuntaciones; y en seguida dejó estallar su nerviosidad en esta contestación:

—No es usted el primero que hace esa sencilla cuenta, que corrobora mi opinión, pero en la cual se ha equivocado usted; pues 42 kilómetros de Abanal a Uriz, donde quedó el motorista, más otros tantos de Uriz a Abanal, más 88 de Abanal a Puertofoz hacen 172 que a dicha marcha máxima equivalente a kilómetro y tercio por minuto pueden recorrerse en 129 minutos. Creo que sé sumar y que nada tendrá usted que objetar a este cálculo.

El príncipe toma a través de la verja la llave que le da
Amabel (Cap. XXII)

—Nada, mi comandante.

—Pues entonces, como desde las seis de la salida de
Abanal a las ocho y cuarto de la llegada a Puertofoz media-
ron 135 minutos todavía, me sobran seis.

—No, señor. Faltan cincuenta y cuatro.

—¡Qué atrocidad!... Sobran seis... Digo: dos horas a 60
más 15 del cuarto hacen 135, menos 129 necesarios para el
viaje.

—Eso estaría muy bien si dispusiera usted para él de
dos horas y cuarto; pero como no tiene sino cinco cuartos de
hora.

—¡Ah! Si a usted se le antoja fumarse una hora... Me parece que desde las seis hasta las ocho y cuarto no van cinco sino nueve cuartos de hora.

—Irían si esas horas se hubieran mirado las dos en Abanal o las dos en Puertofoz.

—¿Cómo, cómo? —preguntó ya un tanto sobresaltado don Nicasio.

—Pero no habiéndose mirado una en Abanal y otra en Puertofoz, separados por el meridiano de salto de hora.

—¿Qué trampantojos son esos?... Abanal pertenece a mi brigada: a la de Puertofoz.

—Pero a diferente huso horario internacional; pues el meridiano límite del de Novaría y Puertofoz con el contiguo, deja muy cerca, sí, pero fuera de él a Abanal. Por lo tanto, cuando en Puertofoz marcaban los relojes las 8 y 15, los de Abanal no señalaban sino las 7 y 15 y, por lo tanto, sólo hacía cinco cuartos de hora que de allí había salido el automóvil.

»No hay, pues, que decir 135 minutos menos 129, sobran seis, sino 75 menos 129 faltan 54. Aun sin contar el tiempo necesario para arrancar la chapa de matrícula y recoger al cómplice, que usted supone llegó con el príncipe a la cochera dé Puertofoz, y salió de estampía en el auto en cuanto soltó a este, ni el invertido en dejar en Uriz al motorista dormido.

—No puede ser, no puede ser. Ha de haber en eso alguna inadvertencia —dijo sin convicción y consternado don Nicasio.

Sólo por decir algo y no rendirse desde luego a discreción. Pues ya había caído en la cuenta, pero tarde, de que al hacer las suyas habíasele pasado hacer intervenir en ellas las circunstancia de que a pocos kilómetros —y de aquí su inadvertencia— al este de Abanal estaba el meridiano límite de dos1 husos horarios internacionales contiguos; y que por tanto los relojes de Puertofoz estaban adelantados una hora con respecto a los de aquel pueblo.

—La comprobación de todo esto es bien sencilla, no

exige sino preguntar en el observatorio astronómico, o aun sin eso ir con un reloj desde Abanal a Puertofoz[21].

---

[21] En veinticuatro horas transcurridas entre dos consecutivos mediodías de cualquier y mismo lugar de la Tierra, muestra esta al Sol su redondez entera; y dividiéndose esta geográficamente en 360 grados de arco, el Sol parece moverse sobre ella con velocidad de 15 grados por hora. Igual en el Ecuador a 1.666 kilómetros, a 1.545 en los trópicos y a 732 en los círculos polares. Por eso dicen astrónomos y marinos que una hora de tiempo es igual a 15° de longitud.

De otro modo, considerando dos lugares de longitudes discrepantes en 15°, por ejemplo Venecia y Almería, o Sao Paulo (Brasil) y Bahía Blanca (Argentina), o Las Bocas del Amazonas y Lima, quiere lo anterior decir que el sol sale en Almería, Bahía Blanca y Lima una hora después de las de sus ortos respectivos en Venecia, Sao Paulo y el Amazonas, porque estos últimos lugares están a oriente de los primeros.

Así, de marcar los relojes horas locales resultaría que los de Almería, Bahía, Lima, señalarían una hora menos que las que en los mismos instantes marcaran los de Venecia, Sao Paulo, Bocas.

Pero las continuas diferencias de horas de unos a otros lugares, si inconvenientes antaño, se hicieron sensibles al implantarse los rápidos medios modernos de locomoción, complicando el tráfago ferroviario, dando esto origen en el último tercio del siglo XIX a acuerdo Internacional científico, que propugnó la conveniencia de suprimir p r á c t i c a m e n t e estas diferencias entre lugares en los cuales no excedieran de sesenta minutos, dividiendo para ello la Tierra en 24 husos esféricos horarios de una hora —cual si dijéramos gajos de 15 grados de la naranja terrestre— y proponiendo que en todas las poblaciones de cada huso rigiese como hora única en él la del meridiano del más importante observatorio astronómico existente en el huso.

Unos en pos de otros fueron adhiriéndose al acuerdo los países civilizaos —España en 1900—, y así, por ejemplo, los relojes de Madrid van adelantados 10 m. y 4 s. con respecto a la hora local, por ir de acuerdo con los del Observatorio de Greenwich, que tiene tal adelanto con respecto a los del Observatorio de Madrid.

Consecuencia práctica que en dos poblaciones a diferentes lados de un meridiano límite de separación de dos contiguos husos horarios, sus relojes marcan en un mismo instante horas que difieren en una, aun cuando dichas poblaciones se hallen cercanas.

Este es el caso de Abanal y Puertofoz, respectivamente situados al oeste y al este de uno de dichos meridianos límites, y así cuando:

En Puertofoz eran las 6, en Abanal eran las 5.

En Puertofoz eran las 7, en Abanal eran las 6.

En Puertofoz eran las 8, en Abanal eran las 7.

—Ya, ya veremos eso más adelante. Ahora urge más que prosiga usted su exposición —contestó el suavísimo Finflair pa ra sacar a don Nicasio del grave aprieto del momento.

Aquel rayo, que anonadaba al comandante, iluminaba clara imposibilidad de que el de los lunares, visto en Abanal y Uriz, fuera el de los lunares que estaba en Puertofoz a las ocho y cuarto. Luego el último era una contrafigura de Don Epaminondas. Y tal imposibilidad, unida a la ya vista y demostrada con la discrepancia de las huellas dactiloscópicas por uno y otro dejadas en el rápido y en el Sublime constituían ya evidencia de simultáneas correrías en lugares entre sí lejanos de dos hombres diferentes igualmente vestidos.

"Que están ya desenredadas —prosiguió Rojas—.De Puertofoz arranca el rastro del fingido príncipe; de Villa-Gaya el del verdadero".

Siguiéndolos por separado, resultaba del informe de Rojas que, el dormido motorista conocía desde Novarla al príncipe, por haberlo llevado muchas veces en su coche con la bailarina, no cabiendo por lo tanto duda de que este fue quien con aquel había salido de Villa-Gaya y llegado a Uriz. Esta era, pues, la pista del novio de Amabel.

La del otro estaba clara. En vez de meterse, después de almorzar, en los complicados ajetreos supuestos por Don Nicasio, habría dormido la siesta. En el hotel de la estación o donde se le antojara. O no la habría dormido, si le dio gana de hacer otra cosa. Pues su encargo al camarero de 'que lo avisara con tiempo de tomar el tren-tranvía de Abanal no constituía prueba de que lo tomara, sino de su deseo de hacer creer que iba a tomarlo.

"El misterioso" auto, que lo dejó a la puerta del garaje, nada tenía de misterioso; pues pudo ser cualquiera, pero nunca el del viaje Abanal-Uriz-Puertofoz, porque estaba ya vista la imposibilidad de semejante viaje en el tiempo que se

---

En Puertofoz eran las 9, en Abanal eran las 8.

supuso fue hecho.

La compra del billete para Valdemimbres, por mano del mozo de la estación de Puertofoz: los paseos delante de la fachada de ella, exhibiéndose en paraje inundado de luz y hormigueante con viajeros y empleados del tráfico; la conversación, en las mismas narices del motorista, que cuatro pasos lo aguardaba, con la desconocida del vestíbulo, exterioridades, y nada más, del fingido príncipe para dejar pista que se creyera de este, e impidiera ver por dónde andaba a tal hora el verdadero.

La mujer con quien habló sería una pobre viajera, ajena al crimen, y a la cual se dirigiría haciéndole una pregunta sin importancia y con cualquier pretexto. Objeto de aquel brevísimo cambio de palabras —de las que pudieron ser las últimas, "Perdone, señora, he confundido a usted con una amiga mía"— hacer pensar en la fantástica cómplice, en la supuesta doncella inventada para tapar la participación de la verdadera en el asesinato y el robo de su ama.

"Después de esto —habla Rojas—v vuelve nuestro hombre al auto; llega a Abanal, donde le abre la verja, no Amabel, cual se ha supuesto equivocadamente, sino Celinda...

»No es posible saber qué pretexto daría este hombre a la bailarina para que esta, que no pensaba hacer el viaje a "Puertofoz sino de madrugada, en su automóvil y en compañía del príncipe, se decidiera a efectuarlo en el tren. Ignorar--do seguramente la infeliz que iba a subir en uno que la alejaba del puerto en vez de llevarla a él. No es posible saberlo; mas sí forzoso el admitir que quien llegaba en lugar de Epaminondas había de ser persona de la amistad de la bailarina, puesto que con él se fue. Tal vez confiada en algún enredo previamente urdido, por su traidor novio, para engañarla, del que acaso la habría este prevenido antes de separarse de ella por la tarde; tal vez algún recado a última hora traído por el otro bribón..."

Dejando lo inseguro, y ateniéndose sólo a lo cierto y lo probado, probado estaba, explíquese como quiera el porqué, que al rápido subió ella en compañía de un hombre vestido como el de Puertofoz; y que este hombre, que a despecho de su avispada precaución, dejó en el grifo del lavabo del tren impresión digital inconfundible con la del príncipe, no era el príncipe.

Pero aún quedaba más, porque dentro de toda probabilidad pensaba Rojas que la bailarina y su acompañante no fueron los únicos que en Abanal subieron al tren, sino que a la par subió Celinda. Pues no sólo habría sido muy extraño que a Amabel, a quien no se querría dar ocasión de desconfianza, no le sorprendiese se quedara su doncella cuando ella se marchaba, sino porque la historia de la supuesta doncella, de quien se pretendió hacer creer había montado en Puertofoz, y a quien no había visto el revisor al picar los billetes a la salida de allí, tenía toda la facha de un embeleco. Pues no sólo no la había visto él, sino que cuando en el vagón de segunda preguntó por ella a los viajeros que lo ocupaban, ninguno dio razón de haber visto a tal mujer.

El reciente percance de las horas tenía a Don Nicasio mortecino, y atento solo al esfuerzo mental exigido por su tenaz, y no mollar empeño, de buscar modo de estirar la velocidad del automóvil de marras, o de correr al occidente aquel pícaro meridiano límite que le había estropeado la hora de Abanal y derrumbádole la reconstitución del crimen, dictada por rigurosa lógica y fundada en multitud de incontestables hechos comprobados. Por tal causa no había vuelto a decir palabra desde entonces, ni cuidádose de recoger ninguna de las punzantes indirectas de Rojas, que había resuelto desdeñar.

Pero los más firmes propósitos de los hombres más fríos, fallan a las veces; y así ocurrió con el de Don Nicasio, y con mayor facilidad siendo él vehemente. Pues al ver que el capitán persistía en su temeraria acusación a Celinda, se tuvo por obligado a no dejar prender en el criterio del perquirente popular sospechas que pudieren manchar a la inocente, en cuya defensa dijo, no a Rojas, con quien ya no quería cruzar palabra, sino a don Orófilo:

—Llamo la, atención del sr. Perquirente sobre la circunstancia de que el despertador se descompuso y se paró a las 10 y 52.

—Sí, sí, ya recuerdo. Y supongo que ese dato importante no habrá sido olvidado por el señor capitán.

—No, señor, desde luego. Lo creo tan importante que él bastaría a convencerme de la inocencia de la pobre embeleñada —se subraya esta frase por ser repetición, hecha con ironía, de una usada por Retuerto con alguna frecuencia— en cuanto alguien me hiciera ver la imposibilidad de que la doncella misma fuera quien golpeara y descompusiera el despertador, después de haberlo puesto en la hora que a ella le conviniera.

—¡Qué atrocidad!

Ya se habrá conocido al de la exclamación.

—Me explico el asombro del señor comandante. Pues así como piensa el ladrón que todos son de su condición, los hombres sinceros y leales como el sr. Retuerto no se atreven a sospechar doblez ni en los malhechores.

Estas palabras dieron lugar a nuevo rifirrafe, por parecerle a don Nicasio que la alabanza a tal bondad de quien, como él, debía por profesión desconfiar de todos se hacía pensando y queriendo hacer pensar más que en bondad en tontería.

El juez tuvo razón al irse de paseo. Pues entre explicaciones, preguntas e incidentes era ya noche bien entrada cuando coleaba todavía la escaramuza saltada con los anteriores puntos suspensivos. Adjetivo que nunca les cuadrará tan bien como ahora, porque en pos de ellos viene la suspensión hasta el siguiente día de las explicaciones de Rojas.

XXIII. ¿PERFIDIA?... ¿CRIMINAL?... ¿INOCENTE?

213

A la tarde siguiente, apenas abrió Retuerto la boca en toda la conferencia.

No, tanto no podía ser, siendo quien era; pero no peroró. Por ello fueron las cosas más de prisa, y puedo ahora seguir, punto por punto, la explicación de Rojas, a que voy a atenerme.

—Como al subir al tren no se exhiben los billetes, pudo Celinda tomarlo, o detrás de su ama, como sirvienta suya, o entregando uno de andén al entrar en este, si no quería exponerse a que el empleado de la puerta viera que el que llevaba era el tomado, en Puertofoz, para Valdemimbres, por. el mentido príncipe que con las dos mujeres iba.

El que falte constancia de que en la estación de Abanal haya sido vista la doncella nada prueba; porque al paso del rápido por estación como ella adonde afluyen cuatro vías y numerosos trenes, y en donde pululan los viajeros, no es de extrañar pasara inadvertida mujer que nada hace para ser vista, y tal vez hace mucho para que no la vean; y además porque nadie en la estación conocía ni conoce a Celinda, y nadie ha preguntado allí por ella, ni dado allí su señalamiento.

El billete comprado para Valdemimbres se lo daría el que de Puertofoz lo traía. O no se lo daría; pues para nada le hacía falta a ella que, en compañía de aquel iba a bajarse,: entregando los dos del reservado. Aquel billete no fue comprado sino para que el falso príncipe lo enseñara e hiciera picar por el revisor: a fin de simular que había subido en Puertofoz una doncella puramente fantástica, y hacer creer en su identidad con la pobre señora del andén del vestíbulo, que a tal hora era probable estuviera durmiendo en el tren de Lares. Salido un cuarto de hora después de sus breves frases con el pillín que quería dárnosla.

Entre este y Celinda perpetraron el crimen. El lugar de la vía donde lo cometieran es indiferente; pero el cadáver fue tirado al agua en Puente Palmas, sitio obligado para que el río lo ocultara. Al chocar contra la barandilla en esta se enredó la capa, y el cuerpo cayó al agua. Si las barcas no han encontrado ese cadáver, ni otro que...

—¡Otro!

—¡Otro!

—Sí, señor Perquirente; sí, señor comandante. Pero permítanme aplazar unos minutos decir de quién, hasta que la explicación llegue naturalmente traída por el encadenamiento de los hechos.

Lo que iba a decir, y no lo omito porque da: explicación a muchas cosas, es que si los cadáveres no han sido hallados, no ha de culparse de ello sino a haberse perdido cinco' horas en trasmitir las órdenes que yo solicité se dieran a los pueblos ribereños. Por eso hemos perdido los cuerpos de ambas víctimas: no a causa de la velocidad de la corriente, sino de lentitudes de la 3ª Brigada.

—No tengo gana de pelea —contestó prudente y *carimustio* don Nicasio.

—Ni yo. Consigno un hecho: nada más.

—¿Pero esa otra víctima? —preguntó don Orófilo, dejando ver gran interés en la pregunta.

—Ahora llegamos, señor Perquirente. Cometido el crimen, se disfrazó Celinda de hombre, y guardó sus ropas en el atacapas que llevaba, cuando al camarero en turno de vigilancia le llamó la atención la bonita voz del mozuelo que en Valdemimbres se bajó en compañía del de los bigotazos.

Don Nicasio no dijo ni pío, aun cuando vio la irónica mirada que su contrincante le lanzaba. Y eso que el hombre estaba como sobre alfileres.

—En la estación de Valdemimbres los aguardaba el auto abierto: el que salió de Villa-Gaya y fue llevado allá por el príncipe, dando algunos rodeos.

—¡Ah!

—En él subieron el seudojovencillo y el bigotudo, y en él se trasladaron, ellos y el príncipe, a paraje retirado, probablemente a la orilla del río, con el verosímil objeto de hacer el reparto de las perlas del collar. Que no podían diferir porque el príncipe iba a separarse de sus cómplices.

—¿Cómo sabe usted que iban a separarse? El capitán lo sabe todo, sr. Perquirente —contestó don Nicasio que ya no pudo contenerse.

—Muy sencillo: porque iba a volverse a Novaría mientras los asesinos retornaban a Villa-Gaya.

—¿Y eso? —preguntó Don Orófilo—. El relato de usted se hace cada vez más interesante.

—Eso se deduce de varias cosas: primero, el príncipe no se había despedido del Hotel Sublime, donde he encontrado su equipaje, y tal hallazgo prueba que no pensaba embarcar en El Melbourne; segundo, a Rozán, 92 kilómetros por vía férrea, y 44 por carretera más allá de Valdemimbres, llegó un auto conducido por un motorista con cubrepolvo —el del dormido de Uriz— que se apeó y tomó un billete para Novaría, diciendo que era para su amo a quien a la carrera iba a recoger a Maricao para traerlo a tomar el mixto Caulipas-Novaria, que por Rozán, había de pasar a las 12 y 10 y por Valdemimbres a las 3 y 15.

—Entonces ese sería el tren que el señor Retuerto nos dijo tomó el hombre, o la mujer, de los bigotazos, que en espera de él se paseó por el andén de Valdemimbres.

—No, sr. Perquirente: el de los bigotes no tomó tren ninguno; sino que a la llegada del mixto se escabulló, para volverse al auto que lo había traído, en donde lo aguardaba Celinda. Que con él vino en el tren y con él iba a volverse a Villa-Gaya. Quien se proponía tomarlo con el billete comprado en Rozán era el príncipe. Que tampoco pudo irse en el mixto, porque cuando llegó este ya había él muerto.

—Despacio, despacio, querido amigo. No involucremos hechos ni personas diferentes; porque vamos, o por lo menos, voy a marearme.

—Entonces lo mejor será que volvamos a Villa-Gaya y a la tarde anterior, para seguir desde allí el auto del príncipe, o mejor dicho del motorista a quien iba a narcotizar.

—Sí, sí.

Don Nicasio callaba y, con grandísima atención y las peores intenciones, oía y tomaba notas, para ver de coger al capitán en un renuncio y cobrarse la cuenta de los husos horarios.

—Entre siete menos cuarto y siete dejó en Uriz al que le estorbaba. Es probable que en seguida se alejara un poco del pueblo y arrancara la chapa de matrícula.

»Después recogería no al otro cómplice de la anterior versión, que sabemos estaba todavía en Puertofoz a aquella hora, sino a la otra cómplice. Pues efectivamente intervino en todo esto una tercera mujer; pero no para suplantar a la doncella en el tren sino para hacerse pasar por el ama al embarcar en El Melbourne.

—Esto es el delirio; esto es amontonar...

—Si el señor Perquirente comparte la opinión de mi jefe me abstendré de continuar.

—No, no señor: de ningún modo. Respetando muchísimo la opinión del señor Retuerto deseo continúe usted su exposición. Entre los dos están abriendo ustedes, ante mi vista, insospechados horizontes. Siga, siga.

—Antes de proseguir exponiendo los hechos, creo deber hacer notar que esta cómplice, no innecesaria, como la doncella falsa, habiendo una doncella verdadera, es absolutamente indispensable, por estar probado que *Miss* Amabel ha sido asesinada y que con su nombre ha embarcado otra mujer en Puertofoz.

—Cierto, certísimo.

—Una vez esa mujer en el auto, el príncipe la lleva a Villa-Gaya, haciéndola entrar por la puerta trasera. Con la complicidad de Celinda, que nunca había pensado en entregar las llaves a su señora. Pues lo del miedo de esta no era sino patraña ideada para recogérselas al portero.

»Y he ahí las pisadas de mujer que en el cuarto de Celinda se han hallado además de las de esta. Huellas que no son de su ama sino de esa desconocida a quien allí escondió la doncella.

Don Nicasio temía le diera de un momento a otro un ataque apoplético.

¿De miedo de que aquello resultara verdad?... ¿De indignación de que así se amontonaran falsedades incompatibles con sus datos?... No lo sé.

—En cuanto el príncipe dejó a la mujer aquella en Villa-Gaya tomó el camino de Puente Palmas por donde pasó de largo, como por Valdemimbres, para ir Rozán. En donde, entre 11 y 11 y 15, tomó e} billete que antes dije para el mixto Caulipas-Novaría, dejando también ver, al jefe de estación que se lo despachó, el dichoso chaleco de lunares.

»Suplico al señor Perquirente fije su atención en que esto ocurría a la hora, minutos más o menos, en que el de los otros lunares subía al rápido en Abanal, distante de Rozán 245 kilómetros. Y claro es, si antes vimos que, por falta de tiempo de llegar a Puertofoz en el auto abierto número 1, no pudo ser el príncipe quien de allí fue a Villa-Gaya, en el cerrado del motorista 3, tampoco podía estar al mismo tiempo que en Rozán en Abanal ni en el rápido.

—Una pregunta, sr. Rojas... ¿No piensa usted que el chaleco visto en Rozán haya podido ser, como el enseñado en Puertofoz y en el tren, una añagaza para despistar?

—¡Bravo, bravísimo!... Señor Finflair.

—No se alborote tanto, mi comandante. La observación está muy en su punto; mas no creo se le oculte al sr. Perquirente que el visto en Rozán fue dejado ver una vez, por precisión, al desabrochar el cubrepolvo y americana para pagar el billete; en un lugar alejadísimo de el del crimen, muy distante del pueblo elegido para bajar del tren, y a causa de un descuido de quien, lógicamente preocupado con el asesinato a punto de ser cometido, no es extraño no echara de ver que le convenía sacar el dinero antes de entrar a comprar el billete. Mientras que del otro chaleco se hizo ostentosa, innecesaria y reiterada exhibición durante doce horas, ante multitud de personas y en no pocos parajes.

—Verdad, verdad. Tiene usted mil razones, sr. Rojas.

—Pero hasta ahora, ni el sr. Perquirente, ni yo, ni nadie sabía palabra de esa excursión del príncipe a Rozán, ni de ese billete.

—Porque al averiguar lo uno y lo otro no creí preciso anunciarlo en los periódicos. Pero aquí está el número del billete único despachado en Rozán aquella noche: el 359.953. Si no basta esto, el jefe de estación puede corroborar cuanto yo he dicho. Y un mozo de ella, que por andar siempre a la caza de capicúas mira todos los números que a tiro se le ponen, agregará que el auto en que llegó aquel hombre no llevaba número de matrícula.

—Muy bien, muy bien, amigo mío. Prosiga, prosiga.

—Ni el caballero de Maricao ni el auto parecieron, por Rozán, a la hora del tren; y esto prueba que el billete fue tomado por el príncipe para subir en Valdemimbres al mixto Caulipas-Novaria, después que de sus cómplices recibiera su parte en el robo. Pero no quiero anticipar hechos.

»De Rozán retrocedió a Valdemimbres, para aguardar la llegada de los asesinos que venían; en el rápido; y ya tengo dicho, cómo los recogió cuando de él se bajaron y con ellos se fue a hacer el citado reparto.

—Sí, sí; todo ello parece evidente, señor Rojas... Pero y el otro cadáver de que antes habló usted.

—Es el del príncipe. Pues este no volvió a Novaría, y ha desaparecido...

—No ha desaparecido. Está embarcado.

—Ya lo veremos cuando vengan los retratos de Samoa. Entre tanto yo tengo un sombrero flexible, no solamente de las señas conocidas, sino con las iniciales E. N. A., que, lleno de barro, fue encontrado en el primer reconocimiento hecho por el juzgado, en las orillas del río, antes de llegar yo al puente.

—Tampoco de eso sabíamos nada.

—Porque en los primeros momentos no se le dio importancia; pues todo el mundo, incluso yo, pensaba que las iniciales usadas por el príncipe serían P. A. (Príncipe de Amfiloquia) y no saber nadie hasta hace pocos días que su nombre es Epaminondas Neopitologunaris Argirofitominos.

—Es verdad, es verdad. Tiene usted mil razones, ilustre colega.

Don Nicasio creyó que su apoplejía iba a estallar. Rojas continuó:

—Ya poco falta para terminar. Atribuyo yo la desaparición del príncipe a reyerta sobrevenida en el reparto, a una puñalada que le pegara el otro, con el cuchillo hallado a pocos pasos del sombrero. El mismo con que *Miss* Amabel debió de ser asesinada y comprado en Puertofoz por el desconocido que simuló ser el príncipe.

—¡En Puertofoz!... ¿Cómo puede usted saberlo no habiendo estado allí?

—Porque tiene en su hoja el número 13.402 de fabricación que es uno de los que faltaban en el paquete del cual fue despachado. Yo no estuve allá, pero tuve la suerte de que usted estuviera.

—Y de que descubriera ese valioso dato que tan perspicazmente ha utilizado el señor Rojas. A los dos, a los dos los felicito cordialmente. El cadáver, claro es, lo tirarían al río.

—Eso he supuesto yo, sr. Perquirente. Colinda y el autor del doble asesinato se volvieron en el auto desde el puente a Valdemimbres, poniéndose él, antes los bigotes postizos para hacer la comedia de su ida en el mixto. Cuando lo que hizo fue volverse en el coche, y en compañía de Colinda, a Villa-Gaya, donde se reunió con la que iba a pasar por *Miss* Cork en el embarco. Como él pasaría por el príncipe.

»Dato episódico: entonces pudo ser puesto en hora y descompuesto el despertador; entonces pudieron el desconocido, o la desconocida, poner la inyección, como buenos amigos, a su amiga Colinda; entonces pudo ser desgarrada la corbata.

»Hecho esto se durmió una y los otros subieron al auto que aguardaba en el garaje —el que el sr. Retuerto llama número 3 y dejó allí encerrado— y de allí a Puertofoz, al muelle, al barco.

—¿Qué distancia hay de Valdemimbres a Villa-Gaya?

—Por la carretera, por donde el auto fue, 105 kilómetros.

—¿Y de Villa-Gaya a Puertofoz?

—Ochenta y nueve, sr. Perquirente. En total 194, que aunque el fingido príncipe y la fingida bailarina perdieran casi una hora en despedirse de su amiga en Villa-Gaya, pudieron ser desahogadamente recorridos desde las tres y quince, a que pasa por Valdemimbres el mixto de Caulipas, que el canalla aquel quiso hacer creer tomaba, hasta las siete y veinte de la llegada a Puertofoz.

XXIV. LA ACCION POPULAR COMIENZA A DAR FRUTOS

En pos de las conversaciones de perquiridores y perquirente en Novaría, fueronsele a este cinco consecutivos días en inspecciones oculares realizadas en Villa-Gaya y en el reservado, en examinar las piezas de convicción, visitar laboratorios, y enterarse de lo ya averiguado en ellos y de lo que aún quedaba por averiguar, como pendiente todavía de la terminación de análisis, que no podían ser cosa; rápida. Con gran contrariedad para él; pues de ellos esperaba luces que disiparan algunas nubecillas de las versiones contrapuestas de sus colaboradores. Que con ser luminosísimas las dos no lo eran por igual, de punta a cabo, en todas y cada una de sus afirmaciones. Según expresaba el sutil don Orófilo con estas palabras:

"Estoy seguro. Entre los dos han capturado ustedes toda la verdad. Que si no entera, en ninguna de esas reconstrucciones de los hechos, por no haber ni uno ni otro dispuesto de la totalidad de los datos, está en jirones repartida por completo entre ambas. No quedándonos ya sino zurcir los que tiene usted, sr. Retuerto, con los que ha recogido el sr. Rojas. tendremos la verdad íntegra".

Ni decía el perquirente cómo podrían conciliarse las radicales discrepancias de las dos versiones, ni yo lo veo fácil; pero diciéndolo hombre de su experiencia y crédito, él ha de ser quien en lo firme esté: que muchos aparentes imposibles ha convertido el tiempo en realidades[22].

---

[22] Por ser tales versiones un tanto complicadas y antagónicas, conviene enfrentarlas *resumiendas*, en esta mota, para su más fácil compresión y cotejo.

ITINERARIOS
CORRESPONDIENTES A LA VERSIÓN RETUERTO

PRÍNCIPE
Durante la mañana, correrías en Puertofoz.

TREN-TRANVÍA.
Sale de Puertofoz a las 2,55 tarde
Llega a Villa Ga.a » 5,5 »

AUTO NÚM. 1.
Sale de Villa Gaya » 6 »
En Uriz......... » 6 45 »

Auto número 1.—El abierto procedente de Novaria.
» » 2.—El de las correrías matinales en Puertofoz.
» » 3.—El que fué y volvió de Puertofoz a Abanal.

Arranca la chapa de matrícula y recoge ——————→ CÓMPLICE
Llega a Puertofoz.... 8,15 noche acompañado de ——————→

AUTO NÚM. 3.
Sale de Puertofoz... 9 »
Llega a Villa Gaya . 10,90 »

RÁPIDO ASCENDENTE.
Sale de Abanal con AMABEL y se reúne en el tren con la FALSA DONC-
LLA......,...... » 1,35 »

FALSA DONCELLA
RÁPIDO ASCENDENTE.
Sale de Puertofoz.... 10,15 noche

Se reúne en el tren con PRÍNCIPE y AMABEL.......... 11,35 »

AUTO NÚM. 1.
Sale de Puertofoz..... 8,15 noche

Llega a Valdemimbres 1,45 »

Recibe en el auto a la FALSA DONCELLA. Él la deja allí y sale a exhibirse en a estación hasta que después pasó mixto Cantipas. Novaria vuelve al auto.

PRÍNCIPE y FALSA DONCELLA
Llegan a Valdemimbres y se bajan tren... 2 y 5 noche

RÁPIDO DESCENDENTE.
Sale de Valdemimbres 2,2) noche
Llega a Puertofoz.... 6,40 mañ.ª

Sube al auto núm. 3, traído por CÓMPLICE y aguarda regreso de éste.

FALSA DONCELLA Y CÓMPLICE
AUTO NÚM. 1.
Salen de Valdemimbres.......................... ... 3 15 noche
Llegan a Villa Gaya; hora no puede precisarse.

AUTO NÚM. 3.
Salen de Villa Gaya................ 5,40 »
Llegan muelle Puertofoz............. ... . 7,20 »

PRÍNCIPE y FALSA DONCELLA
Embarco en el Melbourne.

Nada se sabe de él después que dejó a la falsa doncella con el príncipe

---

ITINERARIOS
CORRESPONDIENTES A LA VERSIÓN ROJAS

PRÍNCIPE
AUTO NÚM. 1.
Sale de Villa Gaya... 6 tarde
En Uriz............. 6,45 »
Quita chapa de matrícula, recoge FALSA AMABEL y la deja en Villa Gaya, hora imprecisa.
Sale para Rozan y llega a dicha estación. 11 noche
Llega a Valdemimbres 1,45 »

CÓMPLICE
Llega a Villa Gaya. Hora imprecisa pero con tiempo para salir en
RÁPIDO ASCENDENTE.
de Abanal con AMABEL y con CELINDA
a las................ 11,35 noche

CELINDA
RÁPIDO ASCENDENTE.
Sale de Abanal con AMABEL y CÓMPLICE a las.......... 11,35 noche

CÓMPLICE y CELINDA
Llegan a Valdemimbres a las................ 2 y 5 noche.

PRÍNCIPE, CÓMPLICE y CELINDA
AUTO NÚM. 1.—Van a hacer reparto perlas.—Muerte del príncipe.

CÓMPLICE y CELINDA
AUTO NÚM. 1.—Retornan a Villa Gaya, llegando a hora imprecisa.

FALSA AMABEL y CÓMPLICE
AUTO NÚM. 3.—Salen Villa Gaya a las................ 5,40 mañana
Llegan muelle de Puertofoz............. 7,20 »
Embarcan.

Celinda se queda en Villa Gaya narcotizada.

De lo dicho sobre el invertido por don Orófilo en preliminares trámites de su actuación personal, parece desprenderse que se cuidaba poco de apresurar los pasos, que alguien hallaba un tanto lerdos ya, de las investigaciones; mas sin duda él sabía cuán *lontano* llega quien va *piano*, y que no podían ser firmes los suyos si echara a andar, con riesgo de que le resbalara el seso, antes de haber ganado conocimiento pleno de hasta dónde llegaban las certezas de lo comprobado y en dónde comenzaban las contingencias de lo colegido.

Además de que, en todo aquel tiempo, no paraba la labor policíaca; sino que proseguía activamente: buscando en Puertofoz y en Novaría las perlas, o algunas cuando menos, del collar robado; husmeando en la carretera de Valdemimbres a Abanal rastros del auto abierto sin matrícula, y de los vestidos de hombre que la doncella, verdadera o supuesta, pero indudablemente disfrazada de muchacho, tenía que haber dejado, arrojado o escondido en alguna parte, y si no estos los de mujer, dado que con los otros hubiese continuado; registrando los coches del mixto Caulipas-Novaria, e interrogando al personal de este para saber si en él había viajado el de los bigotes, con ellos puestos o con ellos quitados. Por si Retuerto acertare a la postre en su opinión de haberse aquel fugado en dicho tren.

Había asimismo dispuesto don Orófilo que, a lo largo de las márgenes del río Jayuya, se diera una batida. Pues a falta de cadáveres, que ya no cabía hallar, muy bien podría haber entre los aldeanos ribereños quienes, no obstante haberlos visto, o hallado indicios de su paso, se lo hubiesen callado, a causa del temor que, durante el régimen, ya caído, de perquiritorial dictadura, inspiraban los perquiridores. Pero que ya imperante la Policía Popular, no debía retraerlos de auxiliar la acción dé esta con el entusiasmo y apresuramiento que La Verdad recomendaba a todos con grandísima insistencia y copia de razones.

No gastadas en balde. Pues el Juez recibió un anónimo donde se le decía:

"Hay una persona, y puede que más de 'una, sabedora de noticias importantísimas relativas al crimen del rápido 373; mas no se atreve a revelarlas; porque cuando aún no funcionaba la Acción Popular, las ocultó por no meterse en líos con los perquiridores que quisieron sacárselas.

Esa persona, que es quien escribe la V. S., no está dispuesta a dar su nombre, ni a decir palabra de lo que sabe, mientras no se publique un decreto amnistiando a cuantos por haber callado hasta hoy pudieran ser tenidos por encubridores maliciosos".

Consultado el caso con el perquirente opinó este, como el juez, que para dar eficacia a la Acción Popular sería oportunísima la amnistía pedida. Que gestionada, *incontinenti*, en el Ministerio de Justicia, fue promulgada por telégrafo e inmediatamente divulgada por pregón radiofónico en las plazas de todos los pueblos y ciudades de Ibermania.

Este decreto, que iba a marcar etapa importantísima en la investigación del complicado proceso de Abanal, echó sobre el perquirente tres mil cuatrocientas setenta y siete cartas, esquelas, denuncias, consultas, noticias, consejos. Sin contar las peticiones de audiencias. Que alcanzando el número de setecientas, en las primeras veinticuatro horas, asustaron a don Orófilo haciéndole tapar el buzón con un cartel donde decía que el sr. Perquirente no trataba del crimen sino por escrito.

Cuando, corriendo el tiempo, fue clasificada y examinada tal correspondencia, resultó que de tres mil cuatrocientas setenta y siete cartas, las tres mil cuatrocientas setenta y seis, eran delirios de aficionados policíacos, que por doquier veían pistas del crimen y un criminal en todo hombre desconocido.

Una no más de aquellas cartas decía cosa realmente relacionada con el crimen, pero interesantísima y suficiente por sí sola a acreditar la oportunidad de la amnistía. El denunciante era precisamente el autor del anónimo donde aquella fue pedida, quien, por suerte de la Acción Popular, no arrojó la denuncia en la enorme parva de las tres mil y pico mencionadas; pues en tal caso, ¡quién sabe cuánto se habría tardado en recoger su grano de entre la farragosa paja; sino que él mismo la formuló en persona, entregando, en las oficinas de la 3ª Brigada en Puertofoz, una cartera de bolsillo de piel roja con cantoneras de oro, corona de príncipe, e iniciales P. A., de chispas de diamante engastadas en una chapa del mismo metal.

La cartera, muy expresiva ya, con sólo lo indicado, no dejaba lugar a duda; pues contenía tarjetas de una misma persona, pero con diferentes redacciones: Decía una:

EL PRINCIPE DE AMFILOQUIA
Gran collar
de la orden epiro-albanesa de
APOLO Y MINERVA

Decía la otra:

EPAMINONDAS NEOPITOLOGUNARIS ARGIROFITOMINOS
Representante apoderado de
MISS AMABEL CORK
(LA FLYING GIRL)

Novaria-Hotel Sublime.

Como se ve, el propietario de las tarjetas no quería confusiones entre el príncipe y el apoderado. La desgracia que abate muchas gloriosas familias, hasta dejarlas en pico de pirámide, que Don Quijote dijo, había obligado a Epaminondas a ejercer empleo poco acorde con la ilustre prosapia de; sus ascendientes: reyes que florecieron en Albania y el Epiro en remotos siglos anteriores a Solón y Licurgo, y que sin picar tan alto, como decía Colinda, en dioses del Olimpo, les anduvieron sumamente cerca- Mas la modestia del empleo, declarado en una tarjeta, no empañaba el brillo del principado ni el del collar de la otra.

El portador de la cartera era un chamarilero mal notado, en Puertofoz, por ser fama que, a escondidas, frecuentaba su casa gente maleante necesitada de convertir en dinero contante cosas mal ganadas.

Visitado, a raíz del crimen de Abanal, por los perquiridores de Puertofoz, a caza de las perlas del collar robado, no le hallaron ninguna, ni cosa que inspirara sospechas. Pues el prendero nada dijo de lo que no le preguntaban, ni era tan tonto que tuviese en la tienda, sino en su casa, y bien escondiditas, sus adquisiciones irregulares y recientes. Que allá dormían meses; hasta que no pudiera haber peligro en llevarlas a las vitrinas y a los escaparates: de la prendería. Así pudo callarles a los subalternos de Retuerto haber la víspera comprado la cartera; y al propio tiempo, y al mismo vendedor, un guardapelo de ore con un brillante rodeado de zafiros. Donde, debajo del cristal interior, y encima de un ovalado cartoncito blanco, todavía encajado en el fondo del medallón, debía de haber estado algún retrato.

El vendedor, antiguo parroquiano dei chamarilero, desde que había salido de presidio, donde estuvo por robo, era propietario del molino de Ubaya, cuyas muelas molían con la fuerza de las aguas del Jayuya, y fue comprado por el expresidiario cuando doce años antes lo habían licenciado. Pues la justicia no acertó a averiguar el escondrijo donde él tenía enterrado el producto del robo.

Desde entonces no había vuelto a rozarse con la justicia ni con la policía; pero en las aldeas cercanas al molino, que estaba en despoblado, tenía fama a la medida de su historia. Por ello, siempre que le caían negocios poco limpios, guardábase muy mucho de realizar en poblaciones cercanas a su molino las adquisiciones, no consistentes en numerario, por aquellos rendidas. E íbase a Puertofoz a casa de su antiguo conocido don Miguelito —el prendero encubridor—, que ya sabía él era hombre de fiar, y además listo.

Prescindamos de radiogramas y radiofonemas cruzados entre la 3ª Brigada y el Perquirente Popular, jefe supremo, ya se sabe, de las investigaciones; saltemos curialescos trámites, en la Acción Popular más despaciosos todavía, y ya es decir, que como la Policía Oficial los tramitaba en los pasados tiempos; y lleguemos al día siguiente al de terminación de las visitas de don Orófilo a los laboratorios, y a la hora en que dicho señor, acompañado de los dos perquiridores rivales, se personó .en el molino de Ubaya, cogió por sorpresa al molinero, y le dio el gran susto, al presentarle, de improviso, cartera y medallón. A la par que a boca de jarro le soltaba el trabucazo de preguntarle cuándo y cómo habían llegado a poder suyo aquellas prendas.

El muy tunante pretendió negar; pero no le valió, pues don Orófilo lo apremiaba de modo que, trabando hábilmente amenaza de perseguirlo por encubridor, si en callar se obstinaba, con dulzura insinuante de que, conociéndose ya a los asesinos, no había miedo de que fuera por tal tomado, obligo al bribón a contar, de pe a pa, cuanto sabía y había hecho.

Fue lo contado que, antes de amanecer 61 día trece, salió la barcaza del molino, conducida por el mozo de este y cargada con harina del grano traído a moler, días antes, por un panadero de Nerbo. Pueblo situado en la margen del río, agua debajo de Ubaya, donde el mismo día trece debía ser entregada la molienda aquella. Cuando partió el mozo se quedó solo el molinero, que había ayudado a aquel en la faena de cargar la barca; y por eso él solamente se enteró, cuando el alba comenzaba a clarear, de que en un remanso del río, a un lado de la presa, flotaba algo. Para ver qué fuera se metió en la lanchilla, más ligera que la chalana da carga, de que echaba mano cuando necesitaba ir a la opuesta orilla; y acercándose al flotante bulto, vio que era el cuerpo de una señora muerta de una cuchillada que la había degollado. Y no sólo vio esto el molinero; pues estando mirando el cuerpo de aquella mujer el remolino echó al remanso otro cuerpo, pero este de hombre.

—Mi enhorabuena muy cordial, amigo Rojas —dijo don Orófilo al llegar el expresidiario a esta parte de su narración—. Esto es para usted un soberbio triunfo. Porque, no sólo han llegado aquí los dos cadáveres, sino en el orden por usted adivinado en la comisión de ambos asesinatos.

—Mil gracias, sr. Perquirente. Mas la bondad de usted exagera lo que llama mi triunfo: lo que yo he visto lo habría visto cualquiera. Muerta ella y arrojada al río, la primera, en Puerto Palmas, es natural llegara aquí antes que él, asesinado un cuarto de hora o media hora después.

—Pues no me desdigo, amigo mío: un triunfo, un verdadero triunfo. Mas lo que me parece extraño es que habiendo sido el robo móvil del asesinato, no despojaran los ladrones de esta presea a su víctima, antes de echarla al agua.

—Raro sí es, pero explicable por precipitación, que bien pudo apremiar a los que lo cometieron, al ver cercana la llegada al puente. Pues indudablemente no querrían tirar el cuerpo a la vía, donde prontamente identificado habría de demostrar la imposibilidad de que *Miss* Cork hubiese embarcado. Riesgo que eludirían arrojándolo al río, para que lo escondiera, cuando menos, hasta que ellos estuviesen navegando. O porque, aun no siendo desdeñable el valor de esa joya, representara poco para ellos en comparación del fortunón que el collar vale.

—Las dos explicaciones pueden ser aceptables, pues las dos son perfectamente lógicas. Como de usted, querido amigo. Pero volvamos a nuestro interrogatorio.

Ya se ha visto que en la anterior conversación no dijo palabra don Nicasio. Es natural, estaba consternado al ver cómo subía a las nubes el papel Rojas.

XXVI. EL MOLINERO DE UBAYA

—Eh, tú, pillastre, acábanos tu historia —dijo don Orófilo, volviéndose hacia el molinero, después de haber Rojas manifestado su opinión sobre la anomalía de que no hubiese sido robado el medallón—. Y di, ¿por qué no avisaste a la autoridad, como debiste hacerlo, para que el juez viniera a levantar los dos cadáveres?

—Por el susto de que si los encontraban aquí no *jueran* a colgarme el milagro; porque estas gentes de por aquí me tienen muy malos quereres... No, no se malicie que es por *na* malo mío; sino por el aquel de haber *estao* en presidio. Sin *comelo* ni *bebelo*, sin haber *afanao* a *naide na*; sino por otro malquerer.

»Y me pensé que lo mejor era *dir arrempujando* los muertos, uno primero y otro *aluego*, hasta lo duro de la corriente. *Pa* que el río se los llevara *aonde* a mí no me fastidiasen. Y no decir pío a *naide*.

»Y *pacia* allá los *arrempujé* con la lancha y los bicheros: *pensao* y hecho.

—*Pensao* y hecho, no —objetó don Orófilo—. Porque antes de empujarlos hiciste otra cosa.

—¿Otra?

—Claro, robarles estas prendas.

—*Cogelas güeno*, señor; pero *robalas*, no. Ya ve *ustez*, yo me dije que si *tuvían* encima algo que valiese una miaja sería *un compasión malperdicialo* y que se lo sorbiera el río con los *probes* muertos, que *pa na* les valía ya... Por eso, *enantes* de *arrempujalos* al medio, los *arrempujé* un *poquejo* a lo *mansico* de la ribera. Y entonces fue que me topé con esas *cosejas*.

—¿Y no cogiste más? ¿No les quitaste ropas?... No tengas miedo, que por eso no ha de pasarte nada.

—Ni una mala *jilacha... Miste*, señor, como *ustez* es tan parcial, no voy a *icir* cosa por otra, ni que no *tuvía* ganas; porque los *vestíos* eran de *mistó*. Pero encima que venían que era una *gorriná*, yo solo no podía desnudarlos, porque pesaban. ¡Contra lo que pesaban!...

—Pero las ropas ¿cómo eran?

—*Mu güeñas*, de seda. *Güeno*, la mujer de seda; él así, como las de *ustés*..., de caballeros.

—¿Y de qué colores?

—De eso no sé *na*. *Pos* sobre que *entadía* había poca luz, y yo quería despachar *apriesa*, y los *vestíos* venían mojaos y *tos empringaos* de barro, porque con la *riá* venía el río lo *mesmo* que chocolate... *Pos* que no miré tanto ni *l'hubiá* podio ver.

—¿Y dinero?

—*Aticuenta* que casi na en los bolsillos *d'él*.

—No te voy a pedir que lo devuelvas. La Acción Popular es generosa.

—*Pos* unas pocas *moneíllas* y unos *billetejos*.

—Y las caras, ¿qué señas tenían?

—*Cualisquiera* lo sabe, tan *hinchás* como venían y llenas de lodo. Y *perdías* de tolondrones contra cantos y troncos... ¡*Güeno* venía el río de cosas, con los *chaparronazos* de la noche! *To* lo que *pueo icir* es que *güenos* mozos ya eran, y que por entre medias del barrizal de la cabeza la *vide* a la mujer un pelo rubio como las candelas; y mucho, mucho...

—¿No traía ella pendientes ni pulseras?

—Na más *qu'el guardaspelos* por *adrento* del corpiño.

—¿De verdad?... Mira que yo lo he de saber.

—*Miste*, señor... Cuando yo no se lo llevé a don Miguelito es que no había más. Yo *pa* que lo quería más que *pa vendeselo*.

—Verdad es. Me has convencido.

—¿Y cómo le viste el medallón, si dices que no le quitaste ropas?

—Anda, porque *maliciándome* si traería al pescuezo alguna prenda *d'esas* que se cuelgan las señoronas, *l'abrí* un *poquirritejo* el cuello del *vestío*, y entonces la *vidé* ese hilillo tan *finuco d'oro* de que está *colgao*. Y tiré *d'él*, y salió el *guardaspelos*. Y *na* más, sino que por si había compromiso en véndelo sin sácale el señor que tenía adrento, se lo quité.

—Ya veo que eres muy inocente.

—Sí, señor. Así soy, ¿qué *quiusté*?

—Y el señor ¿era joven o viejo?

—Joven.

—¿Dónde está ese retrato?

—Lo tiré al agua.

—Bien que lo siento.

—Y yo *tamién* ahora... Si yo *lubiá* sabio... Pero en *to* no hay quien acierte.

—¿Y qué más?

—*Na*: ya no pasó más *na*.

—¿Estás bien seguro?

—Por estas que son cruces. Por su madre, señor.

—¡Huy, huy!... Cuando un peine de tu calaña dice que no le queda nada, siempre le queda algo. Y como jure, más seguro.

—Que no, que no —protestó el molinero; pero dejando clarear su turbación al ver que el otro adivinaba.

—Que sí, que sí... Si conoceré yo a los pillos de tu ralea... Tú no hablarás si te emperras en callar —gritó, hecho un energúmeno, don Orófilo, en quien ya no había rastro del melifluo y suavísimo caballero que dejaba prendados de su exquisita urbanidad a cuantos lo trataban—. Mas te prevengo que ahora mismo van esos —dos agentes subalternos acompañantes del perquirente y los perquiridores, conocidos del vulgo por policías de leña, y tan temidos como conocidos— a repiquetearte el cuero hasta que en él se dejen los vergajos. Del bataneo, si de él sales, no te alivias en dos meses, Y para eso en la cárcel. Además, por si no basta eso a apagarte los humos y amansarte los bríos, mientras ellos te atizan la somanta, vamos nosotros a registrarte el molino hasta debajo de las piedras, donde de cierto hallamos algo, si no de los muertos, de algún vivo.

—No, no, señor. Ahora se m'alcuerda... Sino que como no era *na* lo que me *s'olvidaba*.

—Ya sabía yo que te refrescaría la memoria. Desembucha, vivo.

—*Pos* que al tirar de la *caenilla* no salía el *guardaspelos* porque *s'enganchaba* en algo. Y *pa desenrearlo* metí la mano, y al sácalo tamién se vino una *carteruca pequeñeja*, que no valía *na*, que la mujer traía entre el corsé y el seno.

—¿Con billetes?

—*Algunejo*, pero no se crea...

—No me importa cuántos. Para ti si me traes esa cartera.

—Ahora *mesmo*, señor, Dios lo bendiga.

Mientras el molinero entraba a toda prisa en el molino, Retuerto, no tan alicaído como hasta poco antes había estado, solicitó que, cuando retornare aquel bribón, tuviera don Orófilo la bondad de procurar poner muy bien en claro si el hilillo de oro se le veía o no a la muerta antes de haberle el molinero desabrochado el vestido.

Volvió en seguida este con un tarjetero de señora, sin ningún billete de banco, por los que no le preguntó nadie; donde tampoco fueron encontradas tarjetas de la bailarina, pero en donde, doblada con cuatro dobleces, venía una carta escrita en papel de lujo grueso y grande. No tenía esta membrete alguno, y verdegueaba en las partes externas en contacto con el bolsillo del tarjetero, cuya piel verde estaba desteñida por el remojón.

El papel, seco ya exteriormente a causa de los días trascurridos desde que lo sacaron del agua, estaba todavía húmedo en los dobleces interiores. .

He aquí la carta:

«Monina mía:

Te dará esta Manuel, que te llevará al tren y te acompañá á en el viaje a Puertofoz, pues la ultimación de los asuntos de Novaría me imposibilita llegar ahí con tiempo para tomar el que precisamente has de tomar tú.

Yo iré en auto, acortando por la carretera directa a Puertofoz, y llegaré a tiempo de aguardar tu llegada en la estación. De allí nos iremos al muelle y dormiremos ya en el barco.

Tu siempre tuyo,

Pami.

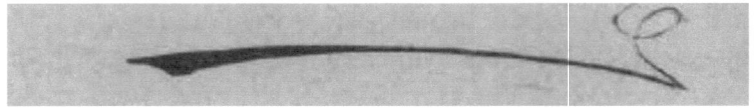

—El aviso, el aviso que yo presentía —exclamó Rojas—. Esa es la carta empleada para que sin desconfianza saliera Amabel de Villa-Gaya y subiera al rápido con el que ya sabemos se llama Manuel, y que de la carta se desprende era, cual presumí, amigo de la bailarina y del príncipe.

—Reitero a usted mi enhorabuena. Y ahora con doble motivo, porque aunque ahí no se nombra a Amabel, las señas son mortales; y porque Pami era sin duda el afectuoso diminutivo con que su novia llamaba a don Epaminondas.

»Además esta carta, hallada sobre una mujer que salió de Abanal a las 11 y 35, prueba que, como usted había supuesto, ese Manuel, recogido por el príncipe tan pronto soltó en Uriz al motorista, fue por aquel llevado a Villa-Gaya antes de irse él a Rozán y a Valdemimbres.

»¡Bravo, bravísimo!, querido compañero.

Los entusiasmos de Finflair, que en los oídos de Rojas sonarían a salvas y repiques por su glorioso triunfo, debían entristecer a don Nicasio, cual *de profundis* entonado a la definitiva y bochornosa derrota de la 3ª Brigada. Y sin embargo, no parecían impresionarlo; pues con mucha calma, pero con brillo en la mirada que no dejó de ver el perspicaz Finflair, y aun le dio que pensar, recordó a este su ruego de que tuviera la bondad de hacer al molinero la pregunta relativa al medallón que antes solicitó le fuera hecha.

El resultado de ella fue categórica aseveración, del preguntado, de que la cadenilla de oro no pudo verla antes de desabrochar a la señora, porque esta llevaba cuello alto.

Las modas habían variado mucho, en el tiempo en que

234

andamos, de cómo fueron en los que anduvimos allá en el siglo XX.

No lo creerán ustedes, pero es verdad estricta que en los alumbrados por la estrella de Terpsícore, que en esta historia es heroína póstuma, nada enseñaban las señoras. Aun cuando fuesen bailarinas, frescas y destapadas solamente cuando salían a los escenarios.

Razón de tal retorno inverosímil del femenil recato, de raíz perdido antaño por las damas desmentidoras del mito de nuestros abuelos, que proclamaba el pudor de la mujer encanto innato en el sexo femenino; la razón, repito —pues el antecedente queda lejos—, de tal recaída en vestir decoroso de las que a caño libre habían perdido toda honestidad fue que a las mujeres de la vida airada les pareció traidora competencia la que con armas que eran de ellas les hacían señoras y señoritas semiairadas, pero bien aireadas. Y al ver cómo matronas y doncellas ventilaban a todo trapo, ca, no, sin trapos casi, bellezas o fealdades otrora reservadas, decidieron volverse externamente honestas. Con grandísimo fruto: porque los caballeros ahítos, hastiados de ver carnes desnudas a toda hora, se iban detrás de las tapadas —así es la humanidad, curiosa siempre— y triunfaban las frágiles.

¡Frágiles!.... Bueno, suplan ustedes lo que calla mi eufemismo cuando las llamo frágiles de cartel, o consumadas, mientras yo prosigo diciendo que con estas se iban los caballeros. Desdeñando a las que no estando aún sino cascadas, todavía no pasaban de aventajadas aspirantes a la fragilidad.

Como de antaño atrae a las señoras el ejemplo de las otras, fue rápido el efecto; pues por imitarlas se taparon, como, por imitarlas, habíanse destapado en pretéritas épocas. Así, en lugar de oírse —y no lo invento— como hoy a algunas distinguidas señoritas que "les da vergüenza presentarse a las gentes con este escote tan subido", en los días de Amabel habríase avergonzado la reina de la danza de que le vieran fuera del teatro más de un dedo de cuello, o de muñeca, o de tobillo.

¿Pero a dónde me he ido? Perdóneme el lector, y hágase cargo de que para evitar cayera sobre mi relato ta- cha de inverosimilitud había de explicar el severo recato de la bailarina.

En cuanto este quedó plenamente acreditado por la respuesta del molinero, dijo don Nicasio:

—Señor Perquirente, desearía merecer que a las dos hipótesis admitidas como igualmente posibles, en cuanto explicación del porqué los ladrones no robaron el guardapelo, fuese agregada, con igual viso, cuando menos, de posibilidad, que si no lo robaron pudo bien ser por ignorar que lo llevaba la interfecta. Quiero decir, la que iba a serlo.

—Desde luego. Es evidente, es evidente. Ahora y aun siendo estos efectos, esta carta y la declaración que hemos oído elocuentes, cual son, hasta no más, creo no sobrará, y antes es obligado, que los mostremos a la única persona, que a nuestro alcance está, conocedora de víctimas y autores de este crimen.

—En este instante iba a permitirme proponerlo a usted.

—Y esa diligencia podrá, tal vez, darnos noticia de quién es ese Manuel, y acaso resolver de plano el problema de si Celinda es culpable o inocente.

—Claro es, claro es —dijo Rojas.

—Eso es lo indicado —agregó Retuerto, sin soltar prenda alguna, ni indignarse cual siempre se indignaba al oír poner en duda la inocencia de la pobre embeleñada.

—Pues al auto, señores, y a Novaría. Adiós, gran tuno.

—Adiós, señor, y muchas gracias.

—¿De qué?

—De los billetes.

—¿De cuáles?... ¿De los de la señora o los del caballero?

—De los de la señora: eran muchos más.

—A lo que has de dar gracias es a mi empeño de desenmarañar este embrollado asunto, porque si no te habrías quedado sin billetes ni pellejo.

XXVII. LA INOCENCIA DE CELINDA Y SUS RECÓNDITOS SENTIRES

Reconcentrados en Novaría todos los efectos y piezas de convicción del crimen, allí fue a parar, aun siendo más que efecto y pieza, la doncella de la bailarina. No detenida —cual puede hubiera parecido oportuno a Rojas—, por faltar todo racional indicio para procesarla, y porque don Nicasio habría puesto el grito en el cielo; pero tampoco completamente suelta, lo cual habría parecido prematuro a Rojas, sino en concepto de protegida de la Acción Popular.

Tal situación anfibia, ingeniosamente ideada por don Orófilo, estaba justificada por ser la doncella importantísimo testigo, a cada paso indispensable, para contrastar cosas como las que hizo falta esclarecer después de declarar el molinero; y porque siendo preciso tenerla muy a mano, e impidiéndola irse do le pluguiera, ganarse la vida exigía la equidad se subviniera a sus necesidades.

Alójesela, pues, en un hotel de Novarla.

Donde a costa de la Acción Popular la trataban a cuerpo de rey; pues habría salido demasiado caro tratarla, como su ama lo estuvo, en El Sublime, a cuerpo de bailarina absolutísima.

Por eso no tenía gana ninguna de escaparse. Además, que no escapa quien no teme ni debe. Y en seguida va a verse que a despecho de la inquina de Rojas, nada temía ni debía la acuitada doncella, que en la escena, para ella terrible, del reconocimiento de los efectos en el molino hallados iba a recibir un durísimo golpe.

Comenzó don Orófilo el interrogatorio preguntándole si su ama llevaba pendientes y pulseras el día que fue a Villa-Gaya. Contestó ella que sí, agregando que llevaba además varias sortijas de valor. En seguida le exhibió aquel el guardapelo, inquiriendo, al hacerlo, si lo conocía, y respondiendo ella, sin la menor vacilación, que era de su señora, quien nunca lo apartaba de sí, porque en él llevaba un retrato de... del príncipe.

Los puntos suspensivos marcan el solo titubeo que en la respuesta, dada con melancólica expresión rayana en triste, pudo percibirse. Y solamente por don Nicasio; y eso, por haberle aquella tristeza refrescado barruntos que ha tiempo tenía él de la índole de los sentimientos que el príncipe inspiraba a la doncella.

Por ello, y recordando la impresionabilidad de Celinda, cuyos desmandados nervios habían, más de una vez, entorpecido sus declaraciones, temió Retuerto pudiera entonces ocurrir lo propio, si era olvidada la prudente precaución de escalonar las preguntas que había necesidad de hacerle, en orden que para la última dejara la más impresionante.

Consecuencia del breve cuchicheo en que así se lo dijo a Don Orófilo, fue que la cartera volviera al bolsillo del perquirente, quien en vez de ella, enseñó a Celinda la carta hallada en el tarjetero de *Miss* Cork, preguntándole si conocía letra y firma.

—Sí, señor: una y otra son del señorito.

—¿Entonces ese Pami es el príncipe?...

—Sí.

—¿Y la monina?

—Mi ama —contestó Celinda con temblorosa voz.

—Y ese Manuel, ¿quién es?

—Un amigo de los señores.

—¿Extranjero como ellos?

—No lo creo... Es decir, yo lo tengo por ibermano.

—¿Y no sabe usted su apellido?

—Peláez.

—¿Qué señas tiene?

—Alto; del mismo cuerpo, poco más o menos, que el señorito; próximamente de su edad... Pero muy antipático.

—Diga usted cuanto sepa de ese caballero.

—Es muy poco. Debía conocer mucho a los señores, porque los trataba con gran confianza. Oí que venía del extranjero, de donde creo llegó dos o tres días antes de salir nosotros de Novaría. Durante estos días estuvo tres o cuatro veces en El Sublime a ver a mi ama; y en dos de ellas no se marchó solo, sino acompañado del príncipe.

—¿No sabe usted qué hablaron?

—No, señor.

—¿Y cuándo dio Peláez esta carta a *Miss* Cork?

—No lo sé.

—Pero ¿no lo vio usted la noche del crimen, cuando, antes de salir la señora para tomar el tren, llegó él a Villa-Gaya con la carta?

—No, señor.

—¿Está usted cierta de ello?

—Segurísima. Lo poco que yo sé de lo que aquella noche pasó allí, lo tengo dicho ya en las declaraciones que me ha tomado este caballero. No volví a ver a mi señora después que se acostó, ni menos a Peláez.

—¿Y dónde se alojaba él en Novaría?

—No sé.

—¿Y tampoco a otra hora lo vio usted en Villa-Gaya?

—No.

—Repare que su respuesta es muy interesante. Porque esta carta puede ser la prueba de que...

—A ver, a ver... Déjeme mirarla otra vez... Sí, sí: ya comprendo a usted... Pero ni con carta ni sin carta es posible lo que usted piensa... No, señor, no: él no puede ser asesino, él no puede ser ladrón... El no, él no, ya lo sabía yo, él no, no.

—¿Pero quién es él?

—Pami...

—¿Pami?

—Quise decir el príncipe.

Siguió a esta aclaración breve silencio.

Confusa, con los ojos bajos, callaba Celinda, mientras Don Orófilo comentaba, con Pojas y Retuerto, la coincidencia de que ama y doncella llamaran Pami a Don Epaminondas.

Pero pronto un afán mucho más fuerte que el rubor venció a este, haciendo a la doncella decir con violentísima vehemencia:

—Está claro, está claro. ¿No lo ven ustedes?... Aunque yo nada sepa de lo que me preguntan; aunque yo no haya visto a mi ama irse con Peláez, con él tuvo que irse; él tiene que ser el asesino y el ladrón; porque, porque... porque el príncipe tiene que ser inocente... ¿Pero no lo ven ustedes?... ¡Dios mío! ¿Por qué no podré yo decir que he visto a ese hombre aquella noche? ¿Por qué no lo vi irse con ella al tren?... Pero aunque yo no lo haya visto, fue él, él. ¿Verdad, señores? ¿Verdad, don Nicasio?

—Sí, hija mía, sí —respondió el interpelado—. Pero serénese.

—Sí, ya me sereno... Pero entonces, ¿dónde está Pami?

—Sosiéguese, hija mía.

—Calma, calma, señorita.

—Ahora lo sabrá usted todo y podrá ayudarnos a encontrarlo.

—¿A encontrarlo? Entonces es que ha desaparecido... ¡Dios mío, Dios mío, qué horrible idea!

—No se alarme, no se alarme. Ya lo encontraremos —dijo compadecido el buen don Nicasio, que ya se ve no tenía celos ningunos, cual los habría tenido a ser verdad y no malicia del malpensado Rojas, que el palmito de la gentil muchacha anduviera; por medio en el interés que únicamente sus desdichas inspiraban a Retuerto—, ya lo encontraremos. Pero es preciso que usted nos ayude a buscarlo. Y mientras no se tranquilice...

—Sí, sí. Ya estoy tranquila. —Y su cuerpo se estremecía al ponerse en pie; y en los ojos llameábanle anhelos que su incesante parpadear convertía en centellas de inquietud—. Vamos, vamos.

—No, todavía no es preciso.

—Pero ¿no íbamos a buscarlo?...

—Luego, luego. Antes necesito que me conteste usted.

—Pregunte lo que quiera.

Colinda se dejó caer pesadamente en la silla de donde

se había levantado, y don Orófilo, sacando al cabo la cartera del príncipe, preguntó:

—¿Conoce usted esto?

—Sí, sí... Es suyo, es suyo. Traiga, traiga...

Al decir esto ya estaba nuevamente en pie la infeliz muchacha, que antes de haberse dado, don Orófilo, cuenta de lo que le pedía, ya le había arrebatado la cartera de las manos, y decía:

—Desaparecido él, y esto en poder de ustedes... ¿Por qué, por qué? ¿Cómo tienen ustedes esta cartera?...

Mientras hablaba abría Celinda la cartera, sacaba las tarjetas y prorrumpía en sollozos gritando:

—¡Jesús! ¡Sangre, sangre!

—No, señorita, no. Eso es del tinte de la piel de la cartera.

—¡Ah; qué susto me he llevado!

—¿Nada más que eso?

—¿Nada más?

—Claro que no... Es que con el agua destiñó.

—¿Con el agua? ¡Jesús! A mi ama la arrojaron al río después de matarla. ¿Será que también a él?... Caballeros, ¡por Dios!, sáquenme de este tormento.

Don Nicasio y don Orófilo estaban conmovidos; y aun comprendiendo que más piadoso que tener a la infeliz en aquella tortura sería decirle de una vez la verdad, faltábales valor para darle la que bien veían era para ella espantosa noticia.

Pasaba tiempo, y sabe Dios lo que se habría prolongado aquella insostenible situación a no haber dicho Rojas:

—Si al cabo ha de saberlo...

—¿Qué, qué?

—Que el cadáver del príncipe ha sido hallado en el río —contestó el capitán con cruel concisión, cual si no se cuidara del daño que iba a hacer; aunque, a juzgar por la atención y la fijeza con que miraba a la doncella, parecía lastimarse de su padecer, e interesarse vivamente con las más leves impresiones de su alma y los más leves gestos de su rostro.

—Peláez, Peláez —chilló ella desplomándose en un sofá—. Peláez ha sido... mi Pami, mi Pami, Pami mío.

Y *pacia* allá los *arrempujé* con la lancha y los bicheros, (Cap. XXVI).

Inútil era ya preguntar nada a la pobre criatura; pues los primeros acongojados alaridos intermitentes, trocáronse en desbordado torrente de continuos gemidos. Sobreviniendo en pos de estos carcajadas histéricas, mesaduras de cabellos, espasmos, rigideces de miembros: convulsiones en suma. Una de las tremendas convulsiones a que ya estaba acostumbrado don Nicasio.

No siendo decoroso, visto el desorden de los movimientos de la accidentada, que la asistieran los tres hombres, llamaron a una camarera del hotel, y en manos de esta la dejaron. Pues habiéndose previsto el verosímil desenlace del interrogatorio, no había sido llamada la testigo a sufrirlo en la oficina del perquirente popular, sino que este y los perquiridores fueron a evacuarlo en el domicilio de ella.

* * *

Así como el viaje al molino había hecho subir el papel Rojas, ahora subía el papel Retuerto con la prueba de la inocencia de Colinda. Evidenciada ya, por ser patente que de haber cooperado al asesinato de su ama, y sabiendo que consigo llevaba siempre esta el medallón, habríale robado la valiosa alhaja al mismo tiempo que las otras. Tanto más, cuanto que sobre su intrínseco valor tenía para la enamorada doncella el de contener el retrato del hombre amado, y cabellos de este que poco ha estaban en el guardapelo, y ahora besaba ella, mojándolos, a la par, con lágrimas.

Además, de haber sido coautora, o testigo siquiera, de la tragedia del rápido, habría presenciado también la de la orilla del río; y estando ya enterada de la muerte de Epaminondas', la noticia de ella no le habría producido el fulminante efecto que le causó. Ni habría podido aguardar tan gran número de días hasta llorar al que amaba; ni contener, por igual tiempo, su afán de acusar a Peláez, por presentimientos que deploraba no poder convertir en testimonio firme de haberle visto ella entregar la carta a la bailarina, ni salir con esta de Villa-Gaya para el tren.

En definitiva, todo probaba, como Retuerto venía sosteniendo desde el principio de las investigaciones, que la doncella estaba ya dormida desde antes que el rápido llegara a Abanal. Y con tal evidencia, que ya no lo dudaba ni el desconfiado Rojas.

Todos salían contentos del interrogatorio. Pues comandante y capitán habían ya desistido de presuntuosas ambiciones de acertar en todos los pormenores del oscurísimo crimen, sin haber ni uno ni otro podido disponer de la totalidad de datos relativos a la preparación y perpetración de ^él, y habiéndoles faltado a ambos importantes piezas de convicción; y muy juiciosamente contentábanse con haber alcanzado los parciales aciertos por cada uno conseguidos.

Las complejidades de las investigaciones de este crimen, ocasionadas, de no llevar mucho orden en el relato de ellas, a sumirnos en un piélago de confusión, aconseja agrupar las conclusiones ya sentadas con fuerza de certeza en breve y expresivo resumen. Sin atender sino a lo capital, desdeñando mareantes menudencias y dando equitativamente a cada uno lo que es suyo, para que cada César tenga cuanto le pertenezca: sean aciertos sean equivocaciones.

ACIERTOS COMUNES A RETUERTO Y A ROJAS

Número de los asesinos de *Miss* Cork, dos, y sexos de ellos: un hombre y una mujer; que *Miss* Alice era un personaje fantástico; que la navegante en El Melbourne no era la bailarina.

ACIERTOS DE ROJAS CORRESPONDIENTES A EQUIVOCACIONES DE RETUERTO

Que el príncipe era ladrón, mas no asesino, sino víctima; que Peláez mató a Amabel y a Epaminondas; que él y no el príncipe era quien iba embarcado para Australia.

ACIERTOS DE RETUERTO, Y A LA INVERSA ERRORES DEL CAPITÁN

Que en el rápido había viajado una supuesta doncella; que esta era la consorte en el asesinato y en el robo de Amabel; inocencia de Colinda en lo tocante al crimen; que antes de llegar el rápido a Abanal fue Colinda narcotizada a la hora marcada por el despertador.

ACIERTO DE DON ORÓFILO FINFLAIR

Que toda la verdad se hallaba en los informes del comandante y del capitán; y que al choque de sus contradicciones surgiría la luz que iluminara la verdad entera.

Lo urgente, ahora, dijo don Orófilo, cuando de él se despidieron los perquiridores, es evitar que esa pareja de bandidos se nos escape en alguna de las escalas del Melbourne. Para ello voy a gestionar, por telégrafo, que vayan vigilados cuando no detenidos en el barco, y a solicitar sin pérdida de tiempo la extradición para que a su llegada a Australia los reembarquen para aquí.

XXVIII. LUZ QUE OFUSCA Y NO ALUMBRA

Bien dijo el clásico: "Nada en el mundo hay firme. Es bola y rueda". Porque, ¡cuánta cosas estables hay en él; y como el tiempo socava y derrumba las más profundas convicciones, si tan sólo asientan en humanos falibles testimonios! Lo digo a cuento de lo que pronto se verá.

Apenas averiguado que el Manuel se llamaba Peláez, lanzó Finflair buen golpe de perquiridores de la Primera Brigada en busca de rastros que pudiese haber «dejado de su estancia en Novarla; y además de aquellos, soltó la nutrida jauría de pesquisantes espontáneos de la recién nacida Social Falange Policíaca. Que no pican tan alto como para llamarlos perquirentes, pero enardecidos de entusiasmo en armonía con la sonoridad del mote de la nueva institución. Feliz acierto de La Verdad que la había incubado.

De otra parte, a los tres días del interrogatorio de Colinda, en fecha coincidente con la llegada de noticias de Samoa...

No, dos cosas no pueden contarse al mismo tiempo. Y pues he comenzado por Peláez, prosigo ahora con él.

El caso fue que su buenaventura llevó a un pesquisante falangista a un hotel de tercer orden, si no era de cuarto, en cuyos libros estaba registrada, con fecha del día diez, la admisión de un Manuel Peláez, comisionista, alto y con pelo negro, cual Celinda habla dicho.

Procedía de Extranjía, aunque nada tuviesen de extranjeros nombre, tipo, ni apellido, y en el hotel quedó hospedado. Mas posando muy poco en su hospedaje, por donde apenas pareció, sino a manera de meteoro fugaz, desde su llegada hasta el día trece, que por última vez fue visto allí. Cuando entre siete y ocho de la mañana, y después de haber pasado la noche fuera, llegó con un atacapas y una sombrerera, como si regresara de algún viaje.

Al llegar subió a su cuarto. Tornó a poco a bajar, con traje diferente, al escritorio, diciendo allí que se iba a provincias en viaje de comisión por un mes, que pagó adelantado. Pues deseaba conservar la habitación, donde dejó algún equipaje. Por el asiento, en los libros, del pago se pudo asegurar haber esto ocurrido el día trece.

En la tarde siguiente a la mañana de este hallazgo fue abierto ei equipaje, en el despacho del señor Perquirente, y examinado por él y los perquiridores consabidos. Quedándose los tres estupefactos al encontrar en él los siguientes efectos: Unas botas, *emporcadísimas* de barro seco gredoso; una gorra de viaje, un sombrero flexible de color de castaña, pero sin iniciales en el forro; un sobretodo gris, una americana azul marino, unos pantalones rayados, un chaleco de ante con lunares verdes y una corbata violeta con rayas doradas, a la cual le había sido arrancado un pedazo. Los pantalones estaban embarradísimos como las botas.

Los tres hombres miraban asombrados aquellas expresivas prendas, cuya muda elocuencia parecíales, ya se verá el porqué, demasiado expresiva. Y todavía les crecieron desconcierto y pasmo cuando registrados los bolsillos fueron saliendo de ellos:

El suplemento del reservado de Abanal a Cochamba —recuérdese que en Valdemimbres sólo fueron entregados los billetes de primera a Cochamba—, y después, y de otro bolsillo, un billete de segunda de Puertofoz al citado Valdemimbres.

—Esto es absurdo. Estoy atónito—exclamó don Orófilo.

—Una pesadilla —este era don Nicasio.

—Aguarden. Aún hay más —dijo Rojas, que era quien hacía el registro.

Y al decirlo, iba sacando varios dediles de goma muy sucios, y roto uno de ellos; al ver el cual dio un brinco el capitán, diciendo: "este es el del grifo"; unos descompasados bigotazos postizos, ¡y el pasaporte para Australia del príncipe de Amfiloquia, por este recogido del consulado!

—Este hombre no puede ser Peláez; pues el trece a la hora que entraba en el hotel llegaba el otro a Puertofoz, o estaba ya embarcado. Tiene que ser el príncipe. Ahí está el pasaporte que lo prueba.

—No prueba nada porque pudieron quitárselo después de asesinado.

—No se lo quitaron porque sabemos que lo enseñó al embarcar.

—Sabemos que enseñó uno. Pero bien pudo ser falsificado, como el de la bailarina, que la otra enseñó en el puerto. También el príncipe pudo embarcar con uno falso.

—No necesitaba falsificarlo, pues tenía el suyo. Esto es una nueva prueba de que el príncipe no embarcó.

—Además, bien sabemos que, estando muerto, no pudo embarcar.

—Claro. Volvamos a este Peláez que es el del tren. Bien claro lo dicen el dedil y los billetes. Qué mal podía tener el príncipe; pues que se hallaba en Rozán cuando este cometía el asesinato.

—¡Calla!... Este, que, después de cometerlo, llegaba aquí, a Novaría, de siete a ocho de la mañana, no pudo venir sino en el mixto de Caulipas con el billete tomado en Rozán... Y entonces tiene que ser el príncipe.

—El príncipe estaba ya en el río, más abajo de Ubaya, cuando el propietario de estas ropas llegaba a la capital.

—Sí, no puede ser. Pero tampoco este Manuel puede ser el Manuel de la carta, que a esa misma hora embarcaba con la otra en Puertofoz.

—Cierto. Y ese Manuel era Peláez.

—Y este de aquí es Peláez.

—Pues entonces, este es otro.

—¿Dos Peláez?

—¡Dos Manueles Peláez!

—¿Un tercer cómplice?

—¡Y un tercer chaleco!

—No puede ser, eso es absurdo... Y no sigamos porque vamos en camino de hacernos un lío... Aquí hay algo que es preciso meditar despacio.

—Sí, porque mientras no hallemos la solución no podemos tener en nuestras conclusiones la certeza que teníamos —esto lo decía don Orófilo—. Y es una lástima. ¡Estaba todo tan claro!

—Sí, sí.

—-Y ahora las cosas tienen muy otro ver.

—No, no. Es porque miradas a esta luz tienen otro viso, pero estoy cierto que sólo es el viso lo cambiado.

—Lo absurdo no puede nunca ser verdad.

—Yo creo, amigos míos, que mientras meditamos y hallamos, cual seguramente hallaremos, explicación satisfactoria a todo, no deben paralizarnos estas anomalías. Ni menos desviar nuestros trabajos de las orientaciones que les hemos dado. Únicas racionales por basarse en hechos comprobados ya.

—Tiene usted razón.

—Claro. De esta confusión no se puede sacar cosa con cosa.

—Preocuparnos con ella sería el cuento de nunca acabar.

—Opino además que mientras hallamos la explicación a estas novedades, no debemos hablar de ellas.

—Oportunísimo.

—Ni palabra a nadie de estos hallazgos.

—Y que todo esto se aclarará de fijo. Ahora nos confunde un poco el exceso de luz que nos alumbra, en tanto nuestros ojos no se habitúen a su brillo. Es que tenemos plétora de pistas. Pero los policías viejos, como ustedes y yo, sabemos que lo grave es no tenerlas; y que como fueron desenredadas las confundidas impresiones digitales del frasco, también desenredaremos estos rastros: que nunca fue dañosa la abundancia, y que por dicha nuestra no podemos quejarnos de penuria de datos. ¡Calla!, se me olvidaba lo mejor: poco antes de venir ustedes, me ha traído un joyero de Puertofoz estas dos sortijas y esta pulsera. Que mientras Rojas y yo recogemos esas cosejas suplico a usted. Retuerto, lleve en un momento a ver si son reconocidas por Celinda; pues sospecha el joyero, y yo también, que han pertenecido a la bailarina. Y en ese caso en Puertofoz buscaríamos al encubridor a quien los malhechores dieron esas prendas antes de embarcarse; pues cuando fueron vendidas ya estaban ellos en la mar.

Para poner en práctica la prudente determinación del señor Perquirente, se guardó todo en la maleta donde vino, dejándola depositada en aquel mismo despacho. Cerrada y precintada; y por si esto no bastara a guardar su secreto plantificáronle un gran tarjetón con un letrero grande que decía.

MÁQUINA AUTOEXPLOSIVA
(GRAN PELIGRO EN TOCARIA)

Tomadas esas precauciones se redactó, para darla a los periódicos, nota oficiosa o, en jerga periodística autobombo al perquirente y a los perquiridores por haber descubierto la identidad de Peláez, averiguado sus idas y venidas, en los preparativos del crimen, e incautándose de su equipaje, "en el que nada había sido hallado digno de mención especial; pues todo en él corroboraba cosas ya sabidas".

Mas no contaban don Orófilo ni sus auxiliares con los finos vientos de la sección policíaca de La Verdad, ni con la animosidad de Bearfest, el que en tiempos pasados había sido jefe de ella, contra quien comenzó lanzar arteros dardos, en un artículo donde cual si el propio Bearfest fuera quien hubiese abierto la maleta de Peláez, tiraba de la manta. He aquí el avieso título del primer dardo.

EL CRIMEN DE ABANAL
GRAVES DESCUBRIMIENTOS RECATADOS AL PÚBLICO

¿Será una confabulación para mellar los filos de la Acción Popular?

Basta con el título, pues no es ocasión de detenerse a referir lo que el artículo decía, ni como Bearfest pudo penetrar secreto tan bien guardado como el que divulgó, inutilizando el cartel de la "máquina explosiva" —guerra de rótulos—. Y no lo es porque ahora apremia hablar de algo más importante.

Pero no antes que decir que Colinda reconoció en la pulsera y en las sortijas algunas de las que llevaba puestas Amabel la tarde anterior a la noche del crimen.

XXIX. NOTICIAS DE SAMOA

Apenas fue la maleta colocada debajo de una consola antigua del despacho avisaron a don Orófilo que deseaba verlo, urgentísimamente, el empresario de Glorius Theatre. El cual había encargado al ordenanza dijera al sr. Perquirente que el visitante traía noticias interesantísimas.

—Esa pécora, aun cuando sea de Saxonia; esa grandísima pécora y el granuja de su apoderado van sobornando a todo el mundo por todas partes.

Estas fueron las primeras palabras que, sin cuidarse de saludar a nadie, escupió el del Glorious, en cuanto estuvo en el despacho.

—Buenas tardes, señor mío.

—Perdone, sr. Perquirente. La indignación que me ahoga me ha hecho olvidarme de...

—Perdonado. Pero, ¿quién es la pécora de Saxonia?

—Esa estrella de bambalinas que ha venido a estrellarse conmigo. Esa indecente bailaora.

—Caballero: respete usted, siquiera después de muerta...

El del Glorious, que antes se dejara desollar que avenirse a tal muerte, que lo privaría de la indemnización por infracción de contrato, vociferó:

—Muerta... Eso querría ella. Para no pagarme.

—Caballero, si me ha molestado usted para decirme desatinos.

—Quise decir que lo que ella quiere es hacerse la muerta. ¿Qué más prueba? Descompuesto el *telefotoradiografo* del Melbourne, descompuesto el *telefotoradiografo* de Samoa... Es evidente. Van sobornando a todos los *telefotorradiografistas*. A ese paso no va a quedar *un telefotoradiografiador* sano en todo el océano Pacífico.

—¿Pero para qué? —preguntó don Orófilo, no enterado de la pendiente gestión del empresario para identificar las personalidades de la pareja de El Melbourne.

—Muy sencillo, para que no nos *telefotorradiografíen* los retratos de ese par de... Para que no se vea que son ellos.

—No son, señor mío, no son —dijo con autoridad el perquirente para cortar la visita que se le hacía enojosa.

—Vaya si son...

—No sea usted temerario, caballero —agregó Rojas, ya un poco amoscado.

—Si sabremos nosotros quiénes son —este era don Nicasio, de buena fe olvidado de que desde hacía un rato se les bamboleaban todos los supuestos, sin quedarles enhiesta ni una sola afirmación.

—Bueno. Pero, en fin de cuentas, a ustedes no les ha de estorbar, sino al contrario, una evidencia más, una prueba plena.

—Si usted no se explica... Pero sin perder tiempo...

—Quiero decir que si yo, Juan Particular, intento una gestión que se me ha ocurrido, es de temer no me hagan caso en el barco. Mientras que si usted pide oficialmente que le radiotelefoneen las señas consignadas en los pasaportes ya que los retratos no pueden ser telefoto...

—Ya, ya; no hace falta que siga usted. No es mala idea. Hecho... Quiero decir se hará en seguida.

Ocho horas después recibía don Orófilo contestación a su radiograma urgente en otro, que trasmitía las pedidas señas.

Y aquí surgió nuevo conflicto, planteando nuevos problemas. Porque sabiéndose que aquellos fueran quienes fuesen habían embarcado con pasaportes falsos —el de Amabel lo tenía el cónsul y el de Epaminondas lo guardaba el miedo a la máquina infernal— contábase con que las señas de los falsificados, para ser exhibidos en el embarco de personas que no eran las consignadas en los legítimos, discreparían en absoluto de las de los propietarios, de los últimos. Y en vez de esto resultó que si bien las enviadas diferían en varios puntos de las auténticas, concordaban en otros. Pero no en aquello de estatura regular, rostro agraciado, narices regulares, factor común a los señalamientos de muchos pasaportes, sino en rasgos típicos.

Así los ojos de la embarcada eran azules, como los de Amabel, pero el pelo de aquella era negro azabache; el acompañante lo tenía de igual color que Epaminondas, pero laso, en vez de rizoso, y ceceaba al hablar. Defecto que no tenía aquel. En los dos pasaportes femeninos, el del barco y el del consulado, constaba la existencia de dos colmillos —pero sólo uno en cada pasaporte, el derecho inferior— orificados. La pécora de allá, esta sí que era pécora, fuera quien fuese, en opinión de todos, tenía un lunar, vaya de lunares, detrás de la oreja izquierda, y otro en la barbilla. Cuando de la Flying Girl sabía el empresario y cuantos la conocían, que no tenía ninguno en la barba, mas sin poder afirmar nada respecto al de la oreja, por estar en región poco visible: podría tenerlo; podría no tenerlo.

El empresario insistía en que era indiferente lo tuviera o no; pues lunares se los pinta quien quiere. Como también se tiñe el pelo, o deja de rizárselo, quien desea despistar. Y aun sin necesidad de despistar a nadie se lo tiñen muchas.

"Es ella, es ella", decía acalorado, "porque los ojos azules no juegan con ese pelo de azabache; y porque sería mucha casualidad que una mujer que realmente los tuviera como los de *Miss* Cork, no teniendo el color de su pelo, tuviese orificado el mismo colmillo que ella; y coincidencia no menos sospechosa que fuera acompañada de ese hombre que tiene todas las señas del apoderado. Salvo en lo de pelo laso y el ceceo. Pero lo del pelo no prueba sino que el rizado de que en Novaría presumía era de tenacilla, presunción nada más, mentira, como todo lo de esa pareja de estafadores. En cuanto al ceceo es cosa facilísima de fingir".

La opuesta tesis, es decir, que los embarcados eran Peláez y la doncella, sosteníanla, con razones de igual peso, perquirente, perquiridores y cónsul, asistente a esta discusión por ser el tenedor del pasaporte auténtico. Sin que la cosa le importara ya a él; pues el documento diplomático presentado a Ibermania, por no haber impedido fuera en su territorio ase-

255

sinada una ciudadana saxonesa, estaba en marcha hacía ya días, y con él la demanda de indemnización. No suficiente, claro es, a compensar la pérdida de una estrella del arte, mas suficiente a consolar de ella a Saxonia, para lo cual hacía falta que Ibermania soltara muchísimo dinero. Además de los millones que valía el robado collar. Pues Saxonia era heredera de la bailarina muerta *ab-intestato* sin parientes conocidos.

Habiendo dicho el empresario que si él estuviera en El Melbourne haría reconocer aquella cabellera, en la certeza de que el azabache no habría de resultar de ley, se le ocurrió a don Orófilo, y cual se le ocurrió lo hizo, sin pérdida de tiempo, radiotelegrafiar al buque, ordenando que el farmacéutico y el peluquero de a bordo reconocieran inmediatamente el pelo de la viajera y dictaminarán si su negro era propio o teñido. Además, médico y farmacéutico debían examinar a conciencia los lunares para ver si eran naturales o vanidosa ficción de tocador.

Esto hecho, pensó Finflair que, mientras llegara la respuesta, podía aprovecharse el tiempo, llamando a consulta a las dos únicas personas en Novaría capacitadas para informar sobre el lunar de detrás de la oreja. Una, ya se supone, era la doncella? otra, un personaje nuevo, el peluquero saxonés de cámara al servicio exclusivo de la bailarina, que, a mesa y mantel y con emolumentos pingües, lo llevaba consigo desde hacía mucho tiempo en su triunfal carrera por los escenarios del mundo.

Presentose Celinda de riguroso luto, y *acuitadísima*, pues daba por irremisiblemente muertos a Amabel y a Epaminondas.

Declaró que ella tenía por natural belleza de este su rizado cabello, sin poder garantir no fuera artificial; pero sí respondía "de lo sonoro de su voz y eufónico de su habla, no empañada por oscuro ceceo". Para ser una doméstica hablaba aquella chica con bastante elegancia. Aunque según se ve no exenta de amaneramientos.

El colmillo era igual al de Amabel, a quien Celinda jamás vio teñirse el pelo. No creía la última que la primera fuese la del barco. Pero tal convicción no dimanaba del diferente color de los cabellos, sobre lo cual podría informar mejor el peluquero. Quien además era probable supiese algo del lunar de la oreja; pues a diario andaba, y ella nunca., alrededor de las orejas de su ama.

Del otro lunar afirmó la doncella que Amabel no tenía ninguno en la barba. El peluquero, *Míster* Sticky, saxonés de nacionalidad, comenzó por manifestar que el día trece cuando ya El Melbourne había zarpado de Puertofoz había recibido, en Novaría, y atrasadísima, una esquela de la bailarina, ordenándole que sin pérdida de tiempo se trasladara a aquel puerto para embarcar en el citado barco. Interrogado *incontinenti* sobre los lunares dijo que *Miss* Amabel no tenía lunar ninguno detrás de "la su *oreca*" y que por tanto no podía ser la viajera del Melbourne.

—¿No ha de poder ser? —saltó el empresario—. Se lo ha pintado, se lo ha pintado.

—Eso sí *poderg serg...* Mí *pintargle otrgos* muchas *veses, pergo* ese no ha pintado yo.

—Se lo ha pintado ella. Como el pelo.

—La *señorga* da asco *pintargse* pelos...

—Pues por esta vez se lo habrá aguantado.

—Y que *parga tenerg* pelos *colorges* ella *quierga*, Señorga no *necesitarg estrgopearg* divina *cabellerga* de *orgo.*

—¿Cómo, cómo, qué dice usted? —preguntó con viveza el Perquirente Popular.

—Si *quererg* pelos *negrgos* ella *ponergse* su *trgasforgmasión* de *dansas* indias.

—¿Trasformación?

—Sí: quiere decir peluca.

—Peluca no, feo *nombrge*, cosa *susia*, sin *argte*, *trgasforgmasión*, *trgasforgmasión*, yo le tengo muchas *parga* bailes ella.

—Ya lo ven ustedes, está visto. Para escapar, para fingirse muerta, para robarme, se ha puesto esa peluca india...

—Peluca no, peluca no... Yo no *trgabaca porgquerías.*

—Es ella, es ella.

—No es.

—Sí.

—No.

—Su muerte está probada.

—Lo que está probado es que ustedes son unos inocentes, unos simples.

—Más probado está que usted no ve sino su vil dinero... Da asco oír a usted.

—Mal polizonte.

—Mamarracho.

—Se ha terminado esta diligencia —dijo prudentemente don Orófilo, comprendiendo que de no cortar así la discusión acabaría en zipizape y coscorrones. Pues el empresario y don Nicasio se habían ya levantado de sus asientos en amenazantes actitudes.

Para perquirente y perquiridores no había duda: los embarcados eran Peláez y la supuesta doncella; pues los otros estaban muertos y bien muertos. Pero no se les ocultaba que en cuanto se divulgaran los telegramas del Melbourne. y saliera despotricando contra ellos aquel codicioso empresario, amigote y compinche de los de La Verdad, unos dirían blanco y otros negro.

Estos eran los inconvenientes de la Acción Popular, reconocidos por su mismo representante. Pero tenerlos, decía él, es achaque de todo progreso humano. Y decía bien; porque en el mundo no hay cosa perfecta.

Además, bien podían perdonarse los de la hermosa y última conquista del pueblo, en gracia de sus evidentes y grandísimas ventajas. Entre otras las resultantes de sus poderosos medios de acción, que a Don Orófilo, a Retuerto y a Rojas (reconciliados ya los últimos) iban a permitirles limpiar de telarañas, no sus ojos, pues ellos veían muy claro, mas sí las que enturbiaban otros.

Cuando el perquirente iba a explicar ei radicalísimo plan de campaña que ya tenía trazado, llegó contestación al segundo radiograma puesto al Melbourne, desde donde decían:

"Viajera insiste en que es *Miss* Cork, cual dice el pasaporte; y alegando su calidad de ciudadana saxonesa se obstina en que solamente las autoridades saxonesas pueden tocarle cuerpo, uña o pelo. Imposible que nadie le manosee la cabeza, imposible reconocimiento; pues amenaza reclamación diplomática daños y perjuicios. Y yo no asumo esa responsabilidad con la compañía propietaria barco".

—Bien claro está que esa es la cómplice de Peláez.

—Aguarde, don Nicasio, que aún no he acabado de leer el telegrama.

"Su acompañante, en cambio, se ha prestado amablemente a todo. Por eso puedo informar que no habiéndome V. S. pedido en su anterior radiofonema, sino copia de las señas del pasaporte, dijo mi despacho contestando aquello del pelo laso; pues así reza dicho pasaporte. Pero es error de redacción; porque el viajero lo tiene muy rizado. De esto no hay duda, pues su obsequiosidad ha llegado a poner a nuestra presencia y *motu propio* la cabeza debajo de la ducha, manteniéndola así más de un minuto; y en vez de desrizársele con el agua se le ha rizado mucho más el cabello".

—¡Canario! Este, en cambio, parece el príncipe.

—Pues ni ella, ni él. Peláez, Peláez.

—Pero si a la hora de embarcar estaba aquí Peláez...

—¿Y dónde estaba el príncipe a la hora de ese embarco?... En el río.

—No volvamos, por Dios, a los equívocos. Eso es salimos de lo firme para atollamos en canchales. Atengámonos a nuestras convicciones.

—El amigo Retuerto tiene razón. Piense usted Rojas que Peláez puede tener el pelo tan rizado como don Epaminondas... Y aun cuando no, ya habrá cuidado, para pasar por él, de hacérselo ondular. La ondulación no se pierde aunque se mojen los cabellos.

—-Es verdad.

—Y en definitiva, esto nada quita ni pone a la necesidad de acudir al plan de que iba a enterar a ustedes cuando llegó este telefonema; porque ni nuestro lugar, ni la solución de este problema están ya aquí, sino en Australia. De donde nos traeremos amarrados a ese par de tunos.

—¡Ah!

—Pero los periódicos de aquí darán la noticia de nuestra salida, las agencias la telegrafiarán a todas partes; y con la delantera que nos llevan, ya no estarán allá cuando lleguemos.

—¿Pero usted supone que vamos a ir en otro buque? No soy tan tonto. Iremos en un omnímoto y estaremos allí cuando ellos lleguen. Acaso podamos encontrar al Melbourne en el camino y *oceanizar* junto a él, y subir a bordo antes de su llegada a Australia... ¿Están ustedes dispuestos a venir conmigo?

—No a Australia, al fin del mundo, don Orófilo.

—Hasta la muerte, sr. Perquirente.

—Gracias, señores, gracias. No esperaba menos. Como testigos para levantar acta del reconocimiento, digo del desconocimiento que ha de ser base de la extradición nos llevaremos a Colinda y al peluquero.

—Y también será preciso venga con nosotros un funcionario del consulado para certificar que la bribona a quien buscamos no es saxonesa. Pues sin esa constancia la extradición no sería fácil.

—Tiene usted mil razones.

—Y mucho me temo que el empresario se empeñe en acompañarnos.

—Eso sería más desagradable.

—Yo creo, sr. Perquirente, que si la cosa se hiciera con sigilo, ya podríamos nosotros estar volando cuando él quisiera enterarse.

—No, amigo Rojas. Usted olvida que sigilo y Acción Popular son cosas que se dan de puñetazos. ¡Buena se pondría La Verdad!... Ya ustedes ven la malevolencia conmigo, de ese pillo de Bearfest... No quiero, no quiero darle pretexto aprovechable para zaherirme.

—Pues aguantaremos al de Glorious si se empeña en venir.

—No hablemos más.

—A Australia, a Australia.

FIN   DE   LAS   PISTAS   DEL   CRIMEN

Libros Mablaz

Narrativa — Relatos

/www.librosmablaz.com/